목차

지옥에는 아무것도 없다.
그리고 모든 악마들은 지금 여기에 존재한다.
- 윌리엄 셰익스피어, 《템페스트》 중에서

공포는 많은 눈을 가졌으니,
땅속에 묻힌 것조차 찾아낸다.
- 미겔 데 세르반테스, 《돈키호테》 중에서

괴물들은 실재한다.
그들은 우리 내면에 살고 있으며,
가끔은 그들이 이기기도 한다.
- 스티븐 킹, 《샤이닝》 중에서

공포가 가장 극대화될 때는 그것이 불분명할 때, 포착 불가능할 때, 이리저리 움직여 종적도 행방도 불가해할 때입니다. 어떤 규칙성도 합리적 이유도 없는 공포, 낌새는 감지되지만 실체는 결코 밝혀지지 않는 공포야말로 가장 무시무시하게 다가옵니다. 공포란 곧 불확실이어서 대처할 방법이 없는 것처럼 느껴집니다. 그러한 공포가 가득한 시기이기에 메가박스중앙(주)플러스엠과 안전가옥이 함께하는 세 번째 공모전이자 2021년 첫 번째 공모전 주제로 '호러'를 선정하게 되었습니다.

2021년 3월 봄에 열린 호러 공모전에는 230여 편의 작품이 응모되었습니다. 주제 및 키워드만 제시했던 기존 공모전과

달리 이번 공모전에서는 다섯 가지의 키워드 — 밀실, 증강현실, 포비아, 휴가, 쓰레기 — 와 함께 장르를 특정했는데, 호러는 마니악하고 접근하기 쉽지 않은 장르인 터라 과연 얼마나 많은 작품이 모일까 하는 우려가 있었습니다. 그런 우려가 무색하게도 다양한 의미를 다채로운 방식으로 풀어낸 무서운 이야기들이 저희에게 도착했습니다.

더욱 공정하고 폭넓은 시각으로 응모작을 심사하기 위해 기존에 비해 더 많은 심사위원을 모셨습니다. 총 15명의 심사위원이 각 작품을 상세하게 검토하고 의견을 나누었습니다. 코로나19라는 전례 없는 전염병이 전 세계를 휩쓸고 있는 시대, 공포의 대상이 점점 다양해지고 있는 세태를 반추하며 지금 우리에게 공포란 무엇이고 왜 무서운 이야기가 필요한지에 대해 치열하게 논의하여 최종적으로 다섯 작품을 수상작으로 선정하였습니다.

평소 거울은 특별할 것 없는 모습을 비춥니다. 하지만 뒤틀려 있거나 금이 간 거울은 우리를 멈춰 세울 만큼 새로운 모습을 보여 주고, 우리는 그 기이한 방식에 사로잡히곤 합니다. 이것이 장르의 역할입니다. 호러라는 장르는 때로 다른 장르에서는 획득하기 어려운 진실을 제공합니다.

선정된 작품들을 통해 우리가 무엇을 두려워하며 왜 공포에 떨 수밖에 없는지, 그 알 수 없는 감각을 극복할 방법은 무엇이고 어떻게 해야 일상을 회복해 현실을 살아갈 수 있을지에 대해 조금이나마 알아 갈 수 있기를 기원합니다.

안전가옥 스토리 PD
윤성훈 올림

습습하

김혜영

이야기를 경험하는 사람들이 하나의 이미지로 함께하는 순간이 좋아서 영화와 소설을 넘나들며 글을 써 왔다. 부천국제판타스틱영화제 상영작 〈BJ PINK〉, 정동진독립영화제 상영작 〈소년의 자리〉의 연출 및 각본을 맡았고, 2021 교보문고 스토리 공모전 수상 작품집에 단편 〈토막〉을 수록했다. 매체를 뛰어넘는 이야기를 만드는 것이 꿈이다.

고지서가 사라졌다. 분명 어제 아침 외출할 때까지만 해도 우편함에 꽂혀 있는 것을 두 눈으로 똑똑히 봤었는데 하루 외박을 마치고 집으로 돌아오니 온데간데없이 사라져 버렸다. 룸메가 이런 걸 챙길 스타일이 아닌데. 이 집에서 고지서 금액 처리 담당은 나였다. 집으로 들어와 핸드폰 게임을 하며 누워 있는 룸메이트에게 고지서의 행방을 묻자, 그녀는 핸드폰 액정에 시선을 고정한 채 하트 펜던트가 달린 팔찌를 뱅글뱅글 돌리며 대답했다.

"난 몰라."
"못 찾으면, 오늘 라면에 계란 못 넣어."
"뭐?"

룸메는 비장한 표정으로 핸드폰을 내려놓았다. 당연한 반응이었다. 룸메와 나는 지독한 고양이 혀 족속들이라 맵고 뜨거운 건 입에 대질 못했다. 언제나 밍밍하고 심심하게. 이것이 룸메와 나의 요리 룰이었다.

"옆집 사람이 훔쳐 간 거 아니야?"

심각한 투로 룸메가 말했다.

"그럴 수도 있지."

나는 고개를 끄덕였다. 훔쳐 갔다는 표현은 사실 틀렸지만 어쨌든 충분히 가능성이 있는 이야기였다. 룸메와 내가 사는 곳은 집주인이 세를 더 받기 위해 큰 평수의 집을 억지로 반으로 나눈 구조였다. 그러다 보니 전기 요금이 한 층으로 통틀어 나와 고지서를 먼저 확인한 사람이 요금을 내고 옆집에 알려 주면 옆집 사람이 반을 입금하는 방식으로 처리하곤 했다. 옆집 사람은 직장을 다녀서 그런지 늘 바빴고 그에 비해 한가한 대학생이었던 룸메와 나는 늘 먼저 고지서를 확인할 수 있었다. 그런 식으로 옆집 몰래 5000원씩을 더 받아 챙겼던 것이 벌써 1년째. 전기 요금이야 늘 비슷비슷하게 나오니 옆집이 고지서를 확인한다면 우리의 소소한 횡령을 알아채고야 말 것이다. 절대로 이대로 들킬 순 없었다. 룸메도 나와 같은 생각이었다. 이 5000원은 우리가 매운 라면을 견딜 수 있도록 도와줄 우유나 계란을 살 수 있는 소중한 돈이었으니까. 우리는 옆집 사람이 집을 비운 새에 몰래 집 안에 들어가서 고지서를 되찾아 오기로 결심했다. 아직 전기 요금에 대해서 뭐라고 말하지 않은 것을 보니 우편물을 한꺼번에 가져가다 미처 고지서를 못 봤을지도 모른다는 생각에서였다. 뭐 이런 거로 남의 집에 무단 침입이냐 싶지만, 너무나도 가깝게 붙은 옆집이어서 그랬는지, 아니면 쓸데없는 거에 목숨 거는 청춘의 호기 때문이었는지 몰라도 우리는 스스로의 행동에 별 생각이 없었다.

"근데 이걸 열 수 있을까?"

우리는 옆집 문에 달린 전자식 도어 록을 빤히 노려보았다. 옆집과 우리 집은 좁다란 현관을 같이 쓰고 있었는데 방음이 되지 않아 현관에서 들리는 소리가 방문 너머로 들려오곤 했다. 유추하건대 옆집 문의 비밀번호는 네자리. 우리는 0000부터 눌러 보기로 했다. 일단 0000번은 아니었다.

"잠깐, 그런 구식 방법 말고, 멜로디를 기억해 봐."

룸메가 말했다. 우리는 잠시 악상을 찾아내려는 사람들처럼 진지하게 멜로디를 떠올렸다. 아침저녁으로 들려오던 음정. 띠띠띠띠. 띠로링. 하지만 우리처럼 멜로디를 기억해서 비밀번호를 알아내던 도둑이 있었던 때야말로 옛날 중의 옛날이었다. 전자식 번호 키의 모든 번호는 같은음정을 냈다. 별 방법이 없다는 생각이 들었을 즈음에야불현듯 현실감이 느껴졌다. 잠시 정신이 나갔다. 5000원을 위해 무단 침입할 생각을 하다니. 번호 키를 골똘히 바라보는 룸메에게 그만하고 들어가자는 뜻으로 어깨를 툭툭 쳤다. 그리고 동시에 띠로링- 문이 열렸다.

"뭐야, 몇 번이었어?"

놀라서 물으니,

"3010이었어."

라는 답변이 돌아왔다. 왜 그 숫자를 눌렀냐고 물으니 룸메는 잘난 척하듯 안경을 추켜올리며 말했다. 우리가 전기 요금 보낼 일이 있을까 봐 옆집 사람 계좌번호를 받아 뒀는데 알고 보니 옆집 사람의 핸드폰 번호였던 기억이 나서 뒷자리를 눌러 보았다고. 원래 한 가족끼리 전화번호 뒷자리를 맞추곤 하니까. 익숙한 번호여서 비밀번호로도 쓰지 않을까 싶었다고.

"오, 대단한걸."
"별말씀을."
"근데 우리 진짜 들어가?"
"인제 와서?"

룸메가 힘차게 문을 열었다. 이래도 괜찮을까 하는 걱정 사이에서도 정말로 고지서를 되찾아올 수 있을 것 같다는 생각에 묘한 흥분감이 느껴졌다. 하지만 완전히 문이 열리자 우리는 더 이상 웃을 수 없게 되었다. 이곳에서는 고지서를 찾아올 수 없다고 느꼈다. 입구부터 우리의 진입을 막는 수많은 쓰레기들. 남은 음식물이 덕지덕지 붙어 썩어 가는 플라스틱 그릇들이 우리의 키를 훌쩍 넘어 천장까지 쌓여 있었다. 집 안쪽도 마찬가지였다. 캔이며 병이며 각종 과자 봉지에다 내용물을 알 수 없는 검은 봉지와 흰 봉지까지 되는 대로 바닥에 널려 있어 장판조차 보이지 않았다. 이 집에서 유일하게 깨끗한 곳은 거실 끝에 보이는 컴퓨터가 놓인 네모난 공간뿐이었다. 컴퓨터 책상 위에 있는 큰 창문은 환기를 시키려는 듯 열려 있었고, 창밖에서 불어온 바람이 우리가 서 있는 현관문까지 밀려왔다. 콧속을 파고드는 끔찍한 악취. 우리는 너 나 할 것 없이 손으로 코를 가렸다. 지금껏 하수구 냄새라고 여겼던 것이 옆집 냄새였다는 것과 늘 깨끗하고 예쁜 모습으로 출퇴근을 하던 옆집 여자가 이런 곳에서 생활하고 있다는 데에서 느껴진 괴리감이 우리를 그 앞에 멍하니 멈춰 세웠다. 어떻게 이런 곳에서 살

수 있지? 어떻게 생활할 수 있지? 기본적인 의문들 속에서 바로 옆집이 이런 지경이라는 것을 왜 우리는 이토록 모르고 있었는지에 대해 생각했다. 하지만 누가 나의 이웃이 쓰레기장을 만들며 살 것이라고 상상하겠는가.

"벌레가 여기서 온 거야."

룸메가 말을 이었다. 우리는 그동안의 자취 생활에서 의아스러웠던 부분들을 하나하나 퍼즐 조각 맞추듯이 떠올렸다. 우리의 자취방은 대학교에서 도보로 15분 정도 걸리는 곳에 있었다. 교통편을 이용할 수 있는 곳도 애매하게 먼 그런 자리. 인근 지하철역과 가장 가까운 버스 정류장 두 곳을 이은 삼각형의 딱 중심에 있는 주택이라고 할까. 그래서 인적이 드물고 세가 저렴해 형편이 썩 좋지 않은 우리도 반지하나 옥탑이 아닌 1층에 살 수 있었다. 교통이 애매하다는 점을 빼면, 가까운 곳에 시장이 있었고 동네 사람들의 발걸음으로 유지 중인 브랜드 없는 큰 마트가 하나 있어 생활하기에는 크게 불편하지 않았다. 다만 그 시장이 유독 가까워서 벌레가 꼬인다고 생각했는데, 오늘에서야 그게 모두 옆집 때문이었다는 사실이 밝혀진 것이다. 아직 집 안에 들어서지 않았는데도 왱왱대는 날파리 소리가 희미하게 들려왔다. 검은 점이 현관 문턱을 넘어오기 시작했는데, 다름 아닌 바퀴벌레였다.

"으악!"

내가 새된 비명을 지르자 룸메가 바퀴벌레를 발로 짓밟았다. 그래, 벌레를 향한 무자비함 때문에 룸메를 룸메로 스카우트했더랬지. 나는 안도와 존경을 담은 얼굴로 룸메를 바라보았다. 룸메는 고개를 쭉 빼고 집 안쪽을 이리저리 둘러보았다. 옆집에는 비단 바퀴벌레만이 아니라 정말 다양한 종류의 벌레들이 있었다. 개미도 있었고, 그리마도 있었고, 이름을 알 수 없는 딱정벌레류의 무언가와 크기가 천차만별인 거미들도 천장에 주렁주렁 매달려 있었다.

"그래도 꼽등이는 없네."

룸메가 다행이라는 듯이 말했다. 하지만 이대로라면 꼽등이가 출현하는 것도 시간문제가 아닌가. 우리 집까지 피해를 보는 일은 막아야 한다. 하지만 남의 집 쓰레기를 치우라고 우리가 말할 수 있는 걸까. 아니 이 정도면 집주인에게 말하는 것이 당연한 순서 아닌가. 나는 다시 고개를 돌려 룸메를 쳐다보았다. 그녀의 얼굴에서 내가 품은 당혹감을 찾고 싶은 마음에서였는데, 내 바람과 다르게 룸메의 표정은 한없이 일그러져 있었다.

"너 들었어?"
"뭘?"
— 애옹.

귀를 기울이자, 아주 작고 여린 고양이 울음소리가 들렸다. 이 쓰레기장 안쪽 어디에 고양이 사료가 있고, 고양이 화장실이 있고, 또 고양이가 있는 걸까. 나는 황급히 옆집 문을 닫고 밖으로 나왔다. 고양이가 이런 곳에 있다 한들 옆집 여자의 품에서 고양이를 함부로 뺏어 올 수는 없었다. 우리가 설령 좋은 뜻을 갖고 있다고 할지라도. 하지만 룸메는 우리의 방으로 획 들어가더니 마스크를 챙겨 와 나에게 건네주었다.

"데려오자."

마스크를 쓰며 룸메가 말했다.

"안 돼. 고양이는 고지서 같은 게 아니잖아."

나는 고양이를 구해 온다 한들 우리 형편으론 키울 수 없다는 점과 이런 경우 동물보호연대 같은 곳에 민원을 넣는 것이 어른의 방식이라는 점을 설명했지만 룸메는 다시 옆집 문을 열고 있었다.

"그럼 넌 여기서 기다려."

룸메는 쓰레기들이 쌓인 입구로 성큼성큼 걸음을 옮겼다. 룸메가 쓰레기를 밟을 때마다, 비닐과 플라스틱이 뭉개지는 소리가 들렸다. 나는 시간을 확인했다. 지금이 오후 4시니까, 옆집 사람이 퇴근할 때까지 대략 네 시간 정도 여유가 있었다.

"구한 다음에 어떻게 할 건데?"
"병원에 데려가야지."
"병원비는?"
"글쎄다. 나 휴학할까?"

어느새 룸메의 목소리가 멀어지고 있었다. 입구에 잔뜩 쌓인 쓰레기 더미 너머 보이지 않는 곳으로 이동한 듯했다. 어쩐지 문 앞에서 기다리기엔 걱정이 되어 나도 마스크를 쓰고 안으로 들어갔다. 아직 낮인데도 어둑어둑한 방 안. 핸드폰 플래시를 켜고 쓰레기 더미로 한 발 내딛자, 검은 점들이 후다닥 자리를 피하는 광경이 펼쳐졌다. 현관 입구에서 봤던 바퀴벌레들이었다. 아. 어떻게 잠을 자는 걸까. 이런 곳에 누웠다간 잠든 새에 귓구멍이나 콧구멍으로 벌레들이 파고들 것만 같았다. 이윽고 집의 한

가운데에 들어서 보니, 이곳에 쓰레기들만 없다면 우리가 사는 한 칸짜리 방보다 이 집 평수가 훨씬 넓다는 것을 알 수 있었다. 방 두 개와 넓게 빠진 거실, 수납공간이 충분한 싱크대. 작은 문이 달린 창고로 추측되는 곳과 세탁기가 놓인 베란다까지. 나는 돌연 짜증이 났다. 한 층을 둘로 나눌 거면 딱 반반씩 나눌 것이지 한 곳은 원룸으로 만들어 놓고 다른 한 곳은 이렇게 풍족하다니. 옆집과 월세 차이가 나는 줄은 알고 있었지만, 집 크기가 이토록 확연히 다를 줄은 상상도 못 했다. 물론 더 상상 이상인 것은 둘이 살고도 남을 만한 이 큰 집이 동굴처럼 느껴질 정도로 쓰레기를 쌓아 두었다는 것이지만 말이다. 나는 불현듯 핸드폰 카메라로 집 안의 풍경을 사진으로 찍었다. 혹시나 우리가 집 안에 들어와 있는 상황을 다른 이에게 들키게 된다든가, 고양이 문제를 추궁받는다든가, 후에 집주인 아줌마와 이야기하는 상황이 왔을 때 증거 사진이 필요하다고 생각했기 때문이었다. 사생활이 담긴 공간을 멋대로 찍는 건 안 될 일이지만…. 상식 밖의 쓰레기들을 단순한 사생활로 볼 수는 없었다.

- 애옹.

다시 한번 고양이 울음소리가 들려왔다. 핸드폰 조명을 조심스레 비추며 소리가 나는 방향을 따라가니, 쓰레기가 그나마 없는 작은 방이 보였다. 방 한가운데를 차지한 커다란 매트리스 위에는 쓰레기가 없었고, 군데군데 찢어진 누런색 이불이 뭉쳐져 있었다. 경악스러운 것은 매트리스 둘레에 놓인 수십 개의 바퀴벌레 트랩들이었다. 끈끈이 트랩에 붙잡힌 바퀴벌레는 좁쌀만 한 크기부터 엄지손가락만 한 크기까지 각양각색이었고, 개중에는 꿈틀거리며 살아 있는 놈도 있었다. 지금까지 살면서 봤던 벌레보다 이곳에서 만난 벌레의 수가 더 많은 것만 같았다. 나는 몸서리치며 트랩으로부터 한두 걸음 뒷걸음질 쳤다. 그런데 이미 이 정도로 트랩에 벌레가 붙잡혀 있으면, 매트리스 위로도 다른 벌레가 넘어오지 않을까. 절로 눈살이 찌푸려졌다. 그때, 오른쪽에 있는 창문 너머로 고양이의 그림자가 보였다. 이 집 안에 있는 게 아니구나 싶어 소리쳐 룸메를 불렀다.

"고양이 밖에 있어!"

목소리에 웃음이 섞였다. 그래, 고양이는 밖에 있고, 우리는 착각했고, 더 이상 옆집 사람의 집에 있을 필요가 없었다. 고지서는…. 한전에 전화를 걸어 납부 방법을 자동 이체로 바꾸면 모든 것이 해결된다. 이 해프닝을 계기 삼아 귀찮아서 미루었던 일을 한 번에 처리하면 된다. 그렇게 마음 놓고 있을 무렵, 창문 너머로 사람 머리통 같은 그림자가 스윽 올라왔다. 무단 침입을 들킬까 봐 놀란 나는 그대로 얼음이 된 듯 굳어 버렸다. 창밖의 그림자는 고양이를 잡아 안더니 창문을 열었다.

"나야."

룸메였다.

"뭐야, 거기 어딘데?"
"베란다."
- 애오오옹.

룸메 손에 잡힌 고양이가 불만스럽다는 듯이 울었다. 본래 흰색 털을 가진 페르시안 고양이 같았는데, 듬성듬성 털이 뽑혀 분홍빛 살갗이 드러나 있었고 피부병에 걸린 듯 오돌토돌한 돌기들이 앞발과 뒷다리에 돋아 있었다. 아. 나는 고양이의 노란 눈과 마주치고 나서야 룸메를 따라 들어오길 잘했다는 생각이 들었다. 이대로 두었으면 이 고양이는 조만간 싸늘한 시체가 되었을 게 분명했다.

"이제 나가자."

룸메는 내 말에 고개를 끄덕이더니 고양이를 품에 안고 베란다의 쓰레기 더미를 헤쳐 나갔다. 나도 침대방을 빠져나와 베란다 입구 쪽으로 걸음을 옮겼다. 그때 꺄악, 하고 룸메의 작은 비명이 들렸다. 베란다 입구 쪽에서 룸메가 아니라 고양이가 튀어나왔다. 어서 잡으라는 룸메의 보챔 속에서, 나는 조심스럽게 고양이의 몸통에 손을 가져다 댔지만, 놓쳤고, 바닥에 버려진 비닐봉지의 손잡이 부분에 발이 걸렸는지 그대로 쓰레기 바닥에 엎어졌다. 마스크를 쓰고 있어도 파고드는 악취와 이마로 느껴지는 질척한 액체와 벌레 다리의 미세한 움직임들. 욱. 나는 재빨리 몸을 일으켜 두 손으로 이마를 닦아 냈다. 넘어지면서 이마로 벌레를 터트린 듯했다. 우욱. 계속해서 헛구역질이 났다. 목이 뻐근해지며 절로 눈물이 차올랐다. 쓰레기 더미를 헤치고 나온 룸메가 나에게 물었다.

"괜찮아?"

나는 고갤 끄덕이고는 고양이가 빠져나간 곳을 가리켰다. 우리가 들어왔던 현관문 앞에 고양이가 멈춰 서 있었다. 룸메가 먼저 걸음을 옮겨 고양이가 있는 곳으로 달려갔다. 문 앞에 쌓인 배달 음식 더미에 꽂힌 나무젓가락에 룸메의 팔찌가 걸려 틱, 소리와 함께 끊어졌다. 아.
아까워할 시간도 없이 고양이가 잽싸게 도망쳐 나가면서,
열린 문틈이 서서히 좁혀지더니, 바람의 영향으로 쾅, 소
리를 내며 문이 닫혔다. 얼마나 세게 닫혔는지 입구에 쌓
여 있던 쓰레기들이 와르르 현관 쪽으로 무너져 내렸다.
한발 늦게 현관문에 도달한 룸메가 문손잡이를 돌려 댔
다. 하지만 뭐가 잘 안 되는지 한참을 끙끙거리고 있었다.
나는 밀물처럼 차오르는 불안한 마음을 구역질과 함께 삼
켰다.

"안 열려."

룸메가 말했다.

"다시 해 봐. 건전지가 다 된 거 아냐?"
"우리 들어올 때까지만 해도 됐잖아."
"쓰레기 때문인 거 아냐?"
"안에서 밖으로 여는 문인데?"

룸메는 몸을 비켜서서 잠금장치에 걸린 물건이 하나도
없다는 것을 보여 주었다. 나는 직접 문손잡이를 돌려 보
았다. 힘을 주어 밀어도 밀리지 않았다. 체중을 실어 몸통
박치기를 하듯 쾅쾅, 밀어 보았지만, 역시나 문은 열리지
않았다. 도어 록 뚜껑을 열어서 건전지를 뺐다 끼기를 반
복해도, 레버를 수동으로 돌려 보아도, 룸메와 함께 문으
로 돌진해도, 문은 꼼짝도 하지 않았다. 녹이 슬었나. 무언
가 잘못 맞물렸나. 문틈에 쓰레기가 꼈나. 의문이 들 때마
다 의심 가는 구석을 살펴보았지만, 도무지 이유를 찾을
수 없었다.

"망했어. 팔찌도 안 보인다."

룸메가 나지막이 말했다. 나는 이 와중에 팔찌가 대순가 싶었다. 일단 탈출구부터 알아보고 나서 팔찌를 함께 찾아보자고 제안했다. 정말이지 이곳에는 일분일초도 더 머물고 싶지 않았다. 옛날에 만들어진 집인 만큼 방범 면에서 허술할지도 모른다. 분명 빠져나갈 방법이 있을 것이다. 우리는 각자 흩어져서 탈출구를 찾기로 했다. 화장실에 나 있는 작은 창문은 절대로 성인 여성이 통과할 수 있는 크기가 아니었고, 세면대와 타일 바닥엔 빈 담뱃갑과 담뱃재가 가득했다. 베란다 창문에는 쇠로 된 방범 창이 굳게 버티고 있어서 도구가 없는 이상은 떼어 낼 방도가 없어 보였다. 다른 방의 창문들도 마찬가지였다. 마지막으로 열어 본 곳은 창고 문이었다. 창고가 있는 위치 자체가 우리가 사는 연립 빌라의 뒤쪽 담벼락과 맞닿은 곳이기 때문에 탈출구가 있으리란 기대는 들지 않았지만, 그저 혹시나 하는 마음에서였다. 역시나 창고 안엔 창문이 없었고 대신에 컴퓨터 모니터만 한 크기의 택배 상자 하나가 다소곳이 놓여 있었다. 나는 창고 문을 닫았다. 부정하고 싶어도 이제는 인정해야 했다. 우리는 이곳에 갇히고 말았다.

"수희야. 핸드폰 있지?"

룸메가 물었다. 나는 주머니를 뒤졌다. 핸드폰이 보이지 않았다. 아까 고양이를 쫓다가 넘어지면서 떨어뜨린 모양이었다. 바닥 어딘가에 있을 텐데 검은색 핸드폰이어서 그런지 더더욱 찾기가 어려웠다. 해는 점점 저물고 있었고 방 안은 어두워져 갔다. 우리는 일단 전등 스위치를 켜기로 했다. 하지만 형광등이 나가 버렸는지, 스위치를 달칵거려도 불은 들어오지 않았다. 이대로 시간이 지나면 벌레가 몸 위로 올라와도 모를 정도로 어두워질 것이란 생각에 팔뚝에 소름이 돋았다. 몸서리치는 나를 보며 룸메가 입을 열었다.

"전기 요금 겁나 열심히 냈는데 말이지."
"그러게."

아무렇지 않은 듯이 말하는 룸메 덕에 나는 불안한 마음을 조금 다독였다. 우리는 내가 넘어진 곳을 중심으로 근방 바닥을 손으로 훑어 샅샅이 뒤져 보기로 했다. 룸메의 팔찌도 찾을 겸 말이다. 손으로 바닥에 놓인 쓰레기를 뒤적일 때마다 무언가가 움직였고, 손가락에 알 수 없는 액체가 끈적이며 달라붙기도 했다. 결국 내 핸드폰은 찾아냈지만 룸메의 팔찌는 끊어진 금색 줄만 발견됐을 뿐이었다. 하트 모양 펜던트는 아무리 찾아도 보이지 않았다. 룸메는 울상이 되었다. 화장실 세면대에서 손을 씻으며 아끼는 팔찌냐 물으니, 홍대에 있는 가판대에서 저렴하게 득템한 물건이라고 말했다. 비싸지 않으면서도 고급진 태가 나서 이제부터 평생 아껴 주려고 결심했다는 것이다. 룸메의 말을 들은 나는 심드렁해졌다. 특별한 의미도 없고 가격도 그냥 그런 팔찌의 펜던트를 잃어버린 룸메에 비하면 핸드폰을 깨뜨린 내가 더 울적해야 하는 것이 아닌가 싶었다. 나도 같이 투덜거려 볼까 하다가 괜한 감정 소모로 에너지를 빼앗기고 싶지 않아 그만두었다. 대신에 나는 룸메의 등을 토닥이며 내 핸드폰을 보여 주었다. 핸드폰 액정은 거미줄 모양의 금이 간 채로 완전히 깨져 있었다. 화면은 무지갯빛을 띠었고 정상적인 작동이 잘 안 되는 듯했다.

"날 보고 힘내."

"아이폰이 아이폰 했네."

룸메가 말했다. 나는 일말의 희망을 담아 핸드폰 화면 여기저기를 눌러 보았다. 터치가 되는 듯했지만 무엇이 작동되는지 정확히는 알 수가 없었다.

"넌 폰 두고 왔어?"

내가 물었다.

"응. 근데 대충 무슨 버튼이 어디 있는지는 알잖아. 느낌적으로 터치해 봐. 119."
"신고하자고?"
"그 수밖에 더 있어? 옆집 사람 온대 봤자 그 사람도 문 못 열 거 아냐."

나는 잠시 우리의 죄명을 떠올렸다. 무단 침입에, 기물 파손에, 반려동물 방생, 고지서 삥땅까지. 아무리 벌금이 적게 나온다 해도 100퍼센트 휴학 각이었다. 패션처럼 차고 다니던 손목시계를 바라보니 시간은 오후 5시였다. 옆집 사람이 돌아오기까지는 아직 세 시간 정도 여유가 있었다. 나는 일단 내 핸드폰으로 전화를 걸 수 있는지를 확인하기 위해 룸메 폰으로 전화를 걸었다. 어설프게 집을 나누어서 그런지 벽 너머로 희미하게 룸메 폰의 벨 소리가 들려오는 듯했다. 통화 연결음도 정상적으로 들렸다. 나는 전화를 끊고 나서 걸음을 옮겼다. 이 집에서 유일한 청정 구역 중 하나인 컴퓨터 앞으로 가 본체 전원을 눌렀다. 룸메는 내 뒤를 따라와 왜 바로 신고를 안 하느냐 물었다. 나는 이대로라면 벌금이 상당할 것이니, 출장 열쇠 수리공을 부를 생각이라고 했다. 벌금을 내는 것보다야 도어 록을 새로 설치하는 것이 더 저렴할 것이라는 생각 반, 119에 신고해도 결국 문 따는 일은 전문가가 해야 수월하게 끝날 거라는 생각 반이었다. 룸메는 좋은 생각이라며 내 옆에 바짝 붙었다. 하지만 인터넷 검색을 사용할 요량으로 컨 컴퓨터의 모니터 화면은 수없이 많은 한글 문서로 꽉 차 있었다. 바탕 화면 하단에 으레 있기 마련인 작업 표시 줄조차 없었다.

"이게 뭐야."

"껐다 켜 봐."

룸메가 본체 전원 버튼을 꾹 눌렀다. 하지만 몇 번을 재시작해도 작업 표시 줄은 나타나지 않았다. 마우스 우클릭도 먹통이라 제어판을 띄울 수도 없었다. 할 수 있는 행동이라고는 바탕 화면을 가득 채운 한글 파일을 열거나 닫거나 읽는 것뿐이었다. 파일 하나를 조심스레 더블클릭하자, 갑자기 꺅, 하는 비명이 들려왔다. 룸메 쪽으로 뒤돌아보니 룸메가 탭댄스를 추듯 제자리에서 발을 굴렀다.

"아, 씨, 거미가 기어 올라왔어!"

"벌레 안 무서워하는 거 아니었어?"

"거미는 벌레가 아니야."

룸메가 단호한 얼굴로 답했다. 그러곤 내 양어깨를 잡고 흔들며 그냥 신고하자고 졸랐다. 순간 고양이를 구하겠다고 호언장담하면서 들어선 건 너잖아, 라는 말이 목구멍까지 차올랐다. 나도 벌레들이 득실거리는 이곳에 오래 있고 싶지 않은 것은 매한가지였다. 나는 잠깐 고민하다가 114에 전화를 걸어 열쇠 수리공의 번호를 알아냈다. 다행히도 수리공은 한 시간 내로 도착할 수 있다고 말했다. 통화를 종료한 뒤, 나는 의기양양한 표정으로 룸메를 바라보았다. 이로써 내가 몇백만 원은 아꼈다는 것을 뽐내 보려고 했는데…. 룸메는 어느새 컴퓨터 모니터에 시선을 고정한 채, 스크롤을 내려 한글 파일을 읽고 있었다.

"뭐 해?"

내가 물었다.

"너도 볼래?"
"그걸 왜 보고 있어."
"그럼 한 시간 동안 뭐 하게. 쓰레기 더미를 보고 있느니 난 모니터를 보겠어."

터무니없는 핑계로 남의 사생활을 침해하면 안 된다고 잔소리를 일장 늘어놓았지만, 10분 정도 지나자 룸메의 말이 맞는 말처럼 여겨졌다. 핸드폰은 깨졌고, 편히 쉴 수도 없고, 룸메는 모니터에 시선을 고정하고 있다. 나는 룸메 주변 자리의 쓰레기를 발로 치워 공간을 만들고는 룸메 옆에 찰싹 달라붙어서 함께 모니터 속 글을 읽어 내려갔다. 그것은 옆집 사람의 일기였다.

*

나는 지금 살아 있습니다. 그러니까… 말 그대로 살아 있기만 하고 있습니다. 살아 있으려면 열심히 무언가를 해야 한다고만 생각했는데 무언가를 하지 않아도 사람은 그저 살아 있을 수 있었습니다. 모든 생활은 침대에서 시작되고 침대에서 끝이 납니다. 식사는 밥을 입에 밀어 넣어야지 살아 있을 수 있다는 생각으로 해결합니다. 하루 두 끼를 겨우 식도 안으로 밀어 넣고 나면 쓰레기가 바닥에 쌓입니다. 며칠 전에 쌓아 놓은 도시락 통에는 구더기가 꿈틀거리기 시작했습니다. 아무것도 없던 곳에서 어떻게 구더기가 태어나는 것일까요. 무(無)에서 피어오르는 생명의 창조를 지켜보는 듯한 느낌입니다. 구더기의 숨이 늘어날 때마다 악취가 점점 심해집니다. 끔찍한 냄새입니다. 하지만 이 상황에서 내가 무엇을 할 수 있을지 잘 모르겠습니다. 작은 일도 그저 막막하기만 합니다. 쓰레기를 버리는 일이 불쾌감을 견디는 것보다 버겁습니다. 나는 이곳의 공기를 견디며 생활하고 있습니다. 벌레들의 발자국 소리를 들으며 하루를 마무리합니다. 나는 하루하루 썩어 가는 것들을 만들어 냅니다. 오로지 나만이 이곳에서 썩지 않고 살아 있는 중입니다. 쓰레기들 사이에 있으니 나 또한 거대한 쓰레기가 된 것 같기도 합니다. 쓰레기 같은 년. 그 사람이 내게 말한 대로입니다. 볼품없는 이 생은 통장 잔고가 0이 되는 순간 끝이 나고 말 것입니다. 그동안 많이 버텼습니다. 그만큼 열심히 살았기 때문이었지요. 나는 정말로 열심히 살려고 노력했습니다. 게으르지 않았어요. 게으르지 않았기 때문에 그 사람을 만났습니다. (…)

*

오랜만에 언니로부터 연락이 왔습니다. 메신저를 모두 탈퇴해 버려서 연락할 방도가 없었을 텐데, 언니는 나의 계좌에 입금하는 방식으로 메시지를 보내왔습니다. 계좌번호를 핸드폰 번호로 만든 것이 실수였을까요. 한 번에만 원씩을 넣은 스무 개의 입금자명은 내게 말을 걸고 있었습니다.

[네가아직도] [힘들다는거] [알아난항상] [네편이될게] [잘살아있는] [건지걱정이] [된다이걸확] [인하면연락] [해줬으면좋] [겠어지난번] [말해줬던거] [찾아냈거든] [아직도거기] [살고있는거] [맞다면답장] [한번만해줘] [그것을네게] [보내려고해] [분명히네게] [필요할거야]

내 기억이 맞다면 [그것]은 그 사람과의 법정 공방이 모두 끝났을 때 언니가 알려 준 방법이었습니다. 법은 저를 위한 도구가 아니라고 덧붙이면서요. 그때 나는 언니의 말을 듣지 않았습니다. 허무맹랑한 무언가에 기대고 싶지도 않았고 재판이 끝났으니 나는 자유가 되었다고 생각했습니다. 머릿속을 맴도는 끔찍한 하루에서 벗어나게 되었다고 믿었어요. 법적으로 나는 피해자고 그 사람이 가해자라고 명명되었으니까요. 하지만 모든 일을 마무리 짓고서 일상을 마주하자, 아무것도 해결되지 않았다는 것을 깨닫고 말았습니다. 지난 반년간의 재판은 그저 그 사람에게 돈을 내고 면죄부를 살 기회를 준 것이었습니다. 그것이 다였습니다.

*

또 한 번, 언니에게서 돈이 입금되었습니다. 이번에는 입금자명에 언니의 이메일 주소가 적혀 있었습니다.

*

오늘은 비가 왔습니다. 환기를 위해 열어 둔 창문으로 새하얀 고양이가 우리 집에 들어왔습니다. 비를 피할 요량이었던 모양입니다. 축축하게 젖은 털이 마르고 나면 떠나겠지 싶었습니다. 더러운 곳이니 금방 가 버릴 거라고 생각했지만, 비가 그쳐도 고양이는 나가지 않았습니다. 사람이 익숙한 집고양이였나 봅니다. 조심스레 다가가 관찰해 보니 다른 길고양이에게 공격이라도 받았는지 등에 난 털이 듬성듬성 뽑혀 있었고, 앞발과 뒷다리에 두드러기가 나 있었습니다. 나는 그 아이를 치료해 줄 수도 보살펴 줄 수도 없는 쓰레기였습니다. 너를 키우는 건 학대겠지. 나는 앙증맞은 발로 쓰레기 더미를 꾹꾹 누르는 고양이를 조심히 감싸 안아서 창문가로 기어코 밀어 보냈습니다. 그러곤 늘 그랬던 것처럼 침대에 누워 억지로 눈을 감고 하루를 끝냈습니다. 하지만 다음 날 아침이 왔을 때 나는 따뜻한 무게를 느끼며 깨어났습니다. 고양이가 내 위에 올라타 잠을 자고 있었습니다. 선명한 온기가 느껴졌습니다. 뜨겁고 물렁한 살아 있는 것의 무게가, 기꺼이 곁을 내어 주는 그 보드라움에 울음이 터졌습니다. 이 모든 게 아무것도 아니라는 듯 고양이가 다시 열린 창 너머로 떠났을 때 나는 고양이 사료를 주문했습니다. 나도 다시 무언가를 할 수 있을 것 같았습니다.

*

이력서를 다시 찾아보고자 오랜만에 포털 사이트에 접

속했습니다. 수없이 쌓인 메일 속에는 부모님에게서 온 메일도 섞여 있었습니다. 내용은 뻔한 말들입니다. 시간이 해결해 준다고 합니다. 다른 사람은 멀쩡히 살아간다고요. 마음의 감기에 걸렸다 생각하고 부지런해지라는 말입니다. 이것이 병의 일종이라면, 이것은 암입니다. 아니 암보다 더 지독한 것입니다. 암에 걸린 사람에게 부지런해져야 한다고 말하는 사람이 있을까요. 나는 메일의 마지막 문장을 봅니다.

'다행히 당하진 않았잖니.'

*

손가락이 닿았잖아 손가락이 닿았잖아 손가락이 닿았잖아 손가락이 닿았잖아 손가락이 닿았잖아 손가락이 닿았잖아 닿을 수 없는 곳에 손가락이 닿았잖아 손가락이 닿았잖아 손가락이 닿았잖아 손가락이 닿았잖아 손가락이 움직였잖아 손가락이 닿았잖아 손가락이 닿았잖아 어떻게 닿을 수 있어 손가락이 닿았잖아 손가락이 닿았잖아 손가락에 비볐잖아 손가락을 그리고 손가락을

*

나는 언니로부터 [그것]을 받기로 했습니다.

*

    택배가 도착했습니다. 하나는 고양이 사료였고 다른 하나는 언니로부터 받은 [그것]이 든 상자였습니다. 평범한 골판지 박스에 무엇을 넣어서 준 것인지, 아무것도 들어 있지 않은 것처럼 가벼웠습니다. 나는 조심스레 상자를 열어 보았습니다. 상자 안엔 눈을 의심하게 할 만큼 아주 검은 어둠이 있었습니다. 핸드폰 플래시로 안을 비춰 보아도, 아무것도 보이지 않았습니다. 나는 고양이 사료를 몇 알 집어서 그 검은 어둠 속으로 떨어뜨려 보았습니다. 수 초가 지나도 사료 알이 떨어지는 소리가 들리지 않았습니다. 마치 깊이를 알 수 없는 좁고 기다란 통로에 떨어진 것처럼. 나는 바닥에 버려진 빨대 하나를 집어 들곤 어둠 안에 세로로 넣었습니다. 빨대는 어둠 속으로 사라졌고, 역시나 아무런 소리도 들리지 않았습니다. 상자를 다시 뒤집어도 사료 알과 빨대는 나오지 않았습니다. 그 대신 종이 한 장이 팔랑 떨어졌습니다. 노트 한 장을 뜯어낸 듯한 종이는 다름 아닌 언니의 편지였습니다. 이 상자는 이름 부를 수 없는 [그것]을 통해 만들어 낸 연결 통로라고 합니다. [그것]의 존재는 우연히 지하철역 앞에서 만난 전도사들에게 들어서 알게 되었다고 합니다. 처음엔 언니도 이들이 추종하는 [그것]이 말도 안 된다고 생각했고 무시했지만, 호기심에 그들의 아지트를 찾아가게 되면서 많은 것을 알게 되었다고 합니다. 바로 이 상자가 그 앎의 증거이자, 또 나를 위한 선물이 될 거라는 말이 편지에 적혀 있었습니다. 그리고 그 뒤에는 행성의 음성 기관이나 공명하는 지구, 무지한 신호는 차단시켰다는 이해할 수 없는 말들이 이어지고 있었습니다. 나는 어딘가 두서없는 언니의 글이 의아스러웠습니다. 이해할 수 있는 부분만 정리하자면 이 상자는 그 사람과 아주 긴밀하게 연결되어 있다고 합니다. 연결 조건은 나를 침범한 모든 존재라고 했습니다. 언니는 그 사람도 자신의 깊은 곳에 무언가가 들어오고 나갈 수 있음을 느껴 봐야 한다고 했습니다. 그러니 상자 안에 최대한 가늘고 긴 것을 넣어 달라고 했습니다. 가늘고 긴 것. 주위를 둘러보다 나는 놀랍도록 가늘고 긴 것을 발견했습니다. 머리카락이었습니다. 그 사람과의 재판 이후 매일매일 길러 온 가늘고 길고 검은 나의 시간들. 나의 머리카락들. 나는 가위를 들어 쇼트커트가 되도록 머리카락을 잘라 내 상자 안에 넣었습니다.

*

　언니로부터 메일이 도착했습니다. 언니가 쭉 그 사람을 지켜보고 있었던 모양입니다. 골목길에 멈춰 서서 구토를 하는 그 사람의 옆모습, 더 확대된 옆모습, 더욱더 확대된 옆모습을 확인하니 그의 입으로부터 쏟아지는 검은 물이 보였습니다. 얼굴 가까이 완전히 클로즈업된 사진을 보고 나는 언니의 말을 이해했습니다. 그 사람의 입에서 길고 긴 머리카락이 쏟아지고 있었습니다. 타액과 뒤섞여 이리저리 엉킨 머리카락들을 뱉어 내려고 입속에 손을 넣고 꺼억꺼억, 마치 하수구 속 이물질을 끄집어내는 것처럼, 아니 그보다 더 절박하게 안간힘을 쓰는 그 사람의 모습이 보였습니다. 나는 언니가 준 상자가 무엇과 연결되어 있는지 알게 되었습니다. 식도였습니다. 내가 상자에 넣은 물건은 그의 식도를 통해 다시 세상 밖으로 나오게 되는 것입니다. 사진 속 그 사람의 발치에는 고양이 사료 알과 빨대가 놓여 있었습니다. 나는 그 자리에서 웃음을 터뜨렸습니다.

*

식도는 평소 원통 모양이 아니라 납작한 형태라고 합니다. 그래서 서커스 예술가들이 입안에 기다란 칼을 넣는 묘기를 선보이는 거라고 해요. 단지 위험과 대단함을 강조하기 위해서가 아니라, 지팡이 같은 원통형 물건은 식도에 들어가지 않기 때문에. 내 주변엔 납작하게 기어갈 수 있는 작은 것들이 아주 많았습니다. 나는 바퀴벌레 트랩을 주문했습니다. 벌레들이 끈끈이 트랩에 발이 묶여 옴짝달싹 못 할 정도로 와글와글 모여들면, 그 벌레들을 모아서 한 번에 상자 안으로 밀어 넣었습니다. 그로부터 여섯 시간이 지나면, 언니에게서 사진이 담긴 메일이 도착했습니다. 주말 점심, 파스타 집에서 알리오 올리오를 먹다가 입에서 벌레를 토해 내는 남자라니요. 그 사람의 앞에 앉은 여자는 뒷모습밖에 찍히지 않았지만, 짓고 있을 표정이 눈에 훤히 그려졌습니다. 꼭꼭 감춰 두었던 자신의 속엣것이 토해지는 기분은 어떤 기분일까요. 그리고 그것을 남들에게 들키는 기분은요. 나는 더욱더 다양한 것을 그의 몸속에 집어넣고 싶어졌습니다. 그리고 두 눈으로 직접 그 사람의 얼굴을 마주 보고 싶었습니다. 그렇게 된다면 무언가 바뀌게 되리라고 믿었습니다. 내 삶을 다시 시작할 수 있을 것만 같았습니다. 나는 오랜만에 외출을 결심했습니다. 출근하는 직장인처럼 차려입고선 새벽같이 밖으로 나섰습니다. 모닝커피를 사고, 지하철을

탔습니다. 바쁘게 사는 수없이 많은 사람들 속에 섞여 들자 나 또한 그들의 일원이 된 것 같은 기분이 들었습니다. 보통의 생활, 보통의 사람, 보통의 삶을 누리는 기분 말이죠. 하지만 그 사람이 있는 지역과 가까워질수록 식은땀이 나고 헛구역질이 튀어나왔습니다. 결국, 한참을 방황하다, 상자에 넣을 만한 것들을 하나 사고, 줍고, 발견하고, 찾아내서 집으로 가져왔습니다. 세상에는 상자에 넣을 만한 것들이 많았습니다. 샤프심이라든가, 지렁이라든가, 담배꽁초라든가, 바늘이라든가. 언니는 내가 넣은 물건이 그 사람 입으로 빠져나올 때마다 언제나 가까이에서 사진을 찍어 주었습니다. 하지만 잘게 쪼갠 커터 날을 상자 안으로 넣은 날에는, 아무런 사진도 도착하지 않았습니다.

*

며칠 만에 언니에게 메일이 왔습니다. 잰걸음으로 달려가 확인해 본 메일 안에는 그 사람이 아니라 언니의 사진이 첨부되어 있었습니다. 얼굴에 멍 자국이 누렇게 번져 있고, 코와 입술엔 피가 검붉게 말라붙어 있었습니다. 사진 밑에는 그 사람의 전화번호가 적혀 있었습니다. 나는 전화를 걸었습니다. 수화기 너머로 그 사람의 목소리가 들려왔습니다. 그 사람은 내가 자신의 인생을 망쳤다고 말했습니다. 자신은 딱 한 번의 실수를 했을 뿐이고, 죗값을 치렀고, 다니던 회사는 관뒀고, 슬하의 자식을 뒷바라지하기 위해 열심히 살아가고 있다고. 그런 자신에게 왜 그렇게나 끔찍한 저주를 걸었는지 모르겠다고 말입니다. 그 사람은 나의 언니를 살리고 싶다

면, [그것]의 상자를 불태워 없애는 장면을 실시간 화상
통화로 보여 달라고 했습니다. 하지만 언니의 비명 같은
목소리가 들렸습니다. "태우지 마." 동시에 둔탁한 무언
가가 어딘가에 부딪히는 소리, 언니의 비명 소리가 들리
면서 통화가 끊어졌습니다. 나는 허겁지겁 화장실로 달려
가 담뱃갑과 함께 내동댕이쳐 놨던 라이터를 가져왔습니
다. 언니를 구해야 했습니다. 태우라면 얼마든지 태울 수
있었습니다. 엄지로 부싯돌을 탁, 하고 돌려 라이터 위로
작은 불꽃이 일렁인 순간 내 머릿속에 언니가 한 말이 떠
올랐습니다. 언니는 왜 태우지 말라고 한 것일까요. 상자
를 태우는 것이야말로 언니를 위험에 빠트리는 일이 되는
것일까요? 아니면 복수라는 이름으로 온갖 것들을 상자
안으로 집어넣은 내가 위험에 빠지게 되는 것일까요? 나
는 라이터 불을 끄고 상자를 바라보았습니다. 그제야 언
니가 어떤 방법으로 도대체 무슨 수로 그 사람의 식도와
연결되는 상자를 구해 왔는지 아무것도 모른다는 사실을
깨달았습니다. 저 칠흑 같은 어둠이 들어 있는 상자. 내가
만들어 낸, 온갖 종류의 더러움과 역겨움과 쓰레기와 벌
레들을 넣었던 이 상자의 뚜껑을 닫고 창고에 넣는다면,
언제나 그래 왔던 것처럼 모른 척하고 도망치며 살아간다
면 나는 행복할 수 있을까요? 언니가 세상에서 사라지고
부모님에게서 도착한 메일의 마지막 문장 속에서 "그래
도 다행히 넌 죽지 않았잖니."라는 위로의 말을 발견하게
되어도 나는 견딜 수 있을까요? 나는 상자의 입구를 봉하
지도, 활짝 열지도, 태우지도 않은 채 그저 노려보았습니
다. 문득, 언니의 목소리를 들은 것이 2년 만이라는 사실
을 깨달았습니다. 언니의 목소리를 제대로 듣고 싶었습니
다. 어떻게 [그것]을 알게 되었는지도 궁금했습니다. 그간

어떻게 살았는지도 궁금했고, 어떻게 그 사람을 쫓아다 니며 나에게 사진을 보내 주었는지도 궁금했습니다. 언 니를 만나야겠다, 고 생각했습니다. 언니에게 가는 방법 은 하나였습니다. 직접 상자 안으로 들어가는 것입니다. 평범함으로 위장한 저 입구를 열고 검고 검은 구덩이 속 밑바닥 끝까지 내 온몸을 바쳐 떨어지는 것입니다.

*

나는 이제 들어갈 준비를 모두 마쳤습니다. 혹여 내가 돌아오지 못하게 된다면, 통장에 남은 잔고로 이 집을 깨끗하게 정리해 주시고, 이 집에 자주 드나드는 흰색 고양이를 병원과 보호 시설에 데려가 주세요.

아래에는 옆집 여자의 계좌번호와 비번, 핸드폰 번호 가 적혀 있었다. 거기까지가 다였다. 우리는 이 길고 긴 글들이 도무지 믿기지 않았다. 룸메는 혹시 이 집 안 어 디서 글에 나오는 상자를 보았느냐고 물었다. 나는 창고 에서 커다란 상자를 하나 발견했다고 말했다. 옆집 여자 는 정말로 그 상자 안으로 들어갔을까. 우리는 무엇엔가 에 홀린 듯이 창고에서 상자를 꺼냈다. 상자는 아무것도 들어 있지 않은 듯 가벼웠다. 우리는 조심스럽게 입구를 열었다. 상자 안에는 눈을 의심하게 할 만큼 아주 검은 어둠이 있었다. 그동안 전혀 본 적도 볼 수도 없었던 누 군가의 아주 깊은 어둠이 여기에 있는 것 같았다. 우리 는 할 말을 잃을 정도로 시커먼 암흑을 바라보며 생각했 다. 이 안으로 들어간 옆집 여자가 어떻게 나왔을지에 대해서. 모든 글이 사실이고 이 상자 또한 끝없는 검은

색만큼 선명한 현실이라면, 상자 안으로 들어간 뒤 옆집 여자는 어떻게 되었을까. 나와 룸메는 글 마지막에 적힌 번호로 전화를 걸어 보았다. 신호가 간 지 얼마 되지 않아 아주 희미하게… 상자 너머에서 전화벨 소리가 들려왔다. 띠리리리. 띠리리리리. 핸드폰 기본 설정 벨 소리. 룸메의 벨 소리와 같았다. 하지만 얇은 벽을 넘어온 소리가 아님을 우리는 알고 있었고, 동시에 믿고 싶지 않았다. 깊고 깊은 상자 속에서 들려오던 전화벨 소리가 멈췄다. 핸드폰 스피커에서 분명한 목소리가 나와 귓가에 꽂혔다.

"여보세요?"

동시에 쾅쾅쾅, 누군가 현관문을 두드렸다. 나는 황급히 전화를 끊었다. 열쇠 수리공에게서 전화가 걸려 왔다. 나는 벨 소리를 바로 무음으로 돌렸다. 룸메와 눈이 마주쳤다. 옆집 여자의 벨 소리가 상자 안에서 들렸으니까, 우리 주변의 소리도 어딘가로 연결되어 옆집 여자의 귓가에 들릴지 모른다는 생각이 들었다. 나는 황급히 상자의 입구를 닫아 창고 안으로 들고 들어갔다. 룸메는 현관문 앞에 바짝 붙어 외시경으로 열쇠 수리공의 모습을 지켜보았다. 내가 창고 문을 닫자마자 룸메가 소리쳤다. 아저씨가 보이지 않는다고. 수리공에게서 걸려 오던 전화가 끊겼다. 액정이 망가져 착신 통화 목록이 제대로 보이지 않았다. 룸메는 바깥을 향해 문을 열어 달라고 외쳤다. 나는 수리공이 정말 사라졌는지 확인하려 문 앞으로 달려갔다. 룸메를 밀치고서 외시경 너머를 응시했다. 동그랗게 왜곡된 텅 빈 현관이 보였다가 한순간에 눈앞이 검은색으로 물들었다. 열쇠 수리공의 검은 동공이었다.

*

　문이 열렸다. 열쇠 수리공 아저씨에게 부탁하여 현관
문 도어 록을 원래 있던 것과 똑같은 제품으로 교체했
다. 컴퓨터도 종료했고, 열어 놓았던 집 안 곳곳의 문들
도 모두 닫아 두었다. 처음 들어왔을 때 찍어 둔 사진과
현재의 집 안 모습을 비교하며 질서 없는 쓰레기들 속에
서 나름의 질서를 찾아 최대한 원래 모습대로 돌려놓으
려 애를 썼다. 열쇠 수리공은 어떻게 이런 곳에 사느냐
며 우리를 향해 혀를 찼고 집주인에게 말하러 가야겠다
며 으름장을 놓았다. 우리는 그에게 술값에 보태시라며
웃돈을 얹어 주어야 했고, 그제야 그는 만족스러운 얼굴
로 이 집을 떠났다. 우리는 누가 봐도 반짝반짝 윤이 나
는 현관문 도어 록을 보고 옆집 여자가 어떤 행동을 취
할지에 대해서 생각했다. 하지만 이내 지쳐 방으로 들어
갔다. 누가 먼저 씻을지는 가위바위보로 정했다. 이긴
사람은 나였다. 뜨거운 물을 온몸에 끼얹고 나니 몸이
늘어졌다. 바디 워시 거품을 내서 씻고 또 씻어도 꿉꿉
하고 퀴퀴한 냄새가 사라지지 않는 듯했다. 모공을 통해
살가죽 깊숙이 그 집의 냄새가 박힌 것만 같았다. 씻고
나와서는 컴퓨터 앞에 앉아 박살이 난 핸드폰 수리비가
얼마일지 알아보았다. 하지만 시간이 지날수록 핸드폰
비용보다 다른 것이 더 궁금해졌다. 바로 [그것]이 대체
무엇인지였다. 불명확한 지시대명사로 명확한 무언가를
발견해 내는 것은 불가능했다. 대신에 사이비 종교라든
가, 추종자들이라든가, 연결 같은 단어들을 이리저리 조
합해 보았다. 제대로 걸려 나오는 검색 결과는 하나도
없었지만, 누군가가 오래된 개인 사이트에 기록처럼 남

겨 놓은 글 하나를 발견했다.

　인터넷이 연결되었다. 길이길이길이. 세계가 연결되어
있다는 것은 좋은 일이다. 2만 4200원. 사실 선은 존재하
지도 않았다. 길을 가다 넘어졌을 뿐인데 병원에 왔다. 음
성 기관의 분리. 와와와왕 침범하면 연결된다. 키링카
랑카랑키링해. 혼잣말이 아닌데. 머릿속에서 대화하는 거
다. 구덩이가 커진다. 깊이깊이깊이. 완전한 공명. 지구는
이렇게 말한다. 인터넷은 굉장히 빠르다. 그들은 다른 신
호를 사용해. 웨에에에에에에엑. 왜엑왜엑왜엑. 연결되는
소리는 시끄럽다. 너는 왜 그런 눈으로 봐. 손이 입으로
나왔다. 깨물지 마. 깨물지 마. 깨물지 마. 인터넷이라고
했는데. 키링카랑카랑키링. 머리가 나온다. 머리가 나온
다. 머리가 나온다. 태어나는 거지. 새롭게 시작해. 몸에서
몸을 뱉어 내는 게 탄생이잖아. 깨물지 마. 깨물지 마. 깨
물지 마. 깨물지 마. 깨물지 마. 깨물지 마. 깨물지 마. 깨
물지 마. 감사합니다. 나갈게요. 키링카랑카랑키링.

　문장의 흐름이 모조리 파괴되어 있어 도무지 이해할 수
없는 글이었다. 아까 겪은 비현실적인 일 때문인지 글쓴
이가 옆집 사람처럼 무언가와 연결된 것처럼 느껴지기도
했다. 어느새 샤워를 마친 룸메가 내 옆으로 다가와 함께
글을 읽더니만 컴퓨터 본체를 꺼 버렸다. 룸메는 아무 말
도 덧붙이지 않았다. 그러곤 옆집에 다녀오기 전에 취했
던 그 자세로 누워 핸드폰을 바라보았다.

　우리는 서로 대화를 나누지 않았다. 그저 조용히 누워
서, 옆집 여자가 집에 돌아오기만을 기다렸다. 아니 돌아

오지 말기를 바랐다. 아니 그럼에도 돌아오기를 바라면서 그녀가 안타깝다고 생각했다. 하지만 역시 그런 사람이 가까이 산다는 것이 꺼려졌다. 이 모든 생각은 밤 10시가 되어 배가 고파지자 한없이 옅어지다 사라졌다.

룸메가 막 라면 두 개를 끓여 왔을 무렵, 현관문 쪽으로 향하는 발소리가 들렸다. 우리는 숨죽여 소리에 집중했다. 구두 소리 같은데 구두의 주인은 비를 맞고 온 듯했다. 질척한 무언가가 문 너머에 있는 사람의 몸을 타고 흘러내리는 것 같았다. 찰박. 찰박. 찰박. 창밖은 한없이 맑았다. 평소라면 거침없이 도어 록의 번호를 입력했을 타이밍에 침묵이 이어졌다. 하지만 이내 번호를 누르고 문이 열리고 닫히는 소리가 들렸다. 이렇게 지나가는 건가? 저 사람은 옆집 여자가 맞나? 혹시 다른 사람은 아닌가? 머릿속에서만 이루어지는 답 없는 추측을 비웃듯 선명한 벨 소리가 귓속으로 파고들었다. 내 폰으로 전화가 오고 있었다. 옆집 여자였다. 냄비 받침 위에 라면 냄비를 내려놓던 룸메와 눈이 마주쳤다. 룸메는 받아 보라는 듯 고개를 끄덕였다. 나는 고개를 저었다. 룸메가 내 폰을 가져갔다.

"전화 주셨더라구요."

차분한 옆집 여자의 목소리가 들렸다.

"… 고지서 보셨나 해서요. 전기 고지서요."

우리는 숨죽여 옆집 여자의 뒷말을 기다렸다.

"매번 죄송해서, 제가 자동 납부 신청했어요."
"네에….."
"제 계좌로 만 7500원 넣어 주시면 되세요. 계좌번호는 제 폰 번호랑 똑같아요."

전화가 끊겼다. 매달 전기 요금을 확인했던 나는 알 수 있었다. 전기세는 보통 3만 5000원씩 나오곤 했다. 여자의 계산은 아마도 정확했을 것이다. 그러니 우리가 5000원을 횡령해 왔다는 사실을 앞으로 몇 달 더 지내다 보면 눈치채게 될 것이다. 게다가 새것이 된 도어 록도, 미묘하게 바뀐 집 안 모습도 모두 티가 날 텐데. 왜 아무것도 우리에게 말하지 않는 걸까. 나는 차라리 혼나고 싶고 비난받고 싶어졌다. 룸메는 잠시 무언가를 생각하더니, 이내 라면을 한 젓가락 집어 올렸다.

"우리 왜 열불라면 따위를 산 거지?"

면발 한 움큼을 삼키는 룸메를 보며 나도 젓가락을 들었다.

"참깨라면이나 진라면 순한 맛도 있었잖아."
"열불라면이 제일 쌌잖아."

내가 말했다. 룸메는 습습 하, 습습 하, 소리를 내며 라면을 먹었다.

"이제 공짜 계란은 없겠지?"

나도 습습 하, 습습 하, 소리를 내다 숨을 삼켰다. 새삼 이상하게 느껴졌다. 옆집의 일이 그저 공짜 계란이 사라졌다는 말로 끝난다는 게, 그게 우리에게 자연스러운 일이라는 게. 놀랄 만한 유튜브 영상 하나를 발견하고 세상에, 라며 탄식 한 번 한 뒤 바로 잊어버리듯이. 바로 옆집인데도, 직접 봤는데도, 우리 입에서 튀어나오는 말들은 한없이 가벼웠다.

"두고 봐. 하아, 내가! 졸업하면 습습 하, 존나 크고 존나 비싼 집에서 살 거야. 스으읍"

"나도. 습습 하. 청소하는 사람도 두고, 방범 시스템도 구축할 거야. 스으으읍"

"하아, 5000원도 더 안 받을 거야."

"스으읍, 그럼 난 내가 5000원 더 내 줄 거야."

"스으읍 하, 그건 오바야."

"그건 그래. 스으읍 하. 습습 하….'"

우리는 매운 라면을 남김없이 먹었다. 끊임없이 스읍 스읍 하아, 들숨과 날숨을 내쉬면서 말이다. 마지막으로 룸메가 냄비를 들고 남은 국물을 들이켰다. 그러다 일순 사레가 들렸는지 쿨럭쿨럭 거세게 기침하더니 끝내 무언가를 토해 냈다.

잃어버린 하트 펜던트였다.

우리 안에

권하원

어느 날, 선물 받았던 로드킬 선인장이 길게 자라다 못해
쓰러졌다. 어떻게든 되겠지 하는 마음으로 가위를 들고 잡히는
대로 숭덩숭덩 잘라 화분에 꽂아 넣은 선인장들은 이내 다시
뿌리를 내리고 자라기 시작했다. 그 질긴 생명력을 받아
글을 쓰기 시작했다. 온갖 날것의 감정을 무서워한다.
그럼에도 나는 실체가 없는 감정들을 글로 적는 일을
계속해 나가고자 한다.

1.

　재난은 아무런 예고도 없이 시작되는 법이다. 아무도 이 사태의 시작점을 알지 못하였다. 내가 이 사태가 일어날 것을 예상했다 말한다면 그건 허풍에 가까운 표현이 될 것이다. 그저 나는 남들보다 조금 더 거리에 가까이 있었기에 재난을 빠르게 접할 수 있었고, 이런 상황이 익숙하기에 대비가 조금 빨랐을 뿐이었다.

　응급 상황 시 환자를 살릴 수 있는 '골든아워'가 존재하듯이, 사건 처리에 있어서도 골든아워가 존재한다. 내가 경찰이 되어 맡은 첫 사건은 내 앞날을 예언하듯 파출소에서 흔히 일어나지 않던 사건이었다. 주말 저녁, 친구가 자신에게 도끼를 휘두르고 있다는 신고가 들어왔고, 나는 나이 든 주임과 함께 밖으로 나섰다. 신고를 한 사람은 집 밖으로 나와서 우리를 기다리고 있었다. 집 안에서는 술에 만취하여 누군가를 찾으며 고래고래 소리를 지르는 남자의 목소리와 무엇인가를 내리찍어 부수는 소리가 들렸었다. 집 안은 보이지 않았고, 우리는 만취자가 어떠한 행동을 할지 예상할 수 없었다.

밀실 안에 있는 그는, 안전했다. 하지만 그 밖에 있는 우리는 불안하고, 위험했다. 재앙은 상자 안에 있어야 좋은 것인데, 내가 마주한 재앙은 상자 안에 가만히 있을 것 같지 않았다. 주임은 나를 바라보다 어깨를 툭 쳤다.

"아직 젊잖아. 이 정도는 별것도 아니지?"

아직 정식 임용이 안 된, 시보 상태의 초짜 순경이었던 나였지만, 어쩔 수가 없는 상황이었다. 이대로 있다가 그가 밖으로 나오기라도 하면, 분명 더 큰 참사로 이어질 터였다. 우리는 지원을 요청하였고, 두 명의 인원이 더 현장에 도착하였다. 주임과 내가 한 조가 되어 선두로 방문을 부수었고, 지원 온 두 명의 인원이 한 조가 되어 후방을 맡았다. 집 안은 난장판이었다. 벽이고, 가구고, 전자 제품이고 모두 손도끼로 내리친 자국들로 난도질되어 있었다. 나는 빠르게 판단을 내려야만 했다. 그렇지 않으면 나 또한 난도질당할 것이 분명하였다. 나는 문을 닫고 방 안에서 소리를 지르고 있던 그가 우리를 인식하기 전에 몸으로 문을 부숨과 동시에 그에게 달려들었고, 무어라 외치던 그는 엎어진 채 손도끼를 휘두르려 했지만, 내 밑에 깔린 그가 찍을 수 있는 건 바닥 장판뿐이었다. 바로 후방 조가 투입되어, 한 명은 그에게 수갑을 채우고 다른 한 명은 도끼를 수거하여 무난히 무력화를 시킬 수 있었다.

제때 돌입한 덕분에 가능한 일이었다. 우리가 출동한 시간이야말로 골든아워였다. 훈련과 실전은 달랐다. 나는 그날을 떠올리면 아직도 소름이 돋을 때가 있다. 내가 그를 덮치기 전에 그가 나를 먼저 인식해서 내 목이나 어깨로 도끼날이 박혔더라면, 후방을 지원해 주는 이들이 조금이라도 늦게 들어왔더라면, 손도끼를 뺏지 못하고 그들의 손목이 먼저 잘렸더라면.

아니다. 골든아워였다. 골든아워에 '만약에'는 없다. '만약에'가 현실이 된다면, 그 시간은 더 이상 골든아워가 아니게 된다. 그 시간, 그 기회를 놓쳐 버린 뒤에는 죽음이나 그에 준하는 고통이 따를 뿐이다.

그때 있었던 일을 제외한다면, 내가 근무하던 파출소는 조용한 파출소였다. 순찰차를 한 대만 운용할 정도로 작은 곳이었다. 동네는 평화로웠고, 경찰이 할 일은 많지 않았다. 기껏해야 주말 저녁, 술에 거나하게 취해 거리에 누워 있는 사람들을 데려다주거나, 술에 취한 사람들이 싸우는 일을 중재하러 가는 것, 그게 내 일의 대부분이었다. 취객들을 상대하면서 자연스럽게 술을 싫어하게 되었고, 조금씩 쌓여 가는 월급과 여유로운 일상 속에서 행복한 가정과 미래를 꿈꾸게 되었다. 그렇게 나는 배가 조금 나오고 여유가 있는 2년 차 순경이 되었으며, 임신한 아내를 둔 남편이 되었다.

2.

신경정신과에서는 별일 아니라고 말했지만 내가 보기

에 아내는 약한 불안 증세를 앓고 있었다. 아내는 어린 아이들에게 쓰이는 위치 추적 앱을 내 핸드폰에 깔아 두었고, 내가 야간 근무라도 하는 날엔 별일 없이 파출소에 있는지 확인했고, 어쩌다 다친 사람을 병원에 데려다주는 날에는 나의 위치가 병원에서 움직이지 않는다는 것을 확인하고는 밤새 잠을 못 이루고 100통에 가까운 핸드폰 메시지를 보내고는 했다. 우리가 처음으로 자동차를 산 날, 조수석에 앉은 그녀의 목과 어깨는 심각할 정도로 뻣뻣이 굳어 있었다. 깜빡이를 켜지 않고 들어오는 자동차나 내가 경고용으로 작게 울리는 경적에도 아내는 쉽게 움츠러들었다.

아내의 불안 증세가 가장 심해질 때, 그녀는 병적으로 청소에 매달렸다. 내가 일하는 동안 아내는 집에서 식탁이나 책상, 부엌 싱크대와 각종 문고리를 알코올로 닦고, 화장실을 락스로 청소했다. 처음 만나는 내 친구가 손님으로 왔다 가는 날에는 종일 예민해져서 알코올을 뿌린 물걸레를 사용해 구석구석을 다 소독하듯이 닦곤 했다. 내가 일을 마치고 돌아오면 그녀는 먼저 핸드폰과 옷 전체에 알코올을 뿌려 소독을 하고, 내가 씻은 뒤 실내복 차림으로 욕실에서 나와야 잘 다녀왔냐며 안아 주었다. 이러한 그녀의 증세는 이전부터 있긴 했지만, 전 세계적으로 전염병이 돌았던 몇 년을 지낸 이후 더 깊게 자리 잡았다. 작은 세균 하나라도 그녀의 일상에 침투하는 순간, 그녀의 일상은 철저히 무너져 내릴 것만 같아 보였다.

그런 나의 아내가 임신하였다. 나는 그녀에게 당신의

안위가 가장 걱정된다고 말했지만, 사실 우리 둘의 첫 아이가 배 속에서 엄마로부터 나쁜 영향을 받지 않을까 더욱 두려웠다.

　나는 아내를 안정시키기 위해 노력했다. 음식으로 가득 찬 집은 어느 상황에서나 사람에게 안정과 여유를 가져다준다. 냉장고와 냉동고가 가득 차 있다는 사실은 아내뿐만 아니라 나까지도 안심시켜 주었다. 겨울 동안 아내는 심한 입덧을 앓았다. 임신을 준비하느라고 먹지도 않던 레토르트 식품을 먹고 싶어 했고, 평소에는 쳐다보지도 않던 참치 통조림이나 라면 따위의 음식들을 잔뜩 사 가지고는 그것을 끌어안고 잘 정도로 음식에 깊은 애착을 보였다. 아내, 아니 배 속에 있는 아기는 변덕을 부렸다. 아내는 한 번 먹은 음식, 심하면 한 입만 먹은 음식도 역하다며 다시 먹지 않으려 했고, 덕분에 열두 개 묶음으로 산 김치찌개용 참치, 야채 참치, 고추 참치 통조림이 냉장고 위에 쌓여 갔으며, 라면 너덧 개짜리 묶음은 종류별로 찬장 안에 차곡차곡 포개졌다.

　마치 미래에 다가올 사태를 대비하는 것처럼, 머잖아 무슨 전쟁이라도 난다는 뉴스를 들은 것마냥, 아내는 음식을 쌓아 갔다. 한 달에 네 번, 정부 지원금을 받아 친환경 농산물을 구매할 때도 나는 흔히 못 먹는 한우 고기를 주문하고 싶어 했지만, 아내는 다른 동네에서 농산물 물량이 부족해 지원이 끊겼다는 이야기를 인터넷에서 봤다며 쌀과 현미, 보리, 흑미, 검은콩, 말린 미역과 같은 음식들을 쟁여 두기 시작했다. 어느새 찬장에는 빈 곳이 없어졌다. 부엌 구석에는 쌀과 각종 곡물이 들어 있는 포대들이 겹겹이 포개졌다. 냉장고에는 임신한 아내를 위해 사돈댁과 우리 집에서 보내 준 각종 절임과 김치류들이 쌓여 갔고, 냉동고는 아내가 한 번 먹고 질려서 방치된 냉동식품, 그리고 입덧 때문에 요리하기 힘들어하는 아내를 대신해 내가 혼자 만들어 먹고 얼려 둔 음식들과 음식 재료들로 꽉 찼다.

아내는 어디에도 나가지 않고, 햄스터처럼 집 안에 음식을 쌓다가, 침대에 누워 하염없이 잠을 자곤 했다. 아내의 입덧은 임신 6개월을 꽉 채운 시점에 완화되었지만, 거의 반년 동안 이어진 식량 저축 습관은 쉽게 사라지지 않았다. 평소보다 지출이 많아져 금전적인 여유가 줄어들었다. 아내도 나도 처음 겪는 임신과 입덧이라는 과정이 지긋지긋해 서로에게 화를 내고 싶었던 적이 있었다. 하지만 나는 이 시기가 금방 지나가겠거니, 하고 아내와 태어날 아이를 위해 웃으며 음식을 사다 날랐다. 알코올과 락스를 내려놓고 서서히 불러 오는 배를 만지다가 웃음 띤 얼굴로 잠자리에 드는 아내를 보며 나도 웃었다.

이젠 다 괜찮겠지. 괜찮을 거야, 우리는.

3.

그때까지만 하더라도 쥐는 어디에나 있지만, 어디서도 보이지 않는 존재였다. 우리 집에 있는 햄스터들은 귀여운 애완동물이었지 '쥐'는 아니었다. 때때로 쥐와 비슷한 모습과 습성을 보이는 그 주먹만 한 생명체들에 소름이 돋는 순간도 있었지만, 그건 엄밀히 말하자면 쥐와는 다른 생명체인 햄스터였을 뿐이었다.

아내가 가장 안정을 찾는 순간은, 그녀가 결혼 전부터 키워 오던 햄스터 한 쌍을 보고 있을 때였다. 늘어나는 새끼들을 감당할 수 없다는 이유로 두 군데 케이지에서 따로 키워지던 햄스터들, 내 주먹보다 큰 크기의 햄스터들은 낮에는 계속 잠을 자다 늦은 밤에 일어나 쳇바퀴를 돌리곤 했다. 아내는 그 소리를 들어야 잠자리에 들 수 있었다. 햄스터 쳇바퀴 소리를 들으며 잠자리에 든 아내는 모를 것이다. 서로의 냄새를 맡고 발정이 나서 밤새도록 철장을 갉아 대던 두 마리의 햄스터를, 그게 너무 안쓰러우면서도 징그럽게 느껴져 내가 두 햄스터의 케이지를 멀리 떨어뜨려 놓은 것을, 암수가 떨어져 살게 되면서 둘은 서로를 잊고 밤새 쳇바퀴만 돌리게 된 것을. 아내는 매일 그 쳇바퀴 소리를 들으며 편안하게 잠이 들었다.

처음 그것을 보게 된 것은 평화로운 5월의 낮이었다. 1일인지 2일인지, 월요일인지 화요일인지 기억도 나지 않는 날. 작년의 5월 초순같이, 맑고, 따뜻하고, 한가하던 그런 평범한 날. 그날도 그런 날이었다. 나는 점심을 먹고 소화를 시킬 겸 자원하여 도보 순찰을 나갔고, 공원 쪽으로 이동했다. 공원은 이른 오후에 하교한 초등학생들이 그네를 타거나, 미끄럼틀 위에서 술래잡기를 하며 놀기 때문에 늘 아이들로 차 있는 곳이었다. 그런데 그날따라 공원이 조용했다. 아이들은 뛰어놀지도 않고, 그네에 앉아서 떠들지도 않고, 모래 놀이장 한구석에 모여 있었다. 무언가를 빙 둘러싼 채로 말이다. 나는 무슨 일인지 확인하러 조용히 웅성거리는 아이들에게 다가갔다.

가장 잔인한 이들이자 자극적인 것을 좋아하는 이들, 그리고 그런 것들을 스스로 찾아서 몰래 보고 자기들끼리 이야기를 나눌 수 있는 이들은 내가 보기에 어린이들이었다. 가장 약하고 어린 주제에, 어린이들은 자신의 약함을 감추고 싶은 듯 언제나 잔인하고 더럽고 자극적인 것에 반응하였다. 그리고 어린이들은 그 누구보다도 스마트폰이나 컴퓨터를 잘 활용하였다. 누군가 가르쳐 주지 않아도 어떤 어른보다 쉽게 검색을 하였고, 자신이 원하는 것을 찾아 공유하고 자신의 머릿속에 저장하곤 했다. 어린아이들은 힘이 약하고, 위험에 쉽게 노출되고, 어른들의 보호를 필요로 하지만, 요즘 어린아이들은 자극에 둔감하고, 공포를 즐길 수 있는 존재들이었다.

그런 아이들이 숨소리도 내지 못한 채 무언가를 보고 있었다. 내 가슴 높이에 겨우 이르는 어린아이들 정수리 너머로 보이는 광경을, 나는 보고도 믿을 수 없었다. 나는 경찰학교에서 모자이크가 안 되어 있는 사건 현장들을 보고도 헛구역질 한 번 하지 않은 사람이었다. 하지만 눈앞에 벌어진 일에는 크게 동요할 수밖에 없었다. 280mm인 내 발보다 더 큰 쥐가 고양이를 뜯어먹고 있었다. 쥐는 두 마리였다. 아니, 모랫바닥에 나 있는 발자국으로 봐서는 그보다 더 많았을지도 모른다. 이미 고양이의 내장은 거의 남아 있지 않았고, 머리와 배 쪽에는 하얀 뼈가 드러나 있었다. 쥐도 궁지에 몰리면 고양이를 문다고 했던가? 그렇다 하더라도 쥐가 고양이를 잡아먹는다는 것은, 아니 그보다도 저렇게 커다란 쥐가 있다는 것은 듣도 보도 못하였다. 저건, 진짜 쥐가 맞나? 저건, 쥐라고 하기엔 다른 무언가처럼 보였다.

연약한 아이들은 본능적으로 위험을 인식한 듯, 좀 더 큰 아이들 뒤에서 그 광경을 지켜보았다. 좀 더 큰 아이들도 불안한 듯, 그것과 고양이 사체로부터 멀리 떨어져서 그 모습을 보고 있었다. 입을 벌린 채로 이 상황을 보고 있는 어른이, 그것도 경찰복을 입고 있는 어른이 어린이들에겐 어떻게 보였을까. 구경꾼 중 가장 큰 아이가 내 소매를 잡아당기며 말했다.

"저기 저쪽, 수돗가 쪽에 있잖아요. 거기에도 쥐가 있어요."

"맞아요. 저도 봤어요. 쥐가 비둘기를 잡아먹고 있었어요."

"저는 학교에서 봤어요. 학교에서 경비 아저씨가 키우는 개도 쥐가 잡아먹었어요."

"야, 거짓말하지 마. 해피는 진돗갠데 쥐가 어떻게 걔를 잡아먹냐?"

"아냐! 내가 봤어! 쥐 여러 마리가 덤비니까 해피도 지던걸."

"맞아, 나도 봤어! 6학년은 다 봤을 거야!"

"경비 아저씨가 굉장히 화내면서 쥐약이랑 쥐덫을 학교에 놔야 한다고 막 소리 질렀어. 근데 선생님들이 안 된대. 우리가 위험할 수도 있다고."

"쥐가 뭐가 위험하냐? 그냥 발로 밟아 죽이면 되지!"

아이가 발로 무언가를 짓이기는 시늉을 했다. 어느새 아이들은 내 앞과 옆, 뒤로 다가와 자기들끼리 아는 이야기들을 하고 있었다. 아이들이 내게 이야기를 하며 가까이 오는 것은 두려웠기 때문일 것이다. 어린이들이 어른들에게 듣는 '경찰'은 착한 사람들을 지켜 주고, 나쁜 것들을 벌하는 존재다. 지금 저것이 자신들에게 위협이 되니, 경찰 아저씨가 자신들을 지켜 줄 것이라는 막연한 믿음이 아이들의 눈빛 너머로 보였다. 그리고 몇몇 아이의 눈빛은 내가 허리춤에 차고 있던 총을 향해 있었다. 나는 여전히 고양이 시체에 매달려 있는 그 녀석의 눈을 보았다.

쥐의 눈을 바라본 적이 있는가?

쥐의 눈은 언제, 어디서나 빛이 났다. 총명하게 빛나는 개의 눈이나, 밤이 되면 빛나는 고양이의 눈과는 다르다. 실험실에서 사용되는 하얀 생쥐도, 집에서 키우는 햄스터도, 그리고 시궁창에서 숨어 사는 회색의 쥐까지도, 언제나 생을 향한 갈망으로 눈을 빛내고 있었다. 사람 손에 쥐어진 흰 쥐는 자신의 운명을 알지만 체념하기는커녕 더 살고 싶다는 애원을 담아 눈을 빛내며 사람을 바라보곤 하였다. 집에서 키우는 애완용 쥐들 또한 맛없는 사료 대신 영양가 높고 맛있는 간식을 받아먹기 위해 사람이 자기 가까이 올 때마다 하염없이 눈을 빛내며 바라보았고, 때로 우리 집의 햄스터들은 저 멀리 있는 자신의 짝을 갈망하며 나를 노려보곤 했다. 시궁창에서 사는 회색 쥐들은 그 갈망, 그 탐욕 어린 빛이 제일 강하게 담긴 눈을 갖고 있었다. 실험용 쥐보다, 애완용 쥐보다 더 많은 위험과 배고픔을 겪으면서도, 종의 번식을 위하여 하염없이 짝짓기하여 새끼를 치고, 결국은 길고양이나 사람에 의해 죽음을 맞이하게 되는 회색 쥐들. 쥐들의 눈 안에는 선함도, 악함도 없이 그저 살고자 하는 욕망만이 가득 차 있었다.

그런데 저것들의 눈은, 두려웠다. 빛이 난다, 탁하다 이런 문제가 아니었다. 나는 내 앞에 있는 저 두 눈이 그저 두려웠다. 쥐들의 눈은 단지 무언가를 공격하고, 먹고, 자신들의 몸을 키워서 생존하고, 또다시 덤벼들고, 먹고, 사는 데 몰두했다. 보통의 쥐라면 사람을 보고 도망친다. 그렇기 때문에 쥐를 보기는 힘들다. 쥐는 하수구나 벽 뒤, 다락과 같은 곳에 숨어 산다. 사람들이 보는 쥐는 실험용이나 애완용과 같이 특별한 용도가 있는 쥐, 그리고 운이 나쁘게 맞닥뜨린 쥐뿐이다. 그런데 내 눈앞의 저것들은, 쥐라기보단 하나의 거대한 짐승 같았다. 사람의 손을 한 번도 타지 않은 들개와 같은 맹수. 혹은 여자건 남자건 똑같이 살육하는 살인자. 그 누구의 눈치도 보지 않고, 오로지 자신의 욕망에만 충실한 짐승. 그런 짐승들은 누구를 봐도 도망가지 않는다. 자신보다 큰 존재건, 작은 존재건 상관없이 덤벼든다. 나는 그들에게서 그런 짐승의 눈빛을 보았다.

　　"저거 사람한테도 달려들겠는데?"

　　어느새 내 옆에는 공원을 둘러보고 온 사수가 서 있었다. 아이들은 집과 학원으로 돌아간 지 오래였다. 흥미를 잃은 것일까, 두려워하는 나를 보고 불안해졌던 것일까.

　　"저기 수풀 쪽으로 뭐라도 쳐야 할 것 같은데? 수풀 안쪽으로 쥐들이 꽤 있더라고. 진돗개가 물려 죽을 정도면, 산책 나오는 소형견이랑 주인들도 위험하겠다 싶어. 여긴 노인이랑 어린이들이 특히 많이 다니는 곳이잖아. 시청에 울타리든 뭐든 쳐 달라고 해서 수풀 쪽으로는 못 들어가게 하고, 쥐약을 뿌리든지 방역을 하든지 뭐든 해야지. 이대로 가다간 곧 개나 고양이가 아니라 사람이 물렸다고 신고 들어오겠어. 귀찮게 말이야."

4.

내가 그것을 처음 발견한 지 며칠이 지나지 않아 그에 대한 신고가 들어왔다. 신고가 들어온 것은 아이러니하게도 '어린이날'의 오후였다. 보통 어린이날에는 파출소에 신고가 거의 들어오지 않는다. 대부분의 사람이 어린아이를 데리고 교외로 나가서 놀아 주느라 정신이 없었던 나머지 저녁에 술을 마시러 나오지 않고 잠자리에 들기 때문이다.

첫 번째 신고 발생 장소는 패밀리 레스토랑이었다. 어린이날 행사를 한다는 소식을 듣고 찾아온 손님들의 줄이 밖에까지 길게 늘어져 있던 그곳에서 사건이 일어났다는 무전이 들려왔다. 줄을 선 사람들끼리 누가 새치기를 했다느니, 왜 우리 애를 밀치냐느니 하는 시비가 붙었겠지 짐작했지만 그 생각은 틀렸다.

구급차가 세 대 와 있었다. 그것만 보더라도 보통 사태가 아니었다. 구급차 가까이에 경찰차를 세우고 구급대원에게 자초지종을 물어보기도 전, 내 귀에 들린 것은 공기를 찢는 듯한 여자의 울음소리였다. 그다음으로 보인 것은 피였다. 콘크리트 바닥 위로 작게 고인 피 웅덩이. 도로 위로 다니던 오토바이에 누가 치인 것일까? 아니면 사람들 간에 시비가 붙어서 칼부림이라도 난 것일까? 그렇다고 하기에는 피의 양이 많지가 않았다. 여자의, 아니 여자들의, 아니 어른들의 울음소리와 비명, 그리고 탄식 소리가 사방에서 동시다발적으로 들려왔다. 피를 흘린 사람은 아이였다. 서너 살 정도로 보이는 작은 남자아이가 하나, 그 아이의 손을 꼭 잡은 대여섯 살 정도의 여자아이가 하나. 그리고 유치원생으로 보이는 남자아이가 하나. 세 명의 아이들이 각자 엄마의 품에 안겨 울고 있었다. 엄마들의 옷자락은 눈물과 아이들의 침, 그리고 핏자국으로 얼룩지어 있었다. 아이들의 목에는 작은 구멍이 여러 개 나 있었고, 무언가에 뜯긴 눈 밑과 작은 콧방울에서는 피가 흐르고 있었다. 구급대원들이 엄마들을 진정시키고, 아이들의 얼굴과 목에 난 상처를 지혈하며 이들을 함께 구급차로 옮겼다. 거리에 남은 아이의 아빠들은 이 상황을 받아들이지 못하겠다는 듯 구급대원에게 괜한 화를 냈고, 이내 우리에게 월급 도둑들 왜 이렇게 늦게 오냐며 소리를 질러 댔다. 사수가 남자들을 진정시키는 사이, 구급대원에게 다가가 무슨 상황인지 물어보았다.

"쥐가 아이를 공격했어요. 처음엔 그냥 작은 쥐를 보고 아이 하나가 신기한 나머지 그 쥐를 따라갔나 봐요. 그 아이의 뒤를 따라서 다른 아이들도 쥐를 쫓았는데, 아이들이 하수구 가까이 다가갔을 때, 커다란 쥐들이 나와 아이들을 공격했어요."

그때 사수와 함께 본 녀석들이 틀림없었다.

"쥐들은 어디로 갔나요?"
"아이들 아버지가 달려오자, 쥐들은 아이들에게서 떨어져 다 하수구로 들어가 버렸어요. 하수구 안을 살펴보니까 아무것도 없었고요."

"아이들 상처는 심각한가요?"

"그건 병원에 가 봐야 알 것 같아요. 하지만…"

뒤의 이야기는 더 듣고 싶지 않았다.

"이상하죠. 쥐들이 사람을 유인해서 공격한다는 말은 들어 본 적이 없는데, 공격한 부위도 심상치 않아요. 눈가하고 목만 공격했어요. 마치 사냥을 하듯이 말이에요."

"당장 상황실에 연락해. 다음부터 쥐에 관련된 사건은 무전을 칠 때 꼭 쥐와 관련되어 있다고 먼저 말하라고 해. 이러다간 진짜 우리도 위험해지겠어. 보호 장비를 제대로 갖추고 가야 한다고 공지 제대로 하라고 말해 놔. 망할. 이게 무슨 난리야, 도대체."

아이들의 아버지에게 화풀이를 심하게 당했나 보다. 눈앞에서 자신의 아이가 살점이 뜯긴 채로 피를 흘리고 있는데, 어느 아버지가 평온할 수 있을까. 나와 사수의 역할이 바뀌었어야 했다. 사수가 구급대원에게 사건 상황에 관한 이야기를 듣고, 내가 아이의 아버지들을 진정시켰어야 했다. 노총각인 사수가 그들의 마음을 이해할 수 있을 리가 없었다. 사수도 나처럼 그 녀석들을 두려워하고 있었다. 하지만 사수가 무서워하는 상황은 나와 달랐다. 나는 녀석들의 맹목성이 큰 사건으로 번질 가능성을 우려했다. 그는 자신이 쥐에게 공격당하는 것은 아닐까, 자신이 쥐에게 물려서 유행성 출혈열에 걸리는 것은 아닐까 두려워했다. 사수는 경찰차 조수석에서 내내 '거대 쥐', '쥐한테 물렸을 때', '파상풍 주사 유효 기간'

을 검색했다.

"인터넷에 뭐 좀 정보가 있어요? 뉴스 기사 안 떴어요?"

"아이 씨, 뉴스 기사고 뭐고 아무것도 없어. 아, 근데 트위터에는 뭐가 좀 뜨네. 쥐가 개를 공격할 수 있냐는데? 자기 애완견이 쥐한테 공격을 당했대. 골든레트리버? 그거 큰 개 아니냐? 이 사진은 또 뭐야. 하천을 타고 쥐 떼들이 이동하는 것을 누가 찍어 올렸네. 쥐도 떼를 지어서 이동하냐면서. 아직 뉴스 기사는 뜬 게 없는데, 트위터는 난리네. 유튜브에도 영상이 몇 개 올라온 것 같은데, 아직 별 내용이 없어."

"사람이 공격당했다는 소식은요?"

"아직 없어. 근데 생각해 보면…"

"생각해 보면?"

"별거 아닐 수도 있어. 그냥 그 애들은 운이 나빴던 거지. 세상에 어떤 쥐가 사람을 공격하겠어. 여태까지 듣지도 보지도 못한 상황이잖아."

"김 주임님, 그렇게 말씀하시지만 아까 쥐한테 물리면 어떻게 해야 하는지 검색하시는 거 제가 다 봤습니다."

"에이, 미리 대비해서 나쁠 건 없잖아. 설마 이런 일이 또 벌어지겠어? 그냥 우리가 봤던 건 음식물 쓰레기를 배부르게 먹고 자란 미친 쥐들인 거고. 별일 없을 거야."

"아직 올릴 정신이 없거나, 올릴 상황이 아닌 게 아닐까요? 뉴스나 유튜브는 편집 중일 수도 있고, 아직 속보로 뜨기에는 조금 애매하고. 아니면 누군가가…"

"누군가가?"

마침 차가 신호에 걸렸다. 우리는 마주 보았다. 설마.

그때, 다시 무전이 울렸다.

두 번째 신고 발생 장소는 동네 농협에서 운영하는 슈퍼마켓이었다. 다행히도 인명 피해는 없었다. 직원들의 이야기를 들어 보니 쥐들이 몰려와서 청과물 판매대에 있는 과일과 야채를 갉아먹었고, 수산물 코너에 있는 새우랑 조각내어 파는 생선들을 물고 하수구 안으로 들어갔다고 한다.

"그래 봤자 쥐새끼들이지."

"누가 신고를 한 거야? 별일도 아닌데 경찰들 피곤하게."

슈퍼마켓 직원들은 웃으면서 이야기하고 있었지만 나와 사수는 웃을 수가 없었다.

"이왕 온 김에 여기 음료수나 하나 마시고 가요."

"살다 살다 별꼴을 다 보네 우리가. 날이 더워서 그런가?"

"이야, 근데 그 쥐 새끼들 진짜 크더구만. 저기서 수박 물어뜯던 큰 놈 봤어? 거의 내 허벅지만 하던데?"

"아저씨, 잡담 그만하시고 와서 치우는 것 좀 도와요. 세상에 어떻게 그렇게 우르르 들어와서 먹을 것만 싹 먹고 도망칠 수 있지?"

"그놈들 머리도 좋네. 하수구 뚜껑 구멍에 안 들어갈 만한 것들은 물고 가지도 않았어."

"아유, 옛날 일 기억나? 쥐들이 우리 슈퍼 들어와서 비누 다 갉아 먹구 간 거. 이번에도 그러는 거 아닐까 싶어서 저짝의 12번 코너에 가 봤는데, 비누들은 다 멀쩡하드라고."

"요즘 쥐들 진짜로 머리 좋네요. 저기 주류 코너에선 맥주 캔도 몇 개 없어졌다고 하던데요?"

"진짜 사람 먹는 것들만 쏙쏙 빼 갔네. 거참, 요즘 쥐들은 우리보다 더 똑똑한 것 같다니까."

직원들 중 아무도 이 사태를 심각하게 여기지 않고 있었다. 서로 농담을 주고받으며 웃던 직원들은 어느새 입을 다물었다. 우리의 표정이 어둡긴 했나 보다. 직원들은 괜한 일로 우리를 부른 것이 아닌가 싶었는지 눈치를 살피며 애써 더 밝게 이야기를 나누었다. 사수와 나는 음료수를 하나씩 받아 들고 슈퍼마켓 밖으로 나왔다. 김영란법에 걸리니 아무것도 받지 않겠습니다, 라고 말할 정신이 없었다. 주차장 바닥에는 작은 발자국들이 무수히 나있었다. 쥐들이 몰려 들어갔다는 하수구에는 작은 생선조각 하나 남아 있지 않았다. 우리는 섣불리 입을 열 수없었다. 조금 전에 아이들이 쥐에게 공격받았다는 것을, 그리고 최근에 고양이가 쥐들에게 공격당해서 죽은 것을 봤다는 것을 어찌 이야기할 수 있을까. 우리도 믿기힘든 일인데. 우리는 음료수 병을 꼭 쥔 채, 침묵을 지키며 파출소로 돌아갔다. 머릿속에는 아까 슈퍼마켓 직원이 한 말이 계속 맴돌았다.

진짜 사람 먹는 것들만 쏙쏙 빼 갔네. 거참, 요즘 쥐들은 우리보다 더 똑똑한 것 같다니까.

세 번째 신고 발생 장소는 아파트 단지 안에 있는 놀이터였다. 상황실은 무전을 통해, 쥐들이 나타났으니 대비를 하고 오라며 지시를 내렸다. 교대 시간대였기 때문에 나는 옷을 갈아입고 집에 갈 준비를 하면서 틈틈이 무전 내용을 들었다. 아이를 지키려던 부모가 공격을 당했다. 아이의 엄마는 임신 중이고, 엄마와 아이를 지키려던 아빠가 머리와 목 쪽을 물어뜯겨 위급한 상황이며, 엄마는 외적인 부상을 크게 입지는 않았지만, 하혈을 하여 대학 병원으로 이송 중이라는 무전이 계속해서 이어졌다. 임산부의 하혈이라는 말을 듣자마자 온몸에 소름이 돋았다. 하필 왜 어린아이고, 하필 왜 임산부이고, 하필 왜 임산부를 지키는 남편의 목덜미인가. 나는 어느새 대학 병원 응급실에 누워 있었고, 아내는 아랫도리를 붉게 물들인 채 산소호흡기를 끼고 수술실을 향해 옮겨지고 있었다. 환자분 진정해야 합니다, 라는 의사의 말에도 불구하고, 나는 목덜미를 부여잡고 아내를 향해 뛰어갈 기세로 울부짖고 있다. 저놈의 쥐 새끼들, 다 죽여 버릴 거야! 사방에서 말소리가 들려온다. 의사와 간호사들, 환자와 보호자들이 웅성거리던 소리가 이내 찍찍거리는 울음으로 바뀐다. 정신이 아득해져 온다.

"어린이날에 무슨 난리고…"

파출소 소장의 한숨 어린 목소리가 무전을 막았다. 상상을 멈추고 숨을 고른다. 현실로 돌아와야 할 때다. 아이와 임산부를 보호하는 상황이었다고는 하지만, 이번엔 성인 남자가 당했다. 사수와 내가 며칠 전에 봤던 것들과 오늘 신고로 들어온 녀석들에 관한 이야기가 겹쳐졌다. 그것들의 크기와 숫자, 그리고 그들의 사냥감이 점점 커지는 것 같았지만, 나는 아무 말도 하지 않았다. 더 이상 이런 무전을 듣고 싶지 않았고, 어떤 환상도 보고 싶지 않았다. 나는 빠르게 옷을 마저 갈아입는다. 그저, 얼른 집으로 돌아가 아내를 보고 싶을 뿐이다.

5.

"여보, 이게 뭘까?"

임신 7개월 차인 아내의 배는 이제 현관문 앞에 있는 택배 상자를 들어 올리지 못할 정도로 나와 있었다. 퇴근한 뒤 내가 제일 먼저 하는 일은, 문 앞에 쌓여 있는 택배 상자들을 집 안으로 옮기는 것이다. 상자들을 옮기고 씻을 준비를 하고 있는데 아내가 택배 상자 하나를 내밀었다.

"또 아기 옷 샀어? 이제 좀 그만 사라니까."

"아니, 아기 옷이 아니라."

"간식 먹지 말고 제대로 밥이나 차려 먹으라니까. 영양가 있는 걸 먹어야지. 계속 간식만 시켜 먹으면 어떻게 해. 집에 먹다 만 간식이 산더미인데."

"아니, 간식을 시킨 건 맞는데…. 그게 문제가 아니라. 여기 한번 봐 봐."

아내가 내민 택배 상자에는 작은 구멍이 나 있었다. 소름이 돋았다. 나는 재빠르게 아내에게서 상자를 뺏었고, 상자로부터 멀리 떨어졌다.

"아니 갑자기 왜 그래. 사람 놀라게."

아무 기척이 없는 것을 확인하고 상자를 살짝 흔들어 보았다. 빈 상자였다. 상자에 난 구멍은 살짝 축축하게 젖어 있었다. 아마 쥐가 물어뜯은 자국 같았다.

"이상하지? 안에 아무것도 없더라고. 택배 기사에게 연락해 봐야겠어. 누가 빼 간 걸까?"

"아냐, 내가 연락할게. 상자는 만지지 말고, 아니다. 그냥 내가 지금 재활용품 버리는 김에 버리고 올게. 자긴 가만히 있어."

"상자가 있어야 환불이 되지 않을까?"

"사진 찍어서 보내면 되니까 걱정 말고. 내가 다 알아서 할게."

"다른 상자는 다 멀쩡한데, 초콜릿이 들어 있던 상자만 저렇게 되었어."

"그럴 수도 있지. 신경 쓰지 말고, 손 씻고 좀 앉아서 쉬어. 별일 아니야."

아내에게 아무것도 말할 수가 없었다. 오늘 낮에 있었던 일을 이야기한다면, 내가 저번에 공원에서 보았던 것을 이야기한다면, 상자를 갉아 먹고 초콜릿을 빼먹은 것이 쥐의 형태를 한 알 수 없는 존재라는 것을 알게 된다면, 아내는 분명 다시 불안정해지고 예민해질 것이다. 출산까지 아직 3개월이 남았다. 아직은 아내가 아무것도 몰랐으면, 불안할 일이 없었으면 한다.

집 앞 쓰레기통에 상자를 버린 뒤 한 걸음 물러서서 집을 올려다보았다. 4층 높이의 신축 빌라. 1층은 카페이고, 2층부터 4층까지는 사람들이 살고 있다. 비밀번호를 눌러야 들어갈 수 있는 공동 현관이 있고, 옥상에 고인 물이 내려오는 배수관이 건물의 벽을 타고 하수구로 연결되어 있다. 그것들이 들어올 수 있는 경로는 두 군데로 보인다. 공동 현관이 열린 틈을 타서 들어오거나, 배수관을 타고 들어오는 것이다. 배수관은 옥상과 연결되어 있다. 옥상의 철문은 주인만 열 수 있고, 평소에는 잠겨 있다. 어쩌면 배수관 안으로 들어간 것이 아니라, 배수관을 지지대 삼아 타고 올라간 것일까? 따뜻하고 맑은 날이 계속되었고, 층계참의 창문들이 모두 열려 있었다. 이 추측이 맞다면 분명 창문을 통해 건물 안으로 들어간 것이리라. 하수구 안을 살펴보자, 작게 조각난 초콜릿 포장지가 보였다. 나는 엘리베이터를 타지 않고, 계단을 통해 올라가면서 모든 창문을 닫았다. 구석마다 들여다보며 혹시 숨어 있는 존재가 있나 확인했다. 2층과 3층, 4층의 계단과 복도에서는 그것의 흔적이 보이지 않았다. 혹시나 해서 옥상에 올라가 보았더니 철문이 잠겨 있었다.

괜찮을 거야. 괜찮겠지.

벽에 잠깐 기대어서 눈을 감는다. 그런데,

발소리가 들린다. 2~3cm쯤 되는 작은 발들이 다다다닥 돌아다니는 소리가. 눈을 뜨고 귀를 벽에 더 가까이 가져다 댄다. 벽을 타고 들리는 소리는 분명 발소리였다. 작은 무언가들의 발소리. 벽을 잡고 옆으로 조금씩 걸어 본다. 내 귀는 벽에서 엘리베이터의 철문으로, 엘리베이터에서 창문 가까이로, 그리고 배수관이 붙은 벽으로 옮겨 간다. 각각의 위치에서 다른 발소리가 들렸다. 콘크리트 벽을 탁탁탁 오르는 소리, 텅 빈 엘리베이터 안에서 공허하게 울리는 소리, 유리를 밟고 미끄러졌다 다시 올라가는 소리, 그리고 수많은 발들이 쇠로 된 관을 타고 오르내리는 소리. 수많은 소리들이 귀를 타고 들어와 발끝까지 소름을 일으켰다.

내가 잘못 들은 걸 거야. 괜찮을 거야. 설마 그렇겠어.

내일은 일이 끝나고 오는 길에 쥐덫이랑 쥐약을 좀 사 와야겠다. 쓸 만할지는 모르겠지만 말이다.

6.

아내는 테라스 앞 소파에 앉아 햄스터를 쓰다듬고 있었다. 해가 길어졌다. 테라스에는 오후의 햇살이 그대로 내리쬐고 있다. 아내는 콧노래를 흥얼거리며 마치 아기를 어루만지듯 조심스럽게 햄스터의 털을 손으로 빗어 내리고 있었다. 나는 아직도 두 마리의 햄스터 이름을 외우지 못하였다. 어느 햄스터가 무슨 이름을 가졌는지, 어느 햄스터가 수컷이고 암컷인지, 나는 알려는 노력조차 하지 않았다. 아내에게는 햄스터가 아기와 나만큼이나 소중한 가족이었지만, 나에게는 그저 냄새나고 시끄럽고 지저분해 보이는 동물일 뿐이었다.

언제였나, 아내에게 그 더러운 애들을 잘도 만진다고 말한 적이 있었다. 아내는 표정 하나 안 바꾸고, 햄스터들은 원래 사막에서 살던 애들이라, 스스로 모래 목욕을 해 진드기를 떼어내고 청결하게 산다고 말했다. 냄새가 나는 이유는 발정기에 이르면 암컷의 소변 냄새가 강해져서라고, 수컷의 등에 코를 대 보면 옅은 모래 냄새가 난다고 했다. 작고 멍청해 보이지만 목욕도 자주 하고, 화장실도 확실히 가리는 동물이라고, 그리고 자신이 자주 우리 청소를 해 주니까 사람보다 깨끗하다고, 아내는 말했다. 청결하고 똑똑한 동물이라면서 햄스터를 만질 때는 손을 씻었다. 내가 사용한 화장실을 청소할 때는 락스와 알코올 스프레이를 들고 들어갔다. 그런 아내를 보며, 내가 저 햄스터보다 더러운 것이냐는 생각을 했던 적이 있었다.

햄스터는 120L짜리 리빙 박스를 개조해 만든 집에서 살고 있다.

"쥐 새끼들 주제에 우리보다 넓은 집에서 살고 있네."

"예쁜 말 써야지. 그리고 쥐가 아니야. 햄스터지."

"그게 그거지. 좋겠네. 우린 아직 전세 사는데, 얘네는 자기 집 갖고 있고, 이렇게 큰 데서 살고 있잖아. 거기에다가 때 되면 밥도 차려 줘, 청소도 해 줘, 일은 안 해도 괜찮아. 행복하겠네."

"얘네들한텐 이것도 좁은 거야. 예전에 말했잖아. 원래는 사막을 누비면서 살던 애들이라고. 골든햄스터가 살아가는데 필요한 최소 크기가 120L야. 사실은 우리보다 얘네가 더 답답할 수도 있어. 좁은 집에 살면서, 자기들이 먹고 싶은 것을 찾아서 먹기보다는 주는 것만 먹어야 하고, 청소는 자기들이 하는 것만으로도 충분한데 괜히 사람이 해 줘서 스트레스만 받을 것이고, 그리고."

"새끼도 못 갖고?"

"아니, 얘네 집엔 테라스도 현관문도 없잖아. 우린 집 안에서도 집 밖에서도 자유롭게 다닐 수 있는데, 얘넨 우리 밖으로는 스스로 나갈 수가 없어. 얼마나 불쌍해."

아내는 또 다른 햄스터를 꺼내어 어루만지고 있다. 아내의 부른 배 위로 늘어져 있는 햄스터의 모습이 편안해 보이면서도 안쓰럽게 보인다. 암수가 발정이 났는데도 누군가에 의해 서로 떨어져서 살며, 후손을 갖지 못하는 것은 불쌍하지 않은 걸까. 그거야말로 생물의 가장 큰 본능이고 의무 아닌가?

"그렇게 이뻐하면서 새끼 보고 싶단 생각은 해 본 적 없어?"

"애네는 새끼 한 번 낳으면 감당이 안 돼. 새끼가 한두 마리 태어나는 게 아니고, 보통 여덟 마리에서 열 마리 정도 낳는다고. 그러면 어미 몸이 얼마나 상하는데. 심지어 새끼를 낳고 나서 스트레스로 자기 새끼를 잡아먹는 경우도 있어."

나는 그런 상황을 보고 싶지 않아.

아내는 햄스터가 부러운 점은 사람보다 임신 기간이 짧은 점뿐이라고 말하며 웃었다. 임신과 출산을 하고 나서 몸과 정신이 쇠약해지는 것은 인간이나 햄스터나 똑같은데. 자신의 새끼를 잡아먹게 되는 상황을, 아내는 그렇게나 고통스러운 일이라고 생각했다. 내가 보기엔, 그저 동물들의 본능일 뿐인데 말이다.

7.

아내에게서 스마트폰을 뺏어 두지 않은 것은 내 가장 큰 실수였다. 전자파 핑계를 대든, 태교에 좋지 않을 것이라는 말을 하든, 어떻게 해서든 스마트폰을 뺏어 놓아야 했다. 강박증이 있거나 심한 불안 증세가 있는 사람은 매체의 영향을 쉽게 받기 마련이다. 아내는 평소에도 인터넷 커뮤니티에 올라오는 '임신하고 나니까 남편이 달라졌어요'라거나, '아이를 낳고 달라진 남편', '남편이 바람을 피우는 것 같아요'라는 제목의 글에 몰입하고는 했다. 나는 그녀가 내 스마트폰을 몰래 보는 것도, 불안하다는 이유로 위치 추적 앱을 스마트폰에 깔아 두는 것도 다 묵인했다. 내가 그러지 않았다면, 아내의 불안은 곧 망상이 되었을 것이다. 지금 내게 중요한 것은 내 스트레스도, 내 안위도 아니었다. 아내의 안정, 그리고 곧 태어날 아이의 안전, 이 두 가지가 내게는 1순위였다.

지금 아내는 나의 대답을 기다리고 있다. 나는 뭐라 대답해야 할까? 손톱이 짧은데 몰래 바람을 피우는 것이 아니냐며 말도 안 되는 억지를 부렸을 때는 차라리 대답하기 쉬웠다. 아내의 질문은 언제나 비슷했다. 매일 정해진 순찰 길을 걷는 것처럼, 아내를 달래는 것 또한 익숙하고 쉬운 일상이었다. 하지만 이 질문에 대해서는 뭐라 대답해야 할까.

"여보, 진짜 괴물 쥐가 나타난 거야? 자기도 본 적 있어?"

아내는 햄스터에 관련된 영상이 올라오는 계정을 구독하고 있었다. #귀여운 #애완동물 #햄스터라는 태그가 붙은 영상들은 자동으로 #쥐라는 태그가 붙은 영상들로 연결이 되곤 했었다. 아직 언론에 나오지 않은 그 사태가 #쥐라는 태그에 연결된 #괴물쥐라는 태그의 영상들로 올라오고 있었다.

괴물 쥐라니, 단순한 이름이긴 하여도 이만큼 적절한 명칭이 있을까. 자극적인 장면 위주로 편집된 영상에 나오는 쥐는, 우리가 알고 있는 쥐와 동떨어진 형상을 하고 있었다.

한때 '뉴트리아'라는 이름의 거대 쥐가 낙동강 유역에서 증식한 적이 있었다. 자신보다 작은 동물과 주변 밭의 작물을 먹고, 빠르게 번식해 가던 거대 쥐들. 이 거대 쥐들에게 포상금이 걸리고, 그에 더해 뉴트리아의 담즙이 웅담과 비슷한 효과를 가지고 있다는 소문이 붙으면서 많은 사람이 뉴트리아를 잡으려고 혈안이 되어 낙동강에 모여들었다. 그때 아내는 #쥐 #거대쥐 #뉴트리아라는 태그가 달린 영상을 시청하게 되었고, 사람들이 뉴트리아의 담즙을 채취하거나 뉴트리아 고기를 요리하여 먹는 모습을 보고는 며칠간 어떠한 고기도 입에 대지 못하고 우울한 상태로 지냈었다. 모피의 재료가 되기 위해, 고기가 되어 먹히기 위해 사람에게 붙잡혀 이 나라에 왔다가 버려지고, 그저 살려고 했을 뿐인데 결국 사람의 손에 의해 죽는 뉴트리아가 불쌍하다는 것이었다. 아내는 그런 쥐에게도 연민을 표했었다.

그런 아내가 아무 말도 못 하고, 두려운 표정으로 내 대답을 기다리고 있다. 아내가 본 영상 속 존재의 모습은 내가 며칠 전에 보았던 것과 비슷하면서도 달랐다. 그때 본 것들보다 좀 더 커지기도 했지만, 다른 점이 몇 가지 더 있었다.

쥐가 손을 쓸 수 있었던가? 집에 있는 햄스터를 보면 네 발로 뛰다가도 아내가 해바라기 씨를 주면 두 손으로 받아서 잡고 껍질을 까먹긴 했다. 하지만 쥐에게는 '손'이란 말보다는 '발'이라는 말이 훨씬 더 어울렸다. 보통의 쥐는 네 개의 발로 빠르게 도망치고, 음식을 쥐거나 훔칠 때만 앞발 두 개를 활용하곤 했다. 거의 언제나 네

발을 바닥에 대고 엎드려 있는 자세를 취하기 때문에 쥐들은 실제 몸집보다 더 작아 보였다. 쥐는 바닥과 가까운 존재였다. 그런데 영상에 나타나는 괴물 쥐는, 아니 그녀석들은,

두 발로 서 있었다.

이걸 쥐라고 할 수 있을까? 삼각뿔 형태의 기다란 코와 동그란 귀를 보면 분명 쥐라 할 수 있었다. 그런데 두 발로 걷고, 두 발로 뛰었다. 그뿐만이 아니다. 유튜브 영상 속 그것은 두 손으로 하수관을 타고, 두 손으로 문고리를 열고, 두 손으로 하수구와 맨홀 뚜껑을 열고 들어갔다. 가장 자극적인 영상에서 그것들은 두 손으로 사람의 허벅지를 움켜쥐고는 위로 올라가고 있었다. 그것은 누군가가 자신을 잡으려고 내민 집게를 두 손으로 쳐 냈다. 열 마리 이상 단체로 몰려다녔는데, 앞서가는 우두머리는 마치 부하들에게 지시를 내리듯 손으로 어딘가를 가리키기도 하였다.

그리고 그 눈빛.

욕망으로 가득 찬 눈에는 이제 '무언가를 알고 있다는' 눈빛이 자리 잡고 있었다. 나는 저 눈빛을 본 적이 있다. 술기운을 빌려 어린 소녀를 유린한 성범죄자가 경찰서에 왔던 적이 있다. 처음에는 마치 덫에 걸린 뉴트리아처럼 겁에 질린 눈을 하고 있던 그가, 변호사에게서 '심신미약'에 관한 판례를 들었을 때의 눈빛. 그 눈빛. 선이 무엇이고 악이 무엇인지, 자신보다 약한 것이 무엇이고 강한 것이 무엇인지, 자신에게 피해를 줄 것이 무엇이고 자신에게 필요한 게 무엇인지 알고 있다는 그 눈빛! 거대

쥐들은 점점 커지고 있었지만 그것만이 문제가 아니었다. 그것들은 점점 성장하고 있었고, 이젠 지능을 갖게 되었다. 더 두려운 것은,

그들 곁에 있는 유튜버들에게도, 그들을 보는 나와 아내에게도 두려움이 존재하는데, 그것들에겐 두려움이 없다는 것이었다. 마치 광견병에 걸린 짐승처럼 말이다.

"자기도 본 적 있냐고!"

내가 뭐라 대답할 수 있었을까.

"태교에 좋지 않아. 그만 봐."

아마 오늘 저녁 9시 뉴스에는 괴물 쥐에 대한 이야기가 잔뜩 나올 것이다. 유튜버들은 이 괴물 쥐가 어떻게 나타난 것인지에 대한 억측을 일삼으며 뜬소문을 생산하고 있다. 미군의 실험과 방사능 여파에서부터, 신흥종교에서 말하는 재앙이라는 이야기까지, 다양한 말들이 나왔지만 믿을 만한 것은 아무것도 없었다.

뉴스에서 나오는 내용은 더 가관이었다. 그것들은 분명 성장하고 있었다. 내가 처음 봤던 것들보다 크기도, 폭력성도, 짐승다운 본능도 더 커진 상태였다. 내가 마지막으로 직접 보았을 때, 그것의 크기는 내 발보다 약간 큰 정도였고, 분명 커다란 쥐의 모습이었다. 그 뒤 파출소에 들어왔던 신고에 의하면 그것의 크기는 내가 아는 것보다 조금 커지긴 했어도 하수구에 들어갈 수 있는 정도였다. 하지만, 지금 뉴스 영상에 나오는 그것들은 성인 남자에게 달려들고 있었다. 영상 뒤에 나오는 내용은, 유튜브에서 퍼지는 뜬소문들보다 더 말도 안 되는 것들이었다. 결국은 이 모든 상황이 현 정부의 탓이며,

현 정부가 아무런 대응을 하지 않고 있다는 것을 강조했다. 이 사태에 어떻게 대응해야 할지는, 아무도 우리에게 알려 주지 않았다.

뉴스가 끝나자마자, 양가 부모님들에게서 분명 전화가 올 것이다. 아내와 배 속의 아이가 잘 있는지를 걱정하며, 내게 아내와 똑같은 질문을 할 것이다. 그러면 그때 자세히 설명해도 괜찮을 것이다. 아내는 분명 내 통화 내용을 다 듣고 있을 테니까 말이다.

나는 그런 걸 보고 싶지 않았어.

혼자 방으로 들어가 방문을 닫았다. 우리 안에 들어간 햄스터들이 쳇바퀴를 돌리는 소리와 아내의 한숨 소리가 들린다. 지금 내가 우선시해야 할 일은 앞으로 일어날 재난에 대비하는 것이다.

8.

"아내가 불안해서요."

"자네 마음은 이해한다만…"

파출소 소장에게 휴직 신청서를 내밀었다. 이미 아이가 있는 파출소장은 휴직을 하기보다는 아이가 태어난 직후에 출산 휴가를 쓰는 게 좋지 않겠냐고, 그때는 나와 아내 둘 다 잠도 못 자면서 아이를 돌보게 될 것이라며 나를 설득했다.

"그렇다면, 그냥 연가로 해도 괜찮습니다."

"이봐, 아내가 지금 불안해하는 건 출산을 앞둔 엄마로서 당연한 일이야. 그러면서도 입덧 기간을 잘 버티고 넘기지 않았는가. 그리고 지금 그 쥐들 문제는 별일이 아니야. 곧 나라에서 지침이 내려올 거야. 군인들이 나와서 쥐를 소탕할 거고. 온 동네를 소독하게 될 테지. 우리도 분명 바빠질 거야. 일손이 부족할 게 분명해. 그냥 내 말대로 해. 지금 일을 쉬면 자네 손해야. 애가 태어나면 돈이 얼마나 드는지 아나? 지금 벌어 둬야지."

나를 계속 설득하는 파출소 소장 옆으로 사수가 다가왔다.

"뭐야, 김 순경. 겨우 쥐한테 겁먹은 거야?"

사수의 말대로였다. 하지만 여기에서 인정해 버리면 분명 휴직뿐만 아니라 휴가까지도 무산이 될 것이다.

"제가 사실 칠삭둥이로 태어나서요. 제 새끼라 저 닮아서 급한 성격에 빨리 나올까 봐 아내가 불안해하더라고요. 저도 걱정되고요. 병원에서도 혹시 모르니 옆에 붙어 있으라고 했거든요."

휴직은 통과되지 않았다. 대신 올해 남아 있는 연가를 다 써서 한 달가량 쉴 수 있게 되었다. 이 정도만 되어도 좋은 성과였다. 만약 내가 걱정하는 일이 벌어진다면 나는 이곳에 한동안 돌아오지 못할 것이고, 걱정하는 일이 벌어지지 않는다면 그저 한 달간 아내와 달콤한 휴가를 보내다 오면 되는 것이었다.

집에 가기 전에, 필요한 물건들을 정리해 보았다.

철물점 가서 살 것

□ 철망(배수관에 박아 두기, 구멍들 막아 두기)
□ 쥐덫(집 주변에 배치)
□ 작살 만들 수 있는 재료

마트에서 사야 하는 것

□ 가전용 발전기
□ 부탄가스
□ 휴대용 가스버너
□ 손전등
□ 생수(최대한 많이)
□ 락스
□ 알코올
□ 휘발유
□ 촛불
□ 라이터
□ 성냥
□ 쥐약
□ 비상약
□ 휴지
□ 키친타월
□ 일회용품(그릇, 컵, 비닐 랩)
□ 건조 과일과 육포
□ 쌀
□ 라면
□ 통조림
□ 라디오

□ 정수 필터, 샤워기 필터

그 외 해야 할 것
□ 수렵용 엽총 구해 보기
□ 집에 있는 대야와 세면대에 물 담아 두기

　　인터넷에서 찾아본 대부분의 재난 매뉴얼들은 '지진'
이나 '태풍'과 같은 자연재해에 국한되어 있었다. 피난
을 갈 때 배낭에 무엇을 넣어야 하는지에 대한 정보는
나에게 전혀 쓸모가 없었다. 그나마 도움이 되었던 정보
는 지진이 났을 경우에는 가스관에 균열이 생겨 가스가
샐 수도 있으니 성냥이나 라이터를 켤 때 조심해야 한다
는 거였다. 혼자 재난 대응 매뉴얼을 짜면서 한 생각이
있다. 나는 여태까지 군 생활을 하면서, 경찰학교에서
교육을 받으면서 얻은 지식과 경험이 나를 강하게 만들
고 사는 데 도움을 준 줄 알았다. 실제로는 그보다 시골
에서 어린 시절을 보내면서 할아버지와 아버지에게 배
웠던 생활의 지혜가 조금 더 도움이 되었다.

　　엽총은 구할 수가 없었다. 엽총을 사려면 허가 절차가
필요하다는 것을 알고 있으면서도, 급한 마음에 총포사
를 찾아갔다. 하지만 내가 거기서 무엇을 말할 수가 있
을까?

　　괴물 쥐들이 나타났잖아요. 그것들이 우리를 공격할
거예요!

제가 사실 여기 가까이에 있는 OO 파출소에서 근무하는 순경인데요. 엽총 하나만 팔아 주실 수 있나요?

　어떻게 말하든 분명 미친놈 취급을 받을 것이고 경찰복을 벗어야 할 수도 있다. 결국 나는 총포사의 문을 열지 못했다. 철물점에서 산 긴 장대 끝에 칼을 묶고 낚시 용품점에서 대형 생선용 작살을 사는 것 정도로 만족해야 했다.

　집에 도착해서 제일 먼저 한 일은 옥상에서부터 바닥까지 내려와 있는 배수관, 그 배수관 입구를 철망으로 막은 것이었다. 그다음에는 배수관 곁면에 손이 닿는 높이까지 유리병 조각과 철조망 조각을 붙였다. 지나가는 사람들이 나를 이상하게 보긴 했지만, 나는 묵묵히 내 할일을 했다. 제일 신경 쓰이는 곳은 단연 '하수구'였다. 괴물 쥐들은 도로 위를 돌아다니지 않았다. 도로는 사람들의 것이었다. 그것들은 지하에 살며, 하수관을 타고 이동하고, 하수구를 통해 사람들이 사는 곳으로 넘어왔다. 나는 커다란 돌덩이를 가져와서 집 주변에 있는 하수구 뚜껑 위에 올려놓았다. 동네에 있는 모든 하수구를 다 막을수는 없겠고, 어디서든 그들은 나타나겠지만, 이런 작은 행동이 내 불안한 마음에 안정을 주었다.

　마트에서 산 모든 음식과 물건들을 혼자 옮기느라 엘리베이터를 서너 번은 탄 것 같다. 온몸이 땀에 젖었지만 쉴 수가 없었다. 샤워기와 수도꼭지에 정수 필터를 장착하고, 샤워를 간단하게 하면서 집 안에 있는 대야를 다 가져와 물을 받기 시작했다. 욕조가 없는 집이 이렇게 큰 불안을 가져오리라는 것을, 예전에 전세 계약을 할 때는 생각하지도 못했다. 대야에 물이 차는 동안 화장실 밖으로 나와서 모든 창문을 닫고 암막 커튼을 쳤다. 밤에 조그마한 빛이라도 새어 나가면 굶주린 괴물 쥐의 시선을 끌 수도 있을 것이다. 괴물 쥐뿐만이 아니다. 혹여 그것들로 인해 세상이 혼란스러워진다면 다른 것들이 우리 집을 노릴 수도 있다. 어두운 거리 속에서 따뜻한 불빛이 새어 나오는 집은, 먹을 것과 안정된 장소를 찾아 헤매는 사람들의 표적이 될 수도 있을 것이다. 암막 커튼을 친 나는 이내 집 밖으로 나가 현관 앞과 계단 주위에 쥐약을 뿌리고, 쥐덫을 놓았다. 어느새 아내는 내 옆에서 나를 내려다보고 있었다.

"이게 다 뭔데?"

"재난용품."

"이걸 왜 산 건데?"

"혹시 모를 상황에 대비하는 거지."

"얼마 들었어?"

"그게 무슨 상관인데."

"아니 아무 상의도 없이, 이걸 다 어디다 보관하려고 이렇게 많이 사 온 건데?"

"아, 내가 다 알아서 한다고. 그냥 가만히 있어."

"내가 어떻게 가만히 있어! 상황도 제대로 설명해 주지 않고, 자기 맘대로 다 하고 있잖아!"

"내가 나 위해서 이러는 줄 알아? 다 이유가 있는 거지!"

"그 이유를 좀 설명해 달라고! 나도 알아야 할 거 아니야!"

"이유를 설명하면 뭐가 달라지는데? 자기가 알아 봤자 좋을 거 하나도 없으니까 그냥 있어!"

"사람 바보 취급하는 것도 정도가 있지! 왜 아무 말도 안 해 주는 건데?"

"알아 봤자 달라질 게 하나도 없다고!"

"괴물 쥐가 나왔잖아! 자기는 경찰인데 아무것도 몰라? 상식적으로 이해가 안 되는 일이 너무 많잖아!"

연애 시절, 아내는 싸우다 감정이 격해지면 소리를 지르면서 울고는 했다. 뚝뚝 떨어지는 눈물을 보면 짜증이 나면서도 내가 잘못했나 싶어져서 아내를 보듬어 주고, 아내의 이야기를 다 들어 주었다. 하지만 지금은 달랐다. 아내는 울지 않고 있었다. 언성을 높이다가도, 감정을 가다듬으려는 듯 숨을 내쉬었다 들이마셨다.

"오빠, 이야기를 들어 봐. 나는 지금 벌어지는 일이 어떻게 돌아가는지 알아야겠어. 텔레비전에선 그냥 똑같은 뉴스만 반복되고 있어. 쥐를 조심해라. 가까이 가지 마라. 유튜브에서는 그 쥐가 미군의 실험 때문에 나타난 것이다. 중국에서 넘어온 것이다. 이런 말이 반복되어 나오다가 금방 삭제되고 있어. 나는 무엇을 믿어야 하는지 알 수가 없어. 오빠는 경찰이잖아. 뭐라도 아니까, 이런 물건을 사 온 거 아니야? 그리고 이 물건을 사오기 전에, 나를 무작정 안심시키려 하는 대신에, 미리 이야기해 주고 같이 준비하자 하고 도와 달라고 해도 되잖아. 이러는 거 사람 되게 바보같이 만드는 짓이란 거 알아?"

아내도 집에 있는 동안 나처럼 불안해했고, 최대한 많은 정보를 찾으려고 했다. 하지만, 생각보다 집에서 얻을 수 있는 정보는 많지 않았다. 물론, 밖에서 내가 얻을 수 있는 정보도 많지 않았다. 나는 어떻게든 화제를 바꾸고 싶었다.

"그래, 아무 말도 없이 행동한 건 미안해. 우선 나는 혹시나 벌어질지 모를 상황을 대비해야겠다 생각했어."

"혹시나 벌어질지 모를 상황이 뭔데?"

"어…. 밖에 못 나가는, 그러니까 집에 우리가 갇히게 되는 상황?"

"그 상황이 얼마나 길 거 같은데? 이 정도 물 가지고 되겠어? 소꿉놀이하는 것도 아니고, 양이 너무 적은 거 아니야?"

아내가 어이가 없다는 듯이 웃으며 물을 툭 건드렸다. 틀린 말이 아니었다. 오늘 저녁에라도 당장 물을 더 사 와야 하지 않을까 하는 생각이 들었다. 나는 아내를 안심시키기 위해 떠오르는 대로 말했다.

"이 정도면 괜찮을 거야. 자기, 우리나라 군대가 얼마나 잘 조직되어 있는지 모르지. 곧 대규모로 쥐 살처분과 소독이 이어질 거야. 정부에서 금방 해결할 거고, 우리는 며칠 동안만 집에 있으면 되는 거야. 그게 내가 말한 혹시나 생길지도 모른다는 상황이야."

나는 웃으며 덧붙였다. 물을 좀 더 사 올게. 혹시 모르잖아? 막 나가려는 나에게 아내가 말했다.

"그러면 뉴스에라도 그런 이야기가 나와야 하는 거 아닌가? 정부가 대국민 담화를 통해서 좀 더 우리에게 설명을 해 줘야 하는 거 아니야?"

아무 대꾸도 할 수 없었다. 아내의 표정은 나에게 이렇게 말하는 것 같았다.

그래서 당신은 도망치는 거야?

9.

물 확보가 무엇보다 중요했다.

재난 문자가 온 뒤에야 움직이면 늦을 수도 있었다. 아내는 만삭의 임산부였고, 위생과 수분 섭취 그리고 영양 섭취를 누구보다 잘 챙겨야 할 존재였다. 나는 며칠 안 씻고 안 먹는다고 하여도 상관이 없다. 하지만 아내는 그럴 수 없지 않은가. 쥐의 습성상 상수원으로 몰릴 가능성이 컸다. 그러면 아마 물의 오염이 큰 문제로 떠오를 것이다. 심각한 상황이 올 것을 대비해서 아내에게 대야와 세면대의 물을 쓰면 바로바로 채워 놓으라고, 물을 받기 전에는 샤워기를 세면대 밖으로 빼서 샤워기 필터 안쪽과 물의 색깔을 확인해 보라고 신신당부해 두었다. 정수기의 필터도 교체하고 싱크대에도 필터를 하나 장착했다. 혹시 모르니 당분간 아내는 생수를 마시게 하고, 정수기 물은 나만 마시거나 끓여 마실 때만 사용할 것이다.

아내는 불안해 보였다. 어느새 스프레이에 락스와 알코올을 채워 넣었고, 물이 오염될지도 모른다는 나의 말에 모든 빨래를 모아 세탁기를 돌리기 시작했다. 아내를 안심시키는 것을 잊고 있었다. 분주히 움직이는 아내를 뒤에서 끌어안아 주었다.

"어릴 때 놀던 거 생각나지 않아? 커다란 식탁에 이불보를 뒤집어씌우고, 여긴 나만의 요새라면서 간식이랑 음료수랑 장난감들 다 가져가서 그 안에서 놀곤 했었지."

밀실 안에 들어가면 안심이 되는 건, 모든 생물의 본능 아닐까?

"있잖아."
"응?"
"햄스터는 말이야. 불안해지면 굴을 파고 숨어들어. 왜 우리 햄스터들도 그렇잖아. 얘네들이 우리 집에 처음 온 날, 내가 청소기를 돌리니까 무서워졌는지 자기들 집에다가 간식이랑 사료들을 다 물어서 옮겨 두고 톱밥을 잔뜩 물어다가 집 입구를 막았잖아. 그렇게 말이야. 햄스터들은 불안하면 스스로 밀실을 만들어 그 안으로 들어가."

멍하니 아내를 바라보는 나를 보며 아내는 웃으며 말했다.

"그냥 그뿐이야."

이 정도면 어느 정도 정리가 끝난 게 아닐까. 나는 그제야 어두운 거실 안 소파에 누워 휴식을 취했다. 햄스터가 쳇바퀴를 돌리는 소리가 들려온다. 아직 밤이 되지 않았는데도 생생하다. 저 바보 같은 쥐 새끼들은 겨우 암막 커튼을 친 것 가지고 밤이 온 줄 아나 보다. 아내가 알코올과 락스 스프레이를 들고 돌아다니는 소리가 들린다. 이불과 옷들을 한꺼번에 빨고 있는 세탁기 소리도 들린다. 그리고 그 소리 사이로, 현관문 앞에서 작은 발소리가 들리는 듯하다. 나는 그 발소리를 들으며 그대로 잠자리에 든다.

내가 할 수 있는 일은 어디까지일까.

10.

잠시 잠에서 깨어 눈을 떠 보니 어느덧 저녁 9시였다. 아침까지 쭉 잘 수도 있었을 텐데, 잠을 깨운 것은 거세게 울리는 핸드폰의 알람 소리였다.

드디어 재난 문자가 왔다.

[국민안전처] 5월 6일 기준 전국 괴물 쥐 비상령 발표/ 재난 대비 매뉴얼 확인 및 재난 방송 청취 바랍니다

아내는 이미 내 옆에 앉아서 스마트폰으로 바쁘게 정보를 검색하고 있었다. 재난 대비 매뉴얼은 내가 준비한 것과 비슷했다. 재난 방송에서는 절대 괴물 쥐 가까이 가지 말라고 강조했고 괴물 쥐에게 공격당했을 시의 응급 처치 방법을 알려 주었다. 그리고, 해가 지면 절대 집 밖으로 나가지 말 것을 당부하였다. 나는 유튜브를 열고 괴물 쥐 영상들을 찾아보았다. 아니나 다를까, 분명 저것들은 점점 더 커지고 있었다.

재난 영화에 나오는 주인공들은 언제나 대형 마트를 찾아갔다. 대형 마트의 출입구는 총알까지 막아 주는 유리문이었다. 마트 안에서 주인공들은 좀비나 괴물 따위

들에 대항하였고, 그 대항을 뒷받침해 주는 것은 내부에 가득히 쌓인 음식과 약 그리고 생필품들이었다. 괴물 쥐들이 거리를 점령하고 나서, 대형 마트에 가려 한 사람들이 있었다.

가장 기억에 남는 영상은 같은 동네에서 사는 30~40대 남성과 여성 네 명이 팀을 이뤄 생방송으로 진행한 영상이었다. 그 팀은 대형 마트에 들어가기 전, 멤버 절반은 식료품을, 절반은 생필품을 가져오기로 했다. 그들의 모습을 보고서야 난 깨달았다. 음식이 이렇게 많이 남아 있음에도 내가 불안감을 떨치지 못하는 이유, 그건 바로 아직도 물이 부족하다는 것이었다. 식료품을 담당한 멤버 중 건장한 남자 두 명은 물을 옮기는 데에 주력했다. 우리 집 부엌을 생수병으로 가득 채웠지만, 영상속 사람들이 옮기는 물의 양을 보자니 내가 혼자 들고 온 물의 양은 턱없이 부족해 보였다. 지금이라도 마트에가서 물을 사 와야 하나 불안해지기 시작했다. 가까운 편의점에라도 들러 보려고 나갈 채비를 하는 순간, 여자의 비명이 들렸다.

다행히 아내의 비명이 아니었다. 아내도 그 비명을 듣고 놀랐는지 한껏 경직된 표정으로 나를 바라보고 있었다. 비명은 스마트폰 안에서 들린 것이었다.

재난 영화에 나오는 주인공들이, 좀비나 괴물들을 마주했던 주인공들이 찾아간 대형 마트는, 지금 상황 속 우리에겐 낙원이 아니었다. 영화에서 좀비나 괴물들은 마치 지켜야 할 불문율이 있다는 양 대형 마트의 유리문을 뚫지 않고 밖에 머물렀지만, 그것들은 달랐다. 작은 녀석들은 곳곳의 구멍을 통해, 큰 녀석들은 스스로 문을 부수거나 열고 대형 마트 안으로 들어와 인간보다 빠르게 음식을 점령했다. 그리고, 인간들을 공격하기 시작했다.

생방송이었다. 빌어먹을 생방송. 뉴스에서는 그래도 모자이크 처리를 했고, 전체 장면의 부분만 보여 줬다. 덕분에 사람들이 크게 겁을 먹지 않았다는 역효과가 있긴 했어도 말이다. 유튜브 영상에서는 약 몇 분간, 네 명의 사람이 맹수의 우리 안에 강제로 들어간 토끼처럼 사방팔방으로 도망쳤다. 하지만 그것들은 마트의 모든 길을 알고 있었다. 겨우 몇 분의 시간 동안, 네 명의 성인은 그것들의 이빨과 손톱에 의해 형체를 알아보기 힘들 정도로 도륙당했다. 짐승들은 상하기 쉬운, 그러면서도 맛있는 내장을 먼저 먹는다는 것을 이렇게 눈으로 확인하게 될 줄 몰랐다. 영상을 차마 보지 못하고 비명만 듣던 아내는 덜덜 떨고 있다가 이내 정신을 차린 듯 안방으로 들어가 이곳저곳에 전화하기 시작했다. 그리고 그 순간부터, 모든 유튜브 영상들을 볼 수가 없게 되었다.

"여보, 전화가 안 돼. 어머님이랑 아버님께 전화를 하려고 했는데, 전화가 안 돼."
"그 빌어먹을 놈들이 결국은 통신사 기지국까지 기어들어 갔나 보네."

도대체 어디까지 갈 것인가. 떼로 움직이고 모든 것을 갉아먹는 것은 쥐의 습성인가 아니면 스스로 고립된 우리의 불안감을 부추겨 밖으로 나오게 하기 위한 계략인가. 어느 쪽인지 모르겠지만 어쨌든 결국은 통신이 제일 먼저 끊기고 말았다.

아내는 통신이 끊어지기 전에 미리 부모님들께 연락을 넣었어야 했다며, 어제 전화했을 때 미리 장을 봐 두라고 말했어야 했다며, 연로한 부모님을 걱정했다. 그분들은 분명 음식이나 비상용품을 제대로 챙겨 놓지 못했을 거라고 말하는 아내를 본 나는 아무 말 없이 아내를 끌어안아 줄 수밖에 없었다. 내가 지켜야 할 가족은 바로 내 눈앞에 있다. 그럼에도 불구하고 나의 아버지와 어머니가 걱정되었다. 이런 혼란스러운 감정 속에서 이상하게도 잠이 몰려왔다. 우리는 이 사태를 얼마큼 견딜 수 있을 것인가. 나라에서는 이 사태에 대한 해결책을 언제 낼 것인가. 아내와 아이와 내가 과연 무사할 수 있을 것인가. 혼잡하게 엉킨 여러 생각들은 곧 악몽으로 이어졌다.

아침에 눈을 떠 보니, 나는 어느새 아내 품에 안겨 있었다.

11.

해가 떴다. 암막 커튼을 전부 쳐 놔서 아침이 된 줄도 모르고 있었다. 아내와 나는 간만에 늦잠을 잤다. 커튼 틈으로 본 밖은 밝았고, 거리는 아무도 없이 조용했다. 밖이 더 밝으니까 집 안에서 불을 켜고 있는 것 정도는 괜찮겠지 하는 생각에 전등 스위치를 눌렀고, 아무런 일도 일어나지 않았다.

빌어먹을 놈들. 이건 생각보다 너무 빨랐다. 전기선마저 끊어지고 말았다.

냉정하게 지금 내가 해야 할 일을 생각해야만 했다.

냉장고에 무엇이 남아 있었던가. 뭐가 제일 먼저 상하지? 과일은 꺼내어 다 설탕에 절여서 보관해야 하고, 채소의 일부는 소금과 식초에 절여 피클처럼 만들어야 하고, 그럴 수 없는 것들은 오늘과 내일에 걸쳐 먹어 치워야 했다. 고기는 어떻게 해야 하는가? 육포나 어포를 만들면 좋겠지만, 창문을 열지 못하니 바람을 이용하여 건조를 시킬 수 없기에 결국, 고기부터 먹어 없애기로 한다. 오늘과 내일의 점심은 고기와 생선, 그리고 피클을 만들지 못하는 야채들로 해결을 해야겠다. 오늘은 냉동실을 열지 않음으로써 냉기를 그대로 보존하고, 냉장실부터 처리해야겠다. 김치랑 장아찌들은 조금 서늘한 정도인 냉장고 안에서도 상하지 않을 테니까 오래 보관할 수 있을 것이다.

요리하려고 부엌으로 들어서는데, 아내가 뒤따라 들어왔다.

"내가 말했지. 다 혼자 하려 들지 마. 내가 도와줄게."

싱크대 앞에 서는 아내를 밀어냈다.

"괜찮아. 내가 다 할 수 있으니까. 쉬고 있어."

아내는 뭔가 할 말이 있는 듯이 내 뒤에서 물러나지 않고 있었다. 나는 다시 아내에게 방 안에 들어가서 누워 있으라고 말했다. 아내는 방 안에 들어가지 않은 채, 소파에 앉아 나를 보고 있었다. 마치 자신을 필요로 하면 언제든 달려오려는 듯한 모습이었다. 아니, 오히려 나를 감시하는 것처럼 보이기도 했다. 저 인간이 과연 제대로 할 것인가 하는 의심이 보였다. 괜찮다. 이 정도는 나 혼자 다 할 수 있을 것이다.

집에 있는 식초와 소금, 설탕을 거의 다 썼다. 아내가 예전에 만들어 주었던 피클에 비하면 조금 더 달고 쿰쿰한 맛이 나긴 했지만, 오래 보존할 수 있다면 족하니 맛은 크게 상관없다. 우리 집에서 가장 서늘한 곳은 보일러실이다. 내 기억으로는 작년 이맘때 담가서 보일러실 선반 위에 올려놓았던 각종 절임이 거의 서너 달은 보존되었던 것 같다. 보일러실에 피클 병을 들고 가는데, 보일러실 문 안쪽에서 어떤 소리가 들렸다.

"여보? 거기 안에 있어?"

"나 여기 있어."

아내는 여전히 소파에 앉아서, 내가 자신의 도움을 필요로 할 때를 기다리며 내 물음에 대답했다. 그렇다면 보일러실 문 안쪽에서 나는 소리의 정체는 무엇인가. 보일러가 돌아가는 소리인가? 지금 난 온수를 쓰지 않았고, 이 계절에 바닥 난방이 돌아갈 일도 없다. 위층에서 배수관을 타고 물이 쏟아져 내려오는 소리인가? 비도 오지 않았는데? 그래, 이건 배수관이나 보일러 기계에서 나는 소리가 아니다.

누군가가 문을 두들기고 있었다. 가만히 문에 손을 대 보았다. 이 문이 아니었다. 만약 이 문을 두들기고 있다면, 작은 진동이라도 느껴져야 했다. 조금 더 먼 곳에서부터 나는, 퉁, 퉁, 퉁, 뭔가를 두들겨서 울리는 소리. 나는 보일러실 문을 활짝 열어 보았다.

퉁, 소리가 멈췄다.

보일러실에는 아무도 없었다. 바닥에 쌓여 있는 쌀 포대도 선반 위에 올려져 있는 각종 세제도 그대로였고, 배수관과 하수구 구멍은 멀쩡하게 막혀 있었다. 나는 다시 소리가 나길 기다리고 있었다. 아내도 그 소리를 들은 모양이었다. 피클 병을 들고 있는 내 뒤로 와서는 고개만 내밀고 보일러실을 같이 살펴보았다. 둘 다 소리의 출처를 찾으며 숨을 죽이고 있는데, 한순간 아내가 내 어깨를 꽉 쥐었다.

그제야 그것이 보였다. 바보같이, 난 테라스로 통하는 문이나 커다란 창문 같은 큰 부분만 신경을 썼다. 하수구나 배수관을 타고 다니는 쥐의 습성만 생각했었다. 그것들은 생각보다도 더 똑똑했고, 나는 멍청했다. 환기와 습기 방지를 위해 열어 놓은, 겨우 한 뼘 크기의 보일러실 창문. 나는 그 창문을 닫지 못하였다.

살이 찔 대로 찐 쥐들이, 어떻게 작은 쥐구멍과 하수구 구멍을 통해 들락거리는지 본 적이 있는가? 쥐들은 자기 몸의 10분의 1도 안 되는 작은 구멍으로 유연하게 몸을 욱여넣는다. 햄스터만 해도 그렇다. 그물 모양의 철망이 아닌 사다리 모양으로 듬성듬성 얽혀 있는 철망으로 된 집에 넣어 두면, 작은 녀석들은 그 사이로도 빠져나와 집을 활보하고 다닌다. 쥐들은 그런 존재였다. 제 몸보다 작은 구멍들을 통과하며 살아왔던 존재들. 나는 그 사실을 잊고 있었다.

통, 다시 소리가 울렸다.

우리 눈앞에 있는 그것은, 웃고 있었다. 입꼬리를 한껏 올려 소리 내 웃고 있었다.

겨우 한 뼘 크기의 보일러실 창문. 그 너머에, 한 뼘 정도 거리로 붙어 있는 옆 빌라. 그리고 그 옆 빌라의 한 뼘 남짓한 쪽창. 그 창틀에 손을 올려놓고, 그것은 웃고 있었다.

확인 작업을 한 것이다. 자신이 들어가지 못한, 음식 냄새가 풍기는 집에 대해서. 보안이 확실하게 되어 있는 집에 허술하게 열려 있는 창문이 있다면, 도둑들은 일단 긴장하고 본다. 저 창문은 분명 함정이고, 덫이 숨겨져 있으리라는 불안감이 들기 때문이다. 누군가가 안전을 위해 만든 밀실, 그곳에 구멍이 있다고 날름 들어갔다간, 그 밀실에서 못 빠져나올 수 있다. 누군가에겐 안정을 주는 밀실이, 침입자에겐 불안의 장소가 된다. 그것은 이 점을 알고 동태를 살피는 중이었고, 바보 같은 얼굴로 피클 병을 들고 온 인간을 보고 상황 파악을 끝냈다.

이 집은 자신이 망가트릴 수 있다.

내가 손에 있던 피클 병을 내려놓고 창문을 향해 가는 속도보다, 녀석이 한 뼘의 공간들을 돌파하는 속도가 더 빨랐다. 차라리 피클 병을 그 녀석에게 던졌어야 했나. 적은 몇 마리 있는 것이지. 아내는, 아내는 어디 있나. 내가 만들어 놓은 무기, 작살들은 어디에 뒀었지?

"빨리 방 안으로 들어가!"

골든아워를 놓쳐 버리고 말았다. 보일러실 창문을 뒤늦게 닫았지만 그 녀석은 빠르게 집 안으로 들어왔고, 나는 그 기세에 놀라 주저앉고 말았다. 아내의 안위를 살필 수 없었다. 다섯 살짜리 아이만 한 크기의 그 녀석은, 주저앉은 내 몸 위로 올라타 머리를 향해 움직이고 있었다. 갈고리 같은 손톱에 옷과 살이 찢기는데도 아픔을 느낄 겨를이 없었다. 그대로 그 녀석을 들어서 거실로 던졌다. 그 녀석이 던져지면서 햄스터 우리가 하나, 그리고 그 녀석이 광분하여 거실에서 날뛰기 시작하면서 다른 햄스터 우리가 하나, 파괴되었다.

작살, 작살이 어디 있지, 다리가 후들거렸다. 계속 주저앉아 있을 수는 없다. 군대와 경찰학교에서 배웠던 것들을 하나하나 떠올릴 시간도 없다. 그저 본능적으로 어떻게든 저 녀석과 싸워야 했다. 놀란 햄스터들이 우는 소리가 들린다. 그 녀석의 숨소리도 들린다. 하지만 어떻게 해야 할지 알 수 없다. 골든아워를 놓치고, 나는 상황의 주도권을 그 녀석에게 빼앗겨 버리고 말았다.

완벽한 패배였다.

이제 내가 할 수 있는 것은 무엇인가. 일단 아내와 태어나지 않은 내 아이를 살려야만 했다. 천천히 부엌 쪽으로 뒷걸음질을 쳤다. 부엌에는 식칼도 있고, 프라이팬도 있다. 우선 그것으로라도 녀석에게 상처를 입혀 이동을 제한해야 한다. 그 녀석을 흥분시키지 않으면서 천천히 움직이다 보니, 어느새 손끝에 싱크대가 닿았다. 칼, 칼이 손에 잘 잡히지 않는다. 보지 않고 찾을 수는 없는 것인가. 무심결에 뒤로 돌아 칼을 찾고 손에 쥐는 순간, 나는 또 뒤늦게 깨달았다. 짐승에게 등을 보이고 말았다는 것을.

정말이지, 완벽한 패배였다.

곧 다가올 고통을 기다리며, 내가 다치더라도 어떻게

든 상처는 입히고 끝내야지 생각하고 있었는데.

쿵, 소리가 났다.

비명조차 들리지 않았다.

뒤를 돌아보니, 그 녀석이 쓰러져 있었다. 그 녀석 등에는 대형 생선용 작살이 꽂혀 있었다. 아내는 공포에 찬 얼굴을 하고 있었지만, 작살을 정조준할 수 있을 정도로는 침착한 상태인 것 같았다. 나는 싱크대 아래 그대로 주저앉아 버렸다. 아내의 배와 가슴에는 피가 튀어 있었다. 아내는 잔뜩 눈물이 고인 눈으로 나를 쳐다보다가 내 앞으로 와 앉았다. 나를 끌어안고는 내 등을 계속 쓸어내리며 괜찮냐고 묻는 아내, 그 품 안에서 그제야 나도 숨을 고르고 주변을 볼 수 있었다. 굳게 닫힌 보일러실 창문, 검은 발바닥으로 가득한 거실, 햄스터 우리에 있던 톱밥으로 어질러진 집 안, 피투성이가 된 나와 아내. 그리고 저 멀리, 울음을 멈춘 햄스터들이 보였다. 우리를 빠져나온 그 녀석들은 이런 난장판 속에서 교미하고 있었다.

정말이지 나의 완벽한 패배였다.

12.

라디오는 신호가 잡히다 끊기기를 반복하고 있다. 재난 방송인 것 같은데 하고 주파수를 맞춰 보면 이내 다시 신호가 끊겼고, 신호가 어느 정도 유지되는가 싶으면 불안정한 소리만 들리곤 했다. 거실은 금방 깔끔해졌다. 아내의 뒷정리는 완벽했다. 다행히도 그때 우리 집의 상황을 살피고 들어온 것은 그 녀석 하나뿐이었다. 아내가 박스 테이프로 창문이 열리지 않도록 막고 빛을 차단한 보일러실은 언제 무슨 일이 일어났냐는 듯 안전해 보였다. 톱밥과 사료들, 쳇바퀴 그리고 작은 움집을 리빙 박스에 담고, 흥분한 햄스터 두 마리를 각각 그들의 우리 안으로 다시 집어넣었다. 아내는 그때의 일로 암컷이 임신한 것 같다고 말했다.

말은 하지 않아도, 어제의 여파로 아내는 많이 놀랐을 것이다. 나는 불안한 마음에 아내의 눈치를 살폈다. 아내는 가만히 햄스터 우리 안만 바라보고 있다. 알코올 스프레이와 락스 스프레이는 아내로부터 멀리 떨어져 있다. 어제 내가 피범벅이 된 바닥을 닦고 난 이후 싱크대 위에 두었는데, 그 자리에 그대로 있었다.

내가 상상했던 우리 미래에, 이런 상황은 없었다. 결혼하고, 아이가 생긴 이후로, 나는 아내보다도 더 불안해했다. 매일매일 우리에게 일어날 수 있는 재난을 상상했다. 이전처럼 전염병이 퍼지게 되면 어쩌지, 지진이 일어나서 건물이 무너지거나, 큰 화재가 일어나서 집을 잃게 되거나, 쓰나미가 몰려와 우리가 사는 곳의 일부를 앗아가면 어쩌지. 나는 갑작스럽게 전쟁이 일어나게 된다거나, 핵 발전소가 폭발해서 방사선에 노출된다거나, 하다못해 외계인이 갑자기 지구를 침범하는 것까지 상상했다.

재난은 위기와 다르다. 집주인이 갑자기 전세금을 올리거나 집에서 나가라고 하는 위기 상황, 가족 중에 누군가가 아파서 큰돈이 들게 되는 위기 상황은 거의 예측이 가능하고 나 혼자 수습도 할 수 있다. 하지만 재난이라는 것은, 개인의 예상과 감당 범위를 넘어서는 일이다. 나는 수많은 상상을 하였고, 그 상상은 보통 '어떻게든 버티다 보면, 우리나라 정부에서 혹은 다른 나라의 정부에서 해결해 줄 것이다.'로 끝나곤 했다. 결국, 나는 '어떻게든 버티면' 되는 것이었다.

겨우 '쥐'의 모습을 한 그것들 때문에 우리가 무너지게 될 것이라고는 예상하지 못했다.

암컷 햄스터는 톱밥을 한데 모아 자신의 움집 안에 넣고 있었고, 수컷 햄스터는 철망에 매달려 계속 암컷 햄스터 쪽을 바라보고 있었다. 아내는 햄스터가 사료와 간식을 물어다가 움집 안으로 물고 가는 것을 멍하니 보고 있었다.

그렇지. 너도 불안하지.

수컷 햄스터는 어느새 서글프게 울기 시작했다. 우리 안에서.

우리는 살아남을 수 있을 것인가. 이 사태는 언제 끝날 것인가. 마지막까지 우리는 견딜 수 있을 것인가.

13.

일주일도 지나지 않았는데, 결국 우려했던 일이 벌어지고 말았다. 아내가 설거지하기 위해 싱크대에서 물을 틀자, 하얀 그릇 위로 검붉은 물이 쏟아져 내렸다. 정수 필터도 소용이 없었다. 상수원이 오염된 것인지, 아니면 더 가까운 곳이 오염된 것인지. 생각보다 재난은 빠르게 진행되었다.

라디오는 여전했다. 스마트폰도, 텔레비전도 먹통이었다.

현실은 영화와 달랐다. 영화에 나온 주인공은 좀비가 나타나면 맞서 싸우고, 거대한 자연재해가 닥치면 패닉룸 안에서 가족들을 지키며 살아남았다. 하지만 나는 겨우 쥐 한 마리와 싸웠음에도 이기지 못하였고, 열심히 준비한 재난용품들을 제대로 사용하지 못하였고, 가장 중요한 물마저도 충분히 확보하지 못해 위기에 처해 있다. 그저 누군가가 구하러 올 것이라고, 나라에서 약을 뿌리든 군대를 풀든 해서 저것들을 다 없애 주고 우리를 구해 주리라고 생각하며, 암막 커튼 틈 사이로 거리를 지켜보고 있을 뿐이었다.

아내는 소파에 앉아 내 모습을 바라보고 있다. 아내의 손 위에는 햄스터도, 스프레이도 없다.

"임신하니 얼굴을 보기 힘들더라고."

암컷 햄스터는 움집 안에서 나오지 않는다. 사료와 간식을 넣어 주면 아무도 보지 않는 틈을 타서 집 안으로 음식을 가져갔고, 다시 집의 입구를 톱밥으로 막아 놓고는 했다. 수컷 햄스터는 하염없이 우리의 철망에 매달려 암컷 햄스터를 바라본다.

"쥐 새끼들이 나보다 낫네."

말도 안 되는 일이었다. 갑자기 눈물이 하염없이 흐르기 시작했다. 내 인생에서 가장 고통스러웠을 때는 노량진 고시원에서 수험 생활을 하던 때라 생각했는데, 그때도 홧김에 소리를 지르거나 물건을 부수기는 했어도 눈물은 흘리지 않았었는데, 갑자기 쏟아지기 시작한 눈물은 멈추지 않았다. 나는 한참을 아내의 품 안에서 어린 짐승같이 목놓아 울었다.

"아빠가 될 사람이 왜 이렇게 울까."

내 등을 토닥토닥 두들겨 주던 아내는 웃으며 말했다. 어떻게 이런 상황에서 웃을 수 있지. 아내도 나와 똑같이 그것과 마주했었다. 집 안에는 햇빛이 전혀 들지 않았고, 물을 아끼느라 제대로 씻지 않아 몸에서 냄새가 날 것이다. 얼마 전까지는 다 녹아 버린 냉동식품을 아껴 먹었고, 어제와 오늘은 수분이 부족한 밥에 절임 하나만 반찬으로 놓고 먹었다. 라디오 신호는 잡히지 않고, 청취해야 한다는 재난 방송은 듣지도 못했고, 거리에는 아무도 나타나지 않았다. 집에서는 오염된 물만 나오니, 물을 아끼고 아껴도 우리가 버틸 수 있는 날들은 길지 않을 것이다. 그리고 밖에는 그것들이 숨어 있다. 이 상황이 언제 끝날지 모르는데, 어떻게 웃을 수 있는 것일까. 그런데도,

곧 괜찮아지지 않을까?

그렇게 말하며 아내는 웃는다. 울음을 삼키며 나도 웃는다. 그러나 다시, 우리 안에서 웃음이 사라진다.

무릎 쪽이 축축해져 온다. 검붉은 액체가 바닥으로 뚝, 뚝 떨어져 내린다. 하혈인지, 양수가 터진 것인지 가늠할 수가 없다. 나도 아빠가 되는 것이 처음이었고, 아내도

임신이 처음이었다. 지금 우리가 할 수 있는 일이 무엇일까. 아내는 그대로 주저앉는다. 아내의 표정을 살필 겨를도 없이 나는 우리 밖으로 나갈 준비를 해야 한다.

무엇이 필요할까. 이럴 줄 알았다면 재난 물품을 준비하는 대신에, 집에서 출산하게 된다면 어떻게 해야 하는지를 배워 놓았어야 했다. 아니, 그런데 지금 이게 출산이 맞는 것인가? 아직 임신 7개월이 조금 넘었을 뿐인데. 출산이 아니라면, 아내와 아이는 어떻게 될 것인가. 아내는 고통스러운 듯 옆으로 누워 신음하고 있다. 이럴 때 필요한 존재는, 단 하나뿐이다. 밖으로 나가야만 찾을 수 있다.

그 사람의 집이 어디였는지 떠올리기 위해 차분하게 기억을 더듬을 필요는 없었다. 거의 일주일에 한 번씩은 들렀던 곳이었다. 경찰 일을 하면서 알게 된 재미있는 것들 중 하나는 같은 동네에서 자주 보는 사람들의 이중성이었다. 아내와 함께 다니던 산부인과 박 원장은 내가 본 사람들 중에서 낮과 밤의 얼굴이 가장 달랐다. 그는 내가 아내와 초음파 사진을 보러 갈 때마다 임신한 아내와 배 속의 아이에게 남편의 역할이 얼마나 중요한지 가르쳐 준 사람이었다. 그런 그를, 난장판이 된 그의 집에서 마주했을 때 내 기분이 어땠겠는가. 처음엔 굉장히 놀랐다. 그 뒤에는 내일 산부인과 정기 검진이 있는 날인데, 진료실에서 박 원장을 어떻게 마주하면 좋을까 고민했었다. 하지만 그는 낮과 밤이 다른 사람이었고, 프로였다. 다음 날, 그는 어젯밤 나를 마주한 적이 없다는 듯 평소처럼 나에게 아빠와 남편 역할의 중요성에 대해 열정적으로 설명했다. 이러한 일이 서너 번 반복되고 나니까, 그의 체면을 염려했던 스스로가 우스워졌다. 박 원장의 집은 우리 파출소의 단골 출동 장소였다. 이젠 눈을 감고도 찾아갈 수 있을 정도다.

박 원장이 제발 집에서 잘 살아 있기를, 내가 무사히 그 집까지 갈 수 있기를, 그 집에서 원장을 데리고 나와 무사히 우리 집에 올 수 있기를, 그리고 아내가 무사히 진료받을 수 있기를, 그다음엔 그를 무사히 집에 데려다줄 수 있기를, 탈 없이 귀가할 수 있기를. 수많은 바람을 품으며 발걸음을 재촉했다.

요 며칠간 낮의 거리를 살펴본 결과, 그 녀석들이 대로에 나타난 적은 없었다. 저녁의 거리에는 기척과 발소리가 들리고는 했지만, 낮에는 조용했다. 쥐의 습성이 남아 있어 주로 밤에 활동하는 것은 아닐까. 조용히, 조심하면서 다닌다면 낮에는 그것들과 마주치지 않을 수도 있을 것이다. 혹시나 하는 마음에 온몸을 랩으로 감싸고, 두꺼운 옷을 여러 겹 겹쳐 입고 위에 패딩까지 겹쳐 입는다. 작살을 허벅지에 묶고, 간단한 무기들을 챙긴다. 아내는 몸을 비틀며 신음을 토해 내고 있다. 시간이 더는 없다. 이젠 이 밀실 밖으로 나가야 할 때이다.

현관문을 살짝 열어 본다. 계단과 복도에 흩뿌려 놓은 쥐약도, 쥐덫도 그대로이다. 누군가가 침입한 흔적은 없다. 나는 천천히 계단을 내려간다. 어두운 복도에서 무언가 튀어나오지는 않을까 불안해 허벅지에 있는 작살에서 손을 떼지 못한다. 땀이 난다. 5월의 한낮이지만, 빛이 들어오지 않는 빌라의 계단과 복도는 서늘하다. 나는 지금 무엇을 두려워하고 있는가. 그저 나는 행복해지기 위해 소망을 계속 되뇐다. 박 원장이 살아 있기를, 나를 따라와 주기를, 낮의 모습을 하고 있기를, 우리가 무사히 이곳으로 돌아올 수 있기를, 아내와 아이가 조금만 더 버텨 주기를, 내가 조금만 더 빠르게 움직일 수 있게 되기를.

하지만 나는 생각보다 더 바보 같았다. 나는 결국 2층과 1층 사이 계단에 주저앉고 말았다. 무서웠다. 아내와 아이가 죽는 것도, 내 가정이 무너져 버리는 것도 무서웠지만 그것보다도 그것들과 맞서는 게 무서웠다. 정확히 말하자면, 내가 과연 그것들을 죽일 수 있을까 하는 생각이 들었다. 경찰로 일하다 보니 사건 현장을 보는 일은 허다했다. 사람들은 많은 이유로 죽었고, 직업상 나는 시체를 자주 마주했다. 하지만 내가 본 것들은 다 시체들일 뿐이었다. 누군가가 죽는 광경을 직접 본 적도 없었고, 누군가에게 내가 총이나 칼을 겨누어서 직접 죽여 본 적도 없었다.

내 앞에서 죽어 가던 아내와 아이. 내 가족을 살리기 위해선 집 밖으로 나가야 한다. 그것들은 이미 하수관을 빠져나와 도로를 돌아다니고 있다. 내가 도로로 나가는 순간, 나는 그것들과 마주하게 될 것이다. 나는 그것들을 죽일 수 있는가?

골든아워. 나는 바보같이 몇 번의 골든아워를 놓치고 있는 것일까.

곁에 나를 달래 줄 사람이 없어, 나는 무릎 사이에 얼굴을 파묻고 한참을 흐느낀다. 그리고 눈을 다시 떴을 때,

아이와 비슷해진 크기의, 내 배꼽 높이까지 올라와 있는 그것들과 마주했다. 대화가 통하지 않을까 생각을 해

보았지만, 그들의 눈빛은 이미 사람의 지능을 뛰어넘어 버렸다. 그리고 그들의 본능은 짐승에 더 가까워져 있었다. 자신보다 약한 존재와 대화할 리가 없었다.

그들은 포식자, 나는 피식자였다.

나는 본능적으로, 우리 집 쪽으로 뒷걸음질을 친다. 뒤에서, 아니 조금 위쪽에서 아내의 비명이 들린다. 그 직후, 비릿한 피비린내가 나한테까지 느껴졌다. 포식자들이 놓칠 리가 없는 냄새였다. 키득거리는 소리가 들린다. 그것들은 웃고 있다. 나를 비웃고 있다. 이제 그것들은 비웃는 법마저 배워 버렸다.

어느새 그것들은 벽을 타고, 계단을 타고, 나를 밀치고 내 집 안으로 향하고 있다. 나는 성대를 제거당한 애완동물처럼, 아무 소리도 내지 못했다. 소리를 듣고 그것들이 더 몰려올까 봐. 나는 후들거리는 다리로 그것들을 따라 계단을 타고 올라갔다. 벽을 타고 창을 깨서 집 안에 들어간 그것들이 먼저 문을 열어 주고, 문 앞에서 기다리고 있던 그것들이 집 안으로 들어간다. 나는 멍청하게도, 손님마냥 그것들을 따라 들어간다. 비릿한 피 냄새와 물 냄새가 난다. 아내는 자신의 윗옷을 물어뜯어 가며 고통을 참고 있다. 그리고 그것들은,

아내를 원 모양으로 둘러싸고는 서 있다. 가만히.

나는 어이없게도, 그것들의 눈빛과 분위기를 보고 안심해 버렸다. 사산이 아니었다. 아이는 무사히 태어날 것이다. 그들은 고기를 바라보는 포식자의 눈빛이 아니라, 마치 무언가의 결과를 기다리는 인간처럼 아내를 바라보고 있었다. 어떤 놈은 긴장을 하는 듯이 바닥을 발

톱으로 긁어 가며, 어떤 놈은 팔짱을 낀 채로 아내를 지긋이 내려다보며, 어떤 놈은 차마 그 고통을 볼 수 없다는 듯 뒷짐을 진 채 집 안을 슬금슬금 걸어다니며, 아이가 태어나기를 기다리고 있었다. 나는 그것들 사이로 파고들어 아내 옆으로 가서, 그저 아내 손을 잡고 앉아 있었다. 차마 괜찮다는, 괜찮을 거라는 말을 할 수가 없었다. 혹시나 생길지도 모를 최악의 상황들을 상상하면서도, 어떻게든 아내와 아이가 살기를 바라며, 지금이야말로 이들을 지킬 수 있는 사람은 나뿐이라고 생각하며 아내의 손을 꽉 잡았다. 어느새 아내는, 비명을 지르지 않는 법을 익혔다. 이를 악물고, 여태까지 본 적이 없는 생기가 넘쳐 나는 눈을 하고, 그녀는 아이를 지키기 위해 힘을 쓰고 있었다. 방 안을 채우는 것은 그저 숨소리뿐이었다. 그것들이 가끔씩 내뱉는 한숨, 내가 이를 악물고 참아 내는 숨, 그리고 아내가 아이를 살리기 위해 들이마시고 내쉬는 숨소리. 그 숨소리들 사이에서 난 상상을 한다. 그것들이 이 집 안에서 사라지는 상상을. 아이가 건강하게 태어나서 이 집 안을 뛰어다니는 상상을. 아내와 나의 웃음소리와 아이의 재잘거리는 말소리로 가득 찬 이 집을. 그리고 그 사이로 들려오는 햄스터 우리 안의 쳇바퀴 소리를. 행복한 우리들의 시끄러운 밀실을. 이윽고 모든 상상을 찢는 울음이 들린다.

갓 태어난 아이의 울음소리를 어떤 말로 형용할 수 있을까. 아이의 첫울음을 단순한 의성어로 표현하려는 아버지는 아무도 없을 것이다. 새빨간 몸뚱이 하나가 아내 다리 사이로 흘러내린다. 맞잡고 있던 아내와 내 손에서 힘이 풀렸지만, 우리는 두 손을 놓지 못한다. 우리 둘의 아이가 태어났다. 탯줄을 잘라야 하는데, 아이를 안아서 아내에게 보여 줘야 하는데, 우리의 아이를 안아서 젖을 물리고 달래 줘야 하는데, 생각만 할 뿐 손도 못 뻗고 있는 우리보다 더 빨리 움직인 것은, 그것들이었다.

어디서 가져온 것인지 깨끗한 수건으로 아기를 닦고, 우리가 아기를 위해 사 두었던 속싸개로 아이를 감싸더니, 그것들 중 하나가 손으로 아기의 목부터 받치며 소중히 안아 들었다. 그러고는, 아기를 안은 그것을 선두로 우리 집을 빠져나가기 시작했다. 우리 부부를 숨소리와 피와 땀 구덩이 속에 놔둔 채로 말이다.

부서진 창문, 누군가가 우리의 문을 열어 버렸는지 사라져 버린 햄스터들, 수많은 발자국과 흥건한 핏물로 어지럽혀진 거실. 깨져 버린 밀실 안에는, 고요뿐이었다. 햄스터의 쳇바퀴 소리도, 아기의 울음소리도, 우리 부부의 웃음소리와 숨소리도, 그리고, 그것들의 발소리마저 들리지 않았다.

이제 우린, 어떻게 해야 할까?

아내가 말한 것인지, 내가 말한 것인지 헷갈린다. 하지만 누가 말했든 상관은 없을 것이다. 나는 다시 선택의 기로에 놓였다. 아기를 데려간 그 괴물들을 쫓아가 아기를 뺏어 오느냐. 아니면, 아내를 살리기 위해 원래 가려던 길을 가느냐.

어쩔 수가 없다. 이제 나는 뛰어야 한다. 아직 골든아워를 놓치지 않았기를 염원하며, 내 가정이 여기서 끝나지 않으리라 생각하며, 박 원장이 살아서 집에 잘 머무르고 있기를 바라며, 그리고 아내가 우리가 돌아올 때까지 잘 버텨 주기를 바라며, 나는 그대로 문을 향해 달려간다. 우리 밖으로 몸을 던진다.

엔조이 시티전(傳)

배예람

안전가옥 앤솔로지 《대스타》에 수록된 〈스타 이즈 본〉으로
작품 활동을 시작했다. 오래오래 재미있는 이야기를 쓰고 싶다.

1.

어디서부터 이야기를 해야 할까요? 처음부터? 길 텐데 괜찮으세요? 저야 떠드는 건 자신 있지만. 제 일이 그런 거잖아요. 낯선 사람들 앞에서 신나게 떠드는 거. 저는 괜찮아요. 심하게 다친 것도 아니고. 약을 먹었더니 한결 낫네요. 이제야 좀 정신이 드는 것 같아요. 괜찮아요, 진짜로.

괜찮으시다면 시작해 볼게요, 처음부터.

〈엔조이 시티〉해 본 적 있으세요? 네? 뭔지 몰랐다고요? 진짜로? 게임이에요, 게임. 가상현실 RPG. 어, 맞아요. 자리에 앉아서 괴상한 기계를 머리에 끼우고 접속하는 거, 그거 맞아요. 지금이야 그걸로 할 수 있는 게임이 차고 넘치지만, 3년 전만 해도 이런 대규모 RPG는 엔조이 시티가 유일했어요. 엔스틸사에서 내보낸 야심작이었죠. 게임 좀 한다는 사람들 중에 엔조이 시티를 안 하는 사람은 없었어요. 그때만 해도 저는 이제 막 방송을 시작한 게임 스트리머였고요, 엔조이 시티를 안 할 이유가 없었죠. 컨트롤러가 좀 많이 비싸긴 했지만, 옳은 선택이었구요. 지금의 저를 있게 해 준 게 엔조이 시티니까요.

해 보신 적 없다고 하니 좀 자세히 이야기해 드리자면요, 그냥 앉아서 컨트롤러를 머리에 끼우는 것만으로 모든 게 다 가능해져요. 컨트롤러의 전원이 켜지는 순간 다른 세상이 펼쳐지죠. 손가락 하나 까딱할 필요가 없어요. 앞으로 걸어가야지, 생각하면 난 걸어가고 있고, 팔을 움직여야지, 하면 내 의지에 따라 팔이 움직여요. 어떤 원리냐고요? 글쎄요, 제가 그것까지 알아야 할 필요가 있었을까요. 컨트롤러가 개개인의 머리에 딱 맞게 찰싹 조여드는 걸 보면서, 뇌와 관련이 있겠거니 막연하게 생각하는 정도였어요.

엔조이 시티에서는 모든 게 가능했어요. 그 속에 있는 것들을 시각적으로 볼 수 있다는 건 당연했고요. 식료품점 근처를 지나면 맛있는 냄새가 풍겼어요. 대장간을 지나면 나무 타는 냄새와 함께 땅땅땅, 하는 소리가 힘차게 울렸고요. 바람이 얼굴을 훑고 지나가는 느낌, 풀을 뜯어먹던 양을 어루만졌을 때의 감촉, 나무 열매를 주워다가 입안에 넣었을 때의 그 달콤함까지, 모든 걸 느낄 수 있었어요. 엔조이 시티는 또 다른 세상이었어요. 거기서 난 내가 원하는 얼굴로 내가 원하는 옷을 입고 내가 원하는 일을 할 수 있었어요. 행복했죠. … 이해 못 하시는 얼굴이네요, 그럴 만해요.

게임 자체는 기본적인 RPG랑 별다를 게 없긴 했어요. 퀘스트를 수행하고 NPC들과 이야기를 나누고 사냥을 하고 던전을 탈출하고…. 통각이요? 통각까진 느끼지 못해요. 몬스터들에게 아무리 맞아도 체력 수치가 떨어지는 것이 보이기만 할 뿐, 아픔이 느껴지지는 않죠. 엔조이 시티의 양심이었다고나 할까요. 요즘 나오는 가상현실 게임들에서는 실제로 아픔까지 느껴진다고 하더라고요. 엔조이 시티에서는 그럴 일이 없어요. 플레이어들끼리 서로 공격하는 것도 불가능하거든요. 아무리 내가 저 사람을 공격하고 싶다고 마음속으로 외쳐도, 몸이 움직이지 않아요.

　사실 엔조이 시티를 3년이나 할 생각은 없었는데. 생각지도 못하게 제 방송이 대박 나 버린 거예요. 컨트롤러가 처음 나온 게 2030년이었나, 그때는 컨트롤러를 구매한 스트리머가 몇 없었어요. 엔조이 시티를 플레이하자마자 시청자 수가 폭발했죠. 억지로 할 필요가 없었을 만큼 엔조이 시티는 재밌었구요. 시청자들은 제가 플레이하는 엔조이 시티를 사랑했고, 저도 엔조이 시티를 사랑했어요. 그래서 엔조이 시티의 유저들이 서서히 줄어들기 시작했을 때, 홍수처럼 쏟아지는 게임들 때문에 엔조이 시티가 점점 잊히기 시작했을 때도 전 엔조이 시티를 떠나지 않았어요. 엔조이 시티를 통해 알게 된 친구들도 많았거든요. 한 번도 실제로 만난 적은 없지만, 가족들보다도 더 가까운 친구들이요. 어떻게 떠나겠어요? 3년의 추억이 모두 엔조이 시티 안에 담겨 있는걸요.

　그리고 그게 문제였어요. 제가 엔조이 시티를 떠나지 못한다는 거, 엔조이 시티의 서비스 종료를 막기 위해선 무엇이든 할 준비가 되어 있었단 거요.

2.

시작은 '남원 마을'에 귀신이 나온다는 소문이 돈 일이었어요.

모든 RPG 게임이 그렇듯이, 엔조이 시티에도 여러 가지 콘셉트의 마을들이 있어요. 평범한 마을부터 해서 중세 서양풍, 놀이공원, 설원, 사막, 해변 등등 다양해요. 제가 평소에 머무르는 남원 마을은 조선 시대 콘셉트로 꾸며진 곳이었고요. 레벨이 낮은 유저들을 위한 퀘스트가 많아서 보통 초반에 많이 들르지만 금방 잊는 마을이죠. 렙을 웬만큼 올리고 할 수 있는 퀘스트는 모두 깨 버렸을 때, 저는 남원 마을을 제 보금자리로 정했어요. 그냥 좋았거든요.

흙먼지가 날리는 바닥 위에는 초가집과 기와집들이 세워져 있고, 마을 중앙에는 커다란 소나무와 우물이 있어요. 상인들로 북적거리는 시장도 있고요. 커다란 강이 마을을 휘감고 있고, 깊은 산속을 걷다 보면 구미호를 만날 수도 있어요. 뗏목을 타고 강 위를 떠다니면서 볼 수 있는 풍경이 정말 장관이에요. NPC들은 형형색색의 한복을 입고 돌아다니고요. 저는 남원 마을을 중심으로 꾸려진 길드 '남원 피플'의 길드장이었어요. 직관적인 이름이라 좀 부끄럽네요. 남원 마을은 유저들한테 그다지 인기가 있는 맵은 아니에요. 남원 마을을 본거지로 정한 길드는 저희 하나뿐이었죠.

평소랑 똑같은 어느 날이었어요. 별다를 게 없는 날. 엔조이 시티에 접속해서 남원 마을을 거닐었어요. 시장에서 산 다과를 입에 집어넣으면서 체력을 올렸죠. 잠깐 마을 밖으로 나갔다가 몬스터한테 두들겨 맞았거든요. 다과의 달달함을 느끼면서 방송 시청자들과 수다를 떨고 있는데, 방자가 말을 걸었어요. 방자는 부길드장의 닉네임이에요. 또 다른 부길드장인 향단이랑 같이, 우리는 2년이 넘게 붙어 다녔어요.

  대화요? 아, 목소리 설정은 두 가지 방식으로 할 수 있어요. 가상의 목소리를 선택해서 그 목소리로 이야기를 하는 방식이 있고, 튜토리얼을 할 때 내 목소리를 직접 입력한 다음 그 데이터를 기반으로 말하는 방식이 있죠. 아무래도 가상의 목소리는 조금 인위적으로 들리는 편이어서, 저도 방자도 향단이도 각자의 실제 목소리 데이터를 이용해서 대화를 주고받았어요. 대화를 나누면 채팅 창도 추가로 떠요. 아주 친절한 게임이죠.

  방자(tjrgwns11): 춘향
  방자(tjrgwns11): 이상한 소문 돌던데
  방자(tjrgwns11): 뉴비 퀘스트 있잖아 그거 하면 귀신 나온대
  방자(tjrgwns11): 뉴비들이 무서워서 못 하겠다고 버그 수정해 달라고 요청했는데
  방자(tjrgwns11): 당연히 답은 없고 그래서 뉴비들 다 탈주했어 무섭다고

  귀신? 말도 안 되는 소리였어요. 작년 할로윈 시즌 이

벤트로 남원 마을에 각종 귀신들이 돌아다닌 적은 있지만, 이벤트가 끝나자마자 싹 사라졌다고요. 마을 콘셉트상 밤이 되면 으스스한 장소들이 좀 있어서 그렇지, 애초에 무서울 법한 요소들은 존재하지도 않았어요. 심지어 할로윈 이벤트는 이번 해에 열리지도 않았거든요. 엔스틸사는 새로 나올 게임 개발에 박차를 가하기 시작한 뒤로, 엔조이 시티 관리는 완전히 놔 버렸어요. 각종 버그나 문제점을 아무리 신고해도 돌아오는 답은 없었고요. 엔조이 시티 자체에 관심이 없는데, 인기 없는 우리 마을은 어땠겠어요? 새로 들어오는 유저는 거의 없고, 소위 말하는 고인물들만 남아서 맵을 정처 없이 돌아다니는 꼴이었죠. 그래서 새로 방문하는 유저 하나하나가 엄청 소중했고요.

방자가 말하는 퀘스트는 남원 마을에 오면 하게 되는 첫 번째 퀘스트예요. 이름은 '부사 체험'이고, 하루 동안 마을을 관리하는 부사가 맡은 일들을 체험하는 거예요. 별건 없어요. 낮에는 몇 가지 문서를 처리하고 마을을 돌아다니면서 NPC들의 부탁을 들어주고, 저녁에는 부사의 집으로 돌아와 하룻밤을 보내면 되는 퀘스트였어요. 방자의 말을 들어 보니, 낮까진 괜찮았는데 밤이 문제였어요. 밤에 자꾸 이상한 일들이 생긴다는 거예요. 유저들이 버티고 버티다 결국 무서워서 줄행랑을 쳤다고요. 새로온 뉴비들이 다 그 퀘스트에서 떨어져 나갔대요. 버그 수정을 해 달라고 요청해도 별다른 답변이 없으니, 지쳐서 결국 남원 마을 자체를 건너 뛰어 버린다는 거였어요.

알아요, 코웃음이 나오는 일이죠. 하지만 우리한텐 중

요한 문제였어요. 엔조이 시티 유저가 줄어들고 관리가 소홀해지면서, 서버 축소가 이루어질 거란 소문이 기정사실화됐어요. 인기 없는 몇몇 맵들이 사라질 거라고 유저들은 수근거렸죠. 남원 마을은 당연히 그 후보 중에 하나였어요. 안 그래도 목숨이 간당간당한 곳인데, 웬 괴상한 버그 때문에 방문률이 더 낮아진다면…. 저희는 남원 마을이 사라지도록 내버려 둘 수 없었어요. 이해하시죠? 정붙이고 살던 고향이 갑자기 사라진다고 생각해 보세요. 처음부터 없었던 곳처럼 흔적도 없이 지워진다고 생각해 보시면, 그럼 이해가 되실 거예요. 남원 마을은 우리한테 그런 존재였거든요.

향단(yeon_7878): 언니가 해 보겠다고?
향단(yeon_7878): 괜찮겠어? 엄청 무섭대 진짜로
춘향(HYANG0511): 뭐 얼마나 무섭겠어, 녹화해서 버그 수정 요청해야지

제 말에 방자와 향단은 걱정스런 표정을 지었어요. 컨트롤러는 플레이어의 감정까지 인지해서 게임에 반영시키거든요. 저는 걱정하지 말라고 웃어 준 다음, 맵을 열고 퀘스트 확인 버튼을 눌렀어요. 그러면 수행 가능한 퀘스트를 받을 수 있는 곳의 위치가 떠요. 실제로 그 장소에 가면 퀘스트와 관련된 NPC 혹은 물건이 빨갛게 빛나고 있죠. 마을 한가운데에 있는 벽보에서 퀘스트를 받았어요. 벽보를 손으로 터치하자 퀘스트 창이 떴고 저는 수락 버튼을 눌렀어요.

아주 오래 전에, 처음 남원 마을에 도착했을 때 이 퀘

스트를 했던 기억이 새록새록 떠오르더라고요. 보통 한 번 완수한 퀘스트는 다시 할 수 없는 경우가 많은데, 이 퀘스트는 뉴비들이 레벨을 쉽게 올릴 수 있도록 만들어 놓은 거라 여러 번 다시 하기가 가능했어요. 다행이었죠, 부계 파는 거 생각보다 귀찮거든요.

저는 낮 동안 퀘스트 창이 알려 주는 대로 얌전히 여러 임무를 수행했어요. 밤이 되었을 때 집으로 돌아갔고요. 예전에 퀘스트를 수행했던 기억이 남아 있어서 어렵지 않았어요. 부사가 머무를 숙소라고 하기엔 허름한 감이 있는 초가집. 문 앞에 서자 로딩 바가 허공에 떴어요. 바가 끝까지 채워지자 문이 열렸어요. 끼익, 하는 소리가 울리는데 기분이 좀 묘했어요. 원래 이런 소리가 났었나 싶더라고요. 예전에는 안 그랬던 거 같았거든요. 드나드는 사람이 없어서 문이 낡아 가지고 이런 소리가 나는 건가? 그건 둘째 치고, 그렇게 현실적인 부분까지 반영될 정도의 게임이었나? 하는 의문이 들었어요.

엔조이 시티 안에 있는 초가집의 구조는 실제 초가집하고는 좀 달라요. 게임적 허용이 어느 정도 녹아들어 있죠. 입구에 들어서자마자 짧은 복도가 나오고, 복도 끝에서 오른쪽으로 꺾으면 부엌이 있어요. 그 외의 방들은 다 창호지 문으로 여닫을 수 있게 되어 있고요. 복도를 보고 정면으로 섰을 때 기준으로 왼쪽에 방이 두 개, 오른쪽에 하나가 있어요. 퀘스트 알림 창을 열자 왼쪽 끝에 있는 방이 붉은색으로 빛났어요. 제가 가야 할 곳이었죠.

사방이 고요했어요. 복도 끝 장식장 위에 올려진 촛불

이 주변을 밝히고 있었고, 그곳 말고는 온통 어두컴컴했어요. 또 한 번 의문이 들었죠. 이렇게까지 어두울 필요가 있나? 분명 옛날에 퀘스트를 했을 때는 안 이랬거든요. 촛불이 없어도 앞이 보일 정도로 조도가 높은 편이었는데, 이렇게까지 업데이트가 됐다고? 뉴비들이 겁을 먹을 만하다고 생각하면서 고개를 저었어요. 저도 겁이 없는 편은 아니거든요. 시청자들이 채팅으로 떠들지 않았다면 그대로 뒤로 돌아서 나갔을 거예요. 아, 제가 말을 안 했던가요? 전 방송을 켠 상태로 퀘스트를 진행 중이었어요. 평소에 방송을 하는 시간이기도 했고, 버그 신고를 하려면 녹화를 할 필요가 있었으니까요. 시청자들도 제가 보고 있는 화면을 함께 보고 있었어요. 초가집 안으로 들어서자마자 채팅이 무서운 속도로 올라갔고요. 솔직히 분위기가 엄청 무서웠거든요.

저보다 더 겁에 질려 있는 시청자들 덕분에 복도로 한 걸음 한 걸음 나아갈 수 있었어요. 복도를 걸을 때마다 복도 끝에 있는 촛불이 이상하게 흔들렸어요. 촛불이 꺼질까 봐 무서웠죠. 다행히 바닥에서 삐걱대는 소리는 나지 않았어요. 그 소리가 제일 무섭잖아요. 누가 뒤에서 따라오는 것 같고.

짧은 복도가 왜 그렇게 길게 느껴지던지요. 간신히 복도 끝에 다다라서, 제가 열어야 하는 문 앞에 섰을 때였어요. 쿵, 하는 소리가 갑자기 울렸어요. 깜짝 놀라 주위를 살폈어요. 복도엔 저 말고 아무도 없었어요, 당연히.

다들 불안했는지 채팅 창 대화 내용이 쭉쭉 올라가기 시작했어요. 버그라면 생각보다 심하다, 할로윈용 이벤트 패치를 이제야 한 거 아니냐 등등. 채팅 창을 대충 눈으로 훑으면서 주변을 다시 살폈어요. 떨어진 물건은 없었어요. 쿵 소리가 날 만한 물건은 하나도 없었다고요. 잘못 들었겠지 싶어서 방문을 열려고 하는데, 다시 한번 그 소리가 들렸어요. 쿵. 화들짝 놀라 약하게 비명을 질렀어요. 소리가 어디서 들렸는지 이젠 확실히 알 수 있었죠. 제가 지나친 방 안이었어요. 미닫이문이 얌전히 닫혀 있는 곳. 그 방에는 불이 꺼져 있었어요. 아무것도 보이지 않았죠.

춘향(HYANG0511): 누구 있어요?

묻는데 목소리가 떨리더라고요. 시청자들이 웃기 시작했어요. 안 무섭다고 하더니 겁먹었다고요. 속으로 니들이 직접 해 보든가, 하고 중얼거렸어요.

돌아오는 답은 없었어요. 차라리 누군가의 목소리가 들리기를 간절히 바랐는데 말이에요. 퀘스트를 여러 명이 한 번에 수행할 경우를 대비해 방이 세 개 있는 거였거든요. 퀘스트 정원이 세 명인 셈이죠. 저에게 지정된 방은 맨 끝 방이었던 거고요. 불이 켜져 있지 않아서 당연히 여기에 있는 사람은 저 혼자라고 생각했던 건데, 또 다른 유저가 퀘스트를 수행 중이었을 수도 있잖아요? 조금 희망을 담은 목소리로 다시 물었어요. 거기 누구 계세요? 이번에도 고요했죠. 잠시 가만히 서서 기다렸어요. 불안함에 목이 조여드는 느낌이 들었어요. 확신할 순 없었지만 그 쿵 소리는 꼭… 누가 발을 구르는 소리 같았거든요. 그게 아니라면 주먹으로 바닥을 내려치거나.

영겁의 시간이 흘렀어요. 실제로는 몇 초에 불과했겠지만, 저한텐 그렇게 느껴졌어요. 가까스로 진정하고 가슴을 쓸어내렸을 때였어요.

"쾅!!!!" 하는 소리가 복도에 울려 퍼졌어요. 저는 비명을 지르면서 주저앉았어요. 채팅 창 속 대화들이 폭발하듯 주르륵 올라갔어요. 앉으면서 건드린 건지 몰라도, 복도를 유일하게 비추고 있던 촛불이 꺼졌고요. 사방이 어둠에 잠겼어요.

당황스러웠어요. 이 정도까지 무섭게 만들 필요가 있다고? 제가 들어가야 할 문을 밀어 여는데 손이 덜덜 떨리더라고요. 영상을 보면 아실 거예요. 어둠 속에서도 희미하게 보이거든요. 이런 감정까지 게임에 반영될 거라곤 생각 못 했어요. 가능하더라고요. 문을 열자 눈앞에 보인 작은 방은 평화로웠어요. 촛불은 없었지만 제가 들어가니 은은한 조명이 켜지듯 조도가 높아졌어요. 세워져 있는 병풍 앞에는 침구가 정리되어 있었고, 장식장과 가구가 딱 맞는 위치에 놓인 소박한 방이었어요. 무릎으로 기어서 방 안으로 몸을 밀어 넣었죠. 방 안에 들어가자마자 문을 닫고 바닥을 더듬으며 뒤로 물러났어요. 시청자들이 뭐라 떠들어 댔지만 눈에 들어오지 않았죠, 전 봤거든요.

옆방 문이 흔들렸어요. 쾅, 소리와 함께 창호지가 찢어질 듯 흔들거렸다고요. 마치 안에서 누가 문을 내려친 것처럼. 저를 겁주기 위해.

문을 닫고 숨을 잠시 고르고 나니, 짜증이 몰려왔어요. 새로운 이벤트를 패치 중인 건지 진짜 버그인 건지 몰라도, 이건 너무 심하잖아요. 뉴비들이 무서워서 떨어져 나갈 만했다고요. 아무리 놓은 게임이라고 해도 이 지경이 되도록 방치하는 게 말이 돼요? 업데이트 중인 거면 유저들이 이용하지 못하게 막아 둬야지, 대체 뭐냐고요. 이번만큼은 답변 없이 그냥 넘어가도록 내버려 두지 않겠다는 생각을 하면서, 화면 녹화가 잘 되고 있는지 확인했어요. 채팅 창을 보면서 짜증을 부리니까 마음이 좀 편안해졌어요. 퀘스트 창을 열자 앉은뱅이 책상에 놓여 있는 책에 붉은 빛이 들어와서 침구에 앉은 다음 책을 뒤적거렸어요. 퀘스트 진행 게이지가 조금씩 차기 시작했어요.

거기서 끝났으면 제가 여기 앉아 있진 않겠죠.

문 밖에서 드르륵, 소리가 났을 때 전 책을 쥔 채로 얼어붙었어요.

미닫이문을 여는 소리였어요. 제가 있는 곳 옆방에서.

다른 유저가 안에 있는 게 맞았구나. 그렇게 스스로를 안심시키려고 노력했는데, 부질없는 짓이었죠. 누군가 복도를 걸어오는 소리가 났거든요. 제가 걸었을 때는 아무 소리도 안 나던 복도에서 소름 끼치는 소리가 울렸어요. 끼이익, 끼이익… 하고.

저는 제가 너무 늦었다는 걸 알았어요. 퀘스트 진행 중에 도망갔다는 뉴비들처럼요. 돌이켜 보니 여길 나갈 수 있는 때를 이미 놓쳤더라고요. 이 방에 들어오기 전에 나갔어야 했어요. 아직 복도에 있을 때, 나가는 문이 눈앞에 있을 때.

끼이익, 끼이익, 끼이익, 끼이익.

소리가 점점 가까워지다가 제가 있는 방 앞에서 멈췄을 때, 제가 뭘 할 수 있었겠어요? 채팅 창 분위기도 서서히 가라앉기 시작했어요. 버그인지 업데이트인지 모르겠지만 너무 심하다. 문을 열어 봐라. 게임을 그냥 꺼라 등등등 각종 의견들이 올라왔죠. 간신히 목을 가다듬고 마지막으로 물었어요.

춘향(HYANG0511): 누구세요?

묻지 말았어야 했나 봐요.

쾅, 쾅, 쾅, 쾅쾅쾅쾅.

문 너머의 무언가가 제가 있는 방의 문을 내려치기 시작했어요. 선택의 여지가 없었어요.

저는 침구 속으로 들어가 이불을 뒤집어썼어요. 쾅, 쾅, 쾅. 누군가가 문을 내려치는 소리는 일정하게 계속 들렸어요. 그 소리에 맞춰 불까지 깜빡거리기 시작했고, 전 바로 시스템 창을 켰어요. 게임 종료 버튼을 눌렀죠.

먹히지 않더라고요, 이런 적이 한 번도 없었는데.

시스템 창은 말 그대로 먹통이었어요. 종료 버튼을 아무리 눌러도 아무 일도 일어나지 않았죠.

시청자들과 함께 저는 패닉 상태에 빠졌어요. 쾅, 쾅, 쾅. 소리가 점점 더 거세졌어요. 이대로 문이 부서지는 건 아닐까 몸이 덜덜 떨리는데, 퀘스트 창이 멋대로 떴어요. 창이 좀… 이상하더라고요. 테두리가 붉은 색이었고 글은 흐려서 제대로 보이지 않았어요. 딱 한 문장만 눈에 들어왔죠. 추가 퀘스트를 수락하시겠습니까? 그럴 맘이 당연히 없었죠. 종료 버튼을 눌렀는데, 여전히 아무 일도 일어나지 않았어요. 창이 꺼지지 않더라고요.

쾅, 쾅, 쾅! 문이 부서질 것 같았어요. 이불 속에서 퀘스트 창은 꺼질 생각을 안 했고, 저는 덜덜 떨면서 게임 종료 버튼을 연타하고…. 지금 생각해도 제정신이 아니었네요. 금방이라도 누군가 문을 뚫고 들어와 이불을 걷어 낼 것 같았거든요. 불마저 완전히 꺼져 버린 뒤에야 결국 추가 퀘스트 수락 버튼을 눌렀어요.

버튼을 누르는 순간 쾅쾅대던 소리가 멈췄어요. 불이 서서히 다시 밝아졌고요.

저는 이불 위에 고개를 박은 채로 숨을 몰아쉬었어요. 토할 것 같았거든요. 퀘스트 창은 그제야 사라졌는데, 게임은 여전히 꺼지지 않았어요. 이불 밖으로 나갈 자신이 없더라고요. 누군가 컨트롤러를 강제 종료시켰으면 했어요. 제 지인들이 방송을 보다가 집으로 와 주지 않을까, 컨트롤러 선을 뽑아 버리고 저를 여기서 해방시켜 주지 않을까 기대했어요. 불행하게도 그런 일은 일어나지 않았어요. 저를 걱정하는 시청자들의 채팅에 겨우 정신을 차렸죠.

방 안은 언제 무슨 일이 있었냐는 듯 고요했어요. 노란 불빛이 잠식하고 있는 방 안은 평화로워 보이기까지 했어요. 저는 이불을 던지고 문을 열어젖혔어요. 겁에 질려 머리가 비어 버린 사람이 할 수 있는 짓이었죠.

문 밖엔 아무도 없었어요. 대신 무언가 떨어져 있었죠. 퀘스트 관련 아이템인지 붉은색으로 빛나더라고요.

분홍색 노리개였어요. 그 주변으로 물이 흥건했어요.

노리개를 줍자마자 노리개는 퀘스트 관련 아이템으로 등록되어 인벤토리 안으로 사라졌어요. 제 의지와는 상관없이 벌어진 일이었어요.

복도를 지나갈 용기가 없었어요. 다시 한번 게임 종료 버튼을 누르자 드디어 창이 바뀌었어요. 게임을 종료하시겠습니까? 저는 욕을 뱉으면서 예, 버튼을 주먹으로 내리쳤고요.

게임은 그제야 꺼졌어요. 깨끗하게 정리된 컴퓨터 화면에 시청자들의 채팅만 남았죠. 컨트롤러를 벗어서 바닥으로 내던졌어요. 다행히 박살나진 않았고요.

다른 멘트 없이 방송까지 종료해 버렸어요. 순식간에 엔조이 시티와 관련된 모든 게 사라지고 저만 남았죠.

3.

그날 저는 숨을 돌리자마자 녹화된 영상을 첨부해서 버그 신고를 접수했어요. 엔스틸사가 얼마나 빨리 답을 들려줄지 알 수 없었지만, 제가 할 수 있는 건 그것뿐이었어요. 그날은 하루 종일 침대에 누워 잠만 잤어요. 오죽하면 그 복도에 갇혀 있는 악몽까지 꿨다니까요.

제가 너무 겁이 많다고 생각하시는 얼굴이네요. 고작 게임인데 뭘 그렇게 무서워하냐고 묻고 싶은 거죠? 저도 그렇게 생각했어요. 한숨 자고 일어나니까 부끄럽더라고요. 고작 게임 속에서 벌어지는 일 가지고 뭘 그렇게 무서워했는지. 그 모습이 영상 속에 생생하게 담겼다고 생각하니 더 죽고 싶었어요. 쥐구멍이라도 있다면 기어 들어가서 나오고 싶지 않았죠. 엔스틸에서 답변을 받기 전까지는 그렇게 생각했어요.

버그 같은 건 없다고 하더라고요. 메일이 너무 성의가 없어서 기가 찰 지경이었어요. 확인 결과 버그는 없다고, 또 문의가 있을 경우 메일 달라고. 뻔했죠. 귀찮게 하지 말라는 말을 빙빙 돌려서 하는 거였어요.

방송을 켜지 않고 엔조이 시티에 접속했어요. 익숙한 풍경이 보였어요. 푸른 하늘 아래 펼쳐진 평화롭고 조용한 마을. 남원 마을은 제가 알던 모습 그대로였어요. 들어가자마자 방자와 향단이 말을 걸었죠.

방자(tjrwns11): 답 왔어?
춘향(HYANG0511): 버그 아니래
방자(tjrwns11): 버그가 아니면 대체 뭐야? 할로윈 이벤트? 할로윈 지난 지가 언젠데?
향단(yeon_7878): 언니 영상 조회 수 대박 났더라
춘향(HYANG0511): 영상? 무슨 영상?
향단(yeon_7878): 언니가 올린 거 아니야?

황급히 게임을 끄고 제 유튜브 채널에 들어갔더니 업로드되어 있더라고요. 그날 제가 겁을 먹고 이불 속에서 떠는 게 고스란히 담긴 영상이요. '엔조이 시티에 나타난 귀신?'이라는 제목까지 당당히 붙어서. 편집자가 허락도 없이 올린 영상이었어요. 화를 낼 힘도 없었어요. 탁월한 선택이었거든요, 사실. 하루 만에 조회 수가 10만을 넘겼어요. 제 유튜브 채널에선 보기 힘든 추이였어

요. 댓글 반응은 다양했죠. 자작이라는 의견이 3분의 1, 엔조이 시티 측의 업데이트인데 패치가 잘못되어서 아직 열리면 안 되는 게 열린 거라는 의견이 또 3분의 1, 뭔진 모르겠지만 재미는 있다는 의견이 또 3분의 1.

저는 더 이상 퀘스트를 진행하지 않으려고 했어요. 퀘스트고 뭐고 그냥 다 무시하고 평소 하던 대로 게임을 즐기려 했다고요. 인기가 있다고 해서 또 그런 상황을 겪고 싶은 마음은 추호도 없었어요.

방자랑 향단이가 절 설득했어요. 영상 인기가 급상승한 뒤로 엔조이 시티 접속자 수가 급격하게 늘어났다고 하더라고요. 남원 마을에 새로운 유저들이 몰려든 건 물론이고요. 영상을 보고 퀘스트를 따라 하느라고 초가집에 몰린 유저들이 엄청 많았대요.

불행인지 다행인지, 저랑 똑같은 경험을 한 유저는 아무도 없었어요. 제가 정체 모를 퀘스트를 수락해 버린 뒤로, 귀신이 나온다는 퀘스트의 모든 문제가 사라져 버린 거죠. 종료되기 직전의 게임을 살리기 위해 제가 자작극을 벌였다는 의견이 들끓었어요.

이대로 주목을 끌다 보면 게임이 종료될 일도, 남원 마을이 사라질 일도 없어질지 모른다. 방자랑 향단이가 그렇게 말했지만 저는 귓등으로 흘려들었어요. 영상으로 보는 거야 쉽죠. 따뜻한 침대 속에서 영상을 보면서 잠시 겁에 질리는 거야, 저도 할 수 있어요. 하지만 다르다고요. 그곳에, 그 상황에 있는 건 달라요. 버그가 아니라잖아요.

그럼 대체 그건 뭐였는데요?

제가 마음을 바꾼 건 방자랑 향단이 때문이 아니었어요. 컨트롤러 때문이었죠.

영상이 올라간 뒤 며칠 동안 전 엔조이 시티에 접속하지 않았어요. 방자랑 향단이가 꾸준히 메신저 메시지를 보냈지만 다 무시했죠. 방송을 켜고 시청자들과 수다를 떨던 와중이었어요. 엔조이 시티 관련 질문들이 꾸준히 올라왔지만 답하지 않았어요. 마지막 인사를 하고 방송을 끄려고 했는데. … 그러려고 했었는데.

지잉, 책상 구석에 놓아 둔 컨트롤러가 갑자기 진동을 했어요.

순간 제 얼굴이 차갑게 식는 게 영상에 고스란히 담겼을 거예요. 그럴 수밖에 없었어요. 그날도 게임을 하지 않아서 컨트롤러의 전원을 꺼 놓은 상태였거든요.

시청자들이 무슨 일이냐고 물었고, 저는 어색하게 웃으며 컨트롤러를 들었어요. 전원이 꺼져 있는 상태인 걸 다시 한번 확인했죠. 시청자들이 장난치지 말라며 웃었고, 저도 가벼운 농담이었던 것마냥 웃었어요. 마무리 멘트를 하고, 정말로 종료 버튼을 누르려 했는데.

지잉. 컨트롤러가 또 한 번 진동했어요. 마치 방송을 끄지 말라고 외치는 것처럼. 저는 소리를 지르며 컨트롤러를 놓쳐 버렸고요. 덕분에 책상에 놓여 있던 물컵이 바닥으로 떨어지면서 박살이 났어요. 아수라장이었죠. 채팅 창 대화가 주르륵 쉼 없이 올라갔고, 컨트롤러는 책상에 놓인 채로 또 울렸어요. 지잉, 지잉, 지잉. 전 뭘 해야 할지 몰랐어요. 홀린 것처럼 바닥에 흩어진 유리 조각들을 손 한가득 집었어요. 왜 그런 멍청한 짓을 했는지 지금도 모르겠네요. 마치 뭐에 홀리기라도 한 것처럼요.

위험한 조각들을 한가득 쥐고, 멍한 눈으로 서 있는 저를 향해 수많은 채팅들이 날아왔어요. 시청자들이 괜찮냐고 묻는 것도 위험하다고 말리는 것도 신경 쓰이지 않았죠. 그냥 조각들을 쥐고 있었고… 컨트롤러가 또 한 번 울렸어요. 이번엔 아주 길게. 입으로 표현을 못 하겠네요. 소스라치게 놀라서, 저도 모르게 쥐고 있던 것들을 세게 붙잡았어요. 당연히… 피가 흘렀죠. 조각들이 살을 파고들었고 상처가 났어요.

심장이 쿵쿵, 낮게 뛰었어요. 목구멍에서 숨이 껄떡껄떡 넘어갔어요. 저는 정말로 귀신 같은 건 믿지 않았는데. 꼭 컨트롤러가 저를 홀린 것 같았어요. 진짜로 그랬다구요. 생생한 아픔이 느껴지고 나서야 정신을 차렸어요. 웹캠 화면 속의 제 모습이 진짜 끔찍하더라고요. 머리는 산발에 놀라서 눈을 크게 뜬 채로 손에서 피를 철철 흘리고 있는 꼴이란. 시청자들도 저처럼 패닉 상태였고, 저는 바로 인사도 없이 방송을 꺼 버렸어요. 컨트롤러는 언제 울렸냐는 듯 조용했죠. 피가 줄줄 흐르는 손바닥에 꽤나 만족하는 것처럼 보였어요, 제 눈에는.

방송 중에 컨트롤러가 제멋대로 진동하고, 제가 거기에 겁을 먹는 모습은 고스란히 유튜브에 업로드 됐어요. 피를 흘리던 부분은 잘랐고요. 편집자가 또 제멋대로 올린 거였지만 뭐, 조회 수가 폭발했으니까 할 말은 없네요. 폭발적인 반응만큼이나 자작극이라는 의견도 더 많아졌더라고요. 그런 의견들이 방자랑 향단이를 더 부추겼어요.

돌이켜 보면, 이때까지만 해도 저희 셋 모두 일을 심각하게 받아들이지 않았어요. 방자와 향단이는 시청자들처럼 새로운 콘텐츠가 실수로 미리 업데이트 된 거라고 말했죠. 지난 반년 동안 엔조이 시티에 업데이트가 없었던 걸 생각하면… 글쎄요. 어쨌든 둘의 결론은 이 상황이 새로운 유저 유입에 도움이 되리라는 거였어요. 남원 마을을 위해 힘 좀 써 달라며 신이 났더라고요. 저는 반신반의하면서도 둘의 의견을 믿기로 했어요. 믿는 척한 걸지도 몰라요. 그쪽이 더 속 편해지는 길인 것 같았거든요. 이건 그냥 게임 콘텐츠 중 하나고, 컨트롤러가 진동한 건 단순한 오류일 뿐이라고 믿는 쪽이. 자작극이라고 떠들어 대는 사람이 저렇게 많으니 한번 콘텐츠나 뽑아 먹어 보자는 마음도 솔직히 있었어요. 알잖아요, 게임 스트리머는 수명이 짧아요. 돈을 벌 수 있을 때 벌어 둬야 했거든요.

그때 그만뒀으면요? 음, 글쎄요. 그만둘 수 있었을지 모르겠지만… 그만뒀다면 지금처럼 팔이 부러진 상태로 경찰서에 앉아 있지 않았겠죠.

4.

그다음 영상 녹화는 방송을 켜지 않은 채로 진행했어요. 소문을 듣고 몰려온 사람들이 무례한 채팅을 너무 많이 남겼거든요. 다행히 그때 이후로 컨트롤러는 조용했어요. 아무래도 당시에는 오작동한 게 분명하다는 생각이 들어서 부끄러워졌어요. 그 영상은 내리는 게 낫겠다고 생각했죠.

게임에 접속하자마자 퀘스트 창이 시끄럽게 삐삑거렸어요. 창을 열자 처음 보는 문장 하나가 눈에 들어왔고요.

『노리개의 주인에게 물건을 돌려줄 것』

제가 해야 하는 일은 그거였어요. 노리개의 주인에게 노리개를 돌려주는 것. 물에 젖어 축축했던 그 노리개를. 인벤토리 창 속의 노리개를 빤히 바라봤어요. 퀘스트 창은 제가 가야 할 곳을 붉은색으로 가리켰죠. 마을 중심에서 좀 떨어진 곳에 있는 기와집 중 하나였어요. 크기가 엄청 컸는데, 노리개의 주인이 거기에 살았나 봐요.

혼자 기와집까지 걸어갔어요. 제 닉네임을 알아본 사람들이 멈춰 서서 웅성거리는 것 같았지만 무시했죠. 왜 혼자 갔냐고요? 말씀드렸잖아요. 이때까지 저도 방자도 향단이도 이 일을 그렇게까지 심각하게 생각하지 않았다구요. 좀 업그레이드된 귀신의 집 정도로 생각했다고나 할까요. 전 좀 다르게 느꼈을 수도 있지만… 모르겠어요. 하루에 열두 번도 더 마음이 왔다 갔다 할 때였거든요. 방자와 향단이는 괜찮을 거라 했고, 시청자들은 다음 퀘스트를 빨리 진행해 달라고 보챘고, 그래서 갔던 거예요. 그나마 겁먹지 않으려고 낮에 접속한 거였고요. 방자랑 향단이는 회사원이라 낮에는 접속을 못 하거든요.

붉은 빛으로 번쩍거리는 기와집 앞에 서자 익숙한 로딩 바가 떴어요. 로딩 바가 채워지는 동안 저는 누군가가 저를 따라 들어와 주거나, 아니면 안에 이미 입장한 유저가 있기를 간절히 바랐어요. 부질없는 생각이었죠. 안 그래도 유저가 없는 마을인데 특별할 것 없는 건물 1에 뭐 하러 사람이 들어오겠어요?

입장하자마자 주위가 언제 그랬냐는 듯 훅 어두워졌어요. 실제로도 엔조이 시티 기준으로도 낮이었는데, 기와집 안은 햇빛의 영향을 받지 않는 듯 어두컴컴했죠. 초가집의 기억이 떠올라 침을 꿀꺽 삼켰어요. 방송을 켜고 올 걸, 좀 후회했어요. 채팅 창이 얼마나 용기를 북돋워 주는 존재인지 그제야 깨닫게 되더군요.

기와집의 복도는 초가집과는 차원이 다르게 거대했어요. 커다란 복도가 'ㅁ' 자 모양으로 펼쳐져 있고 그 안쪽으로는 방이 한 면에 하나씩, 바깥쪽으로는 한 면에 두 개씩 있는 구조였어요. 퀘스트 창은 모퉁이를 돌자마자 바로 보이는 바깥쪽 방을 가리켰죠. 복도를 걷는데 너무 어두워서 미리 챙겨 온 촛불 아이템을 꺼냈어요. 앞이 조금 밝아지니 한결 낫더라고요. 최대한 소리 내지 않으려고 애쓰며 모퉁이를 돌았죠. 그때 갑자기, 제가 들어가야 할 방의 옆방 안쪽에서 인기척이 느껴졌어요. 대비할 새도 없이 문이 스르륵, 옆으로 약간 열렸고요. 본능적으로 모퉁이 뒤로 몸을 숨기고 고개만 살짝 내밀었어요.

문틈으로 하얀 손이, 정말로 새하얀 손이 조용히 나타났어요. 어둠 속에서도 선명히 보일 정도로 하얀 손이었죠. 손은 허공을 더듬다가 문을 붙잡고, 끝까지 밀어젖혔어요. 안에서 긴 머리에 하얀 소복을 입은 누군가가 천천히 걸어 나왔어요.

마음껏 웃으세요. 지나치게 고전적이라는 건 저도 알아요. 너무 많이 봐서 실제로 마주친다 해도 눈 하나 깜빡 안 할 수 있을 것 같죠? 실제로 그곳에 있었다면 달랐을걸요. … 제가 그랬으니까.

긴 머리가 물에 젖은 것처럼 축 늘어져 있어서 얼굴은 보이지 않았고요. 다행히 고개를 돌려서 저를 바라보는 일은 없었어요. 그건… 딱히 뭐라 불러야 할지 모르겠네요. 그건 그냥 방을 나와서, 다음 모퉁이를 향해 한 발 한 발 걸음을 옮겼어요. 그게 움직일 때마다 물이 뚝뚝 흘러서 바닥을 적셨고요. 그리고 그 소리가 났어요. 기분 나쁜 소리. 끼이익… 끼이익…… 하는, 그 소리. 그게 발을 딛을 때마다 그런 소리가 났어요. 초가집에서 방문을 미친 듯이 두드리던 사람, 그 사람이 제 앞에 서 있다는 확신이 들었어요.

끼이익, 끼이익, 끼이익, 끼이익.

그건 다음 모퉁이를 돌았고, 또 다른 방의 문이 여닫히는 소리가 났어요. 그리고 다시 조용해졌죠. 복도에 물 자국이 길게 남았어요.

저는 그 자리에서 몇 분 동안 꼼짝도 하지 못했어요. 제가 들어가야 하는 곳이 바로 눈앞에 있었는데도, 모퉁이를 돌 엄두가 안 나더라고요. 그게 갑자기 방문을 벌컥 열고 달려오면 어떡해요? 촛불을 들고 있는 손이 벌벌 떨렸어요. 다시 한번 화가 치밀어 올랐고요. 이걸 콘텐츠로 만들어 봐야 할 수 있는 사람이 몇이나 되겠어요?

고개를 여전히 살짝 내민 상태로 고민하는데, 그게 다시 나타났어요. 커튼처럼 드리워진 머리카락 사이로 얼굴이 살짝 보였어요. 창백한 얼굴에 흰자도 없이 시커먼 두 눈이 언뜻 스쳐 지나갔죠.

그건 다행히 절 보지 못하고 복도를 걸어갔어요. 끼이익, 끼이익. 이번엔 옆에 있는 방문을 열고 그 안으로 들어가더라고요. 본능적으로 알아챘어요.

그게 모든 방을 하나씩 들여다보고 있다는 걸요.

뭘 찾고 있었을까요? 누군가가 찾아올 줄 알고, 저를 찾기 위해 돌아다니고 있던 거였을까요?

그것이 한 바퀴를 돌아서 원래 있던 자리로 돌아오기 전에, 저를 마주치기 전에, 저는 퀘스트를 수행해야 했어요. 시간이 얼마 없다는 걸 깨달았죠. 그게 방 안으로 들어가고 문이 완전히 닫히자마자 저는 붉은색으로 빛나고 있는 방 문을 열었어요. 그냥 단순한 미닫이문이었는데 몇 번이나 버벅거렸는지 몰라요. 몸이 사시나무 떨리듯이 요동쳤어요. 방에 들어서자마자 문부터 굳게 닫았어요. 잠그고 싶었지만 마땅한 방법이 없더라고요.

노리개가 있어야 할 곳이 보였어요. 벽면을 채우고 있는 고급진 화장대에 거울이 설치되어 있고, 그 주위로 비녀며 갖가지 장신구들이 널려 있었거든요. 형형색색의 노리개들이 줄지어 놓여 있는데 가운데 딱 한 곳이 비어 있었어요. 저는 아이템 창을 열고 노리개를 꺼내 원래 있어야 할 곳에 살며시 올렸어요. 노리개의 주인에게 물건을 돌려준 거죠.

노리개를 올려놓자 화장대 서랍 중 하나가 소리 없이 미끄러지듯 열렸어요. 복도에선 문이 드르륵 열리는 소리가 들렸고요. 끼이익, 끼이익. 그게 복도를 걷는 소리가 선명했어요. 저는 서랍 안에 뭐가 들어 있는지 확인했어요.

일단 보이는 건 열쇠였어요. 녹슨 옛날 열쇠 하나. 어디에 써야 하는 건지 떠오르는 곳은 없었지만 그러려니 했죠. 열쇠를 인벤토리 창에 넣자 그제야 여기에 놓여 있기엔 어색한 물건이 눈에 들어오더라고요.

종이 한 장이었어요. 빳빳하고 새하얀 종이 한 장. 저는 종이에 새겨진 글자들을 눈으로 훑었어요.

정신과 진료 소견서더라고요. 환자의 이름은 연필로 벅벅 그은 것처럼 까맣게 가려져 있었어요. 그 밑으로 보이는 병명과 소견도 군데군데 흐려져 있어서 알아보기가 힘들었어요. 극심한 스트레스 호소, 우울증 및 공황장애. 그런 단어들만 간신히 읽을 수 있었죠.

누가 진료를 받은 걸까? 그걸 알아내야 할 것 같았어요. 뻔하잖아요. 하지만 동시에 의문이 들었어요. 왜 갑자기 마을 콘셉트에 맞지 않는 아이템이 나타난 건지. 게임의 일부분이 아니라, 그러니까… 이건 '진짜'라는 생각이 들더라고요. 엔조이 시티에서 빠져나와 현실로 돌아오게 하는 물건.

끼이익, 끼이익. 익숙한 소리가 들려서 그제야 정신을 차렸어요. 소견서도 인벤토리 창에 넣었죠. 열쇠를 어디에 써야 할지 몰라 방 안을 둘러보았지만 마땅한 곳은 없었어요. 복도로 나가야 할 것 같더라고요. 절로 한숨이 나왔어요. 다행스러운 건, 그게 지금 복도 어디쯤에 있을지 파악이 가능하다는 것 정도. 일정한 속도로 돌아다니고 있었으니까요. 제가 있는 방의 정반대편에 있을 타이밍이었어요.

　복도로 나서자 마침 소리가 들렸어요. 끼이익, 끼이익……. 저는 일부러 그 소리에 맞춰 걸었죠. 혹시나 제 발소리가 들릴까 해서요. 위에서 내려다봤으면 제법 웃긴 광경이었을 거예요. 그게 움직이는 타이밍에 맞춰서 까치발을 하고 걷는 제 모습. 모퉁이를 꺾어 다음 복도로 넘어가려는데, 열쇠를 쓸 만한 곳이 보였어요. 방 옆으로 나무 문이 하나 있더라고요. 문고리에 걸려 있는 옛날 자물쇠가 눈에 들어왔어요. 인벤토리에서 녹슨 열쇠를 꺼낸 다음 두루마기에 손바닥을 닦았어요. 주먹을 얼마나 꽉 쥐고 있었던지 손바닥에 손톱 자국이 깊게 새겨져 있었고, 땀으로 흥건했죠. 열쇠는 자물쇠 구멍에 딱 맞았어요. 돌리는 순간 철컥 소리가 날 것 같아서 일부러 잠시 기다렸어요. 타이밍을 잘 맞췄죠. 그게 문을 드르륵, 하고 여는 소리가 열쇠 돌아가는 소리와 기가막히게 겹쳤어요. 나무 문은 별다른 소리를 내지 않고 무사히 열렸고요.

　문 너머는 부엌이었어요. 돌계단 두 개 정도 아래의 흙바닥에 아궁이가 있고 장작들이 한가득 쌓여 있었어요. 한쪽 구석에는 성인이 들어갈 수 있을 정도로 커다란 장독들이 다닥다닥 붙어 있었고요. 맞은편 나무 벽에 달려 있는 문은 닫혀 있었어요. 밖으로 이어지는 문이었죠.

　방금 연 문을 살짝 열어 놓으려고 했는데, 자물쇠가 문고리에서 미끄러져 빠져나왔어요. 이윽고 돌계단에 부딪히면서 맑고 영롱한 소리가 났어요, 짤랑.

　그런 느낌 아세요? 심장이 목구멍까지 튀어 올라 거기서 펄떡펄떡 뛰고 있는 것 같은 느낌. 저는 한 발짝도 나아가지 못한 채, 무의식적으로 뒤로 돌아 복도를 봤어요.

소름 끼치는 비명이 복도를 뒤흔들었어요.

…… 그걸 어떻게 설명해야 할지는 아직도 모르겠네요. 단순히 여자의 비명이라고 하기는 너무… 너무 어려워요. 따라 할 수 없는 비명이었어요. 세상의 모든 고통과 증오를 한데 모으면 그런 소리가 날까요? 끔찍했어요. 너무… 너무 끔찍했다고요. 저는 그 자리에 얼어붙어서 움직이지 못했어요.

그게 모퉁이를 돌아서 복도를 기어 왔어요. 정확히 말하면, 문 앞에 멍청하게 서 있는 저를 향해서 기어 왔죠. 젖은 머리카락은 앞으로 축 늘어뜨렸고. 바닥을 짚는 손은 마른 나뭇가지처럼 앙상했어요. 다가올 때마다 지익, 지익 하는 듣기 싫은 소리가 점점 더 가까워졌어요. 가까워질수록 기어 오는 속도도 빨라졌죠.

저는 멍청하게 다리에 힘이 풀린 채로 주저앉아 버렸어요. 더듬더듬 바닥을 짚으면서 뒤로 물러나다가, 문 너머로 몸을 내밀면서 그대로 돌계단 위를 굴렀죠. 계단이 낮아서 다행이었어요.

제가 부엌으로 굴러 떨어지자마자 그건 무시무시한 속도로 기어왔어요. 온몸이 뜨겁게 끓어올랐어요. 몸 전체가 비명을 지르는 것 같은 그런 느낌. 반쯤 주저앉은 채로 겨우 상체를 일으켜서 나무 문을 쾅 소리가 나도록 닫았죠. 본능적으로 근처에 놓여 있던 막대기를 걸어 문을 막았어요. 어디서 그런 판단력이 나온 건지 지금도 어안이 벙벙하네요. 사람이 극한 상황에 몰리면 그런 일이 가능해지나 봐요.

문을 닫았지만 그건 저를 포기하지 않았어요. 몸을 나무 문에 들이박았는지 쿵! 소리와 함께 문이 위험하게 흔들렸죠. 문을 막고 있던 막대가 부서지기 일보 직전인 것을 보니 오래 못 버틸 것 같더라고요. 제가 할 행동은 뻔했어요. 지푸라기라도 잡는 심정으로 시스템 창을 켜서 게임 종료 버튼을 두드렸어요. 이번에도 먹통이더라고요.

저는 발을 구르면서 소리를 질렀어요. 씨발, 그 상황에서, 어떻게, 대체 뭘 할 수 있겠냐고요. 게임 종료 버튼을 손가락이 부러져라 두드렸어요. 제발, 제발, 제발…. 간절한 목소리가 자연스럽게 입에서 흘러나왔어요. 쿵, 쿵, 쿵. 문이 점점 더 위험하게 흔들리고, 버튼은 안 먹히고, 혹시나 제 목소리가 그걸 더 자극할까 봐 입을 틀어막는데 제가 울고 있더라고요. 몰랐어요. 눈물이 의지랑은 상관없이 줄줄 흘렀어요.

게임 종료 버튼이 먹히지 않는다는 건, 이 게임이 나한테 원하는 뭔가가 있다는 뜻 아닐까? 초가집에서의 기억을 살려서 퀘스트 창을 켰어요. 아궁이 아래에, 장작이 쌓여 있는 곳에서 무언가가 붉은색으로 반짝거렸죠. 저는 튕기듯 몸을 움직여서 장작을 마구 헤집었어요. 무겁게 쌓인 장작들을 한참 걷어 내니, 그 아래에 반쯤 탄 종이가 보였죠. 군데군데 얼룩이 있고 검게 탄 자국이 테두리에 가득한 갈색 종이. 종이 위에 두 줄로 새겨진 한자를 해석할 능력은 제게 없었어요. 한자들이 어지럽게 춤을 추며 저를 비웃는 것 같았어요.

종이를 얻자마자 등 뒤에서 문이 열렸어요.

저는 바닥을 더듬어 장작을 하나 쥔 채로 몸을 돌렸고요. 아궁이에 등을 기댄 채로 주저앉아서, 양손에 쥔 장작이 최대한 위협적으로 보이도록 빳빳하게 들었어요. 소용이 있었는진 모르겠지만.

그게 천천히 돌계단을 기어 내려왔어요. 움직일 때마다 여전히 물이 뚝뚝 떨어졌고요.

창백하게 질린 얼굴을 똑바로 치켜들고 절 향해 기어 왔죠. 흰자가 없이 온통 검은 커다란 눈, 보랏빛 입술. 그게 입을 쩍 벌렸어요. 기괴한 소리가 났어요. 목구멍을 긁으면서 길게 늘어지는 소리가 제 머릿속을 점령했어요.

축축하고 차가운 손가락이 제 무릎을 건드렸을 때 장작을 떨어트리고 말았어요. 더 이상 들고 있을 힘 따위, 남아 있지 않았거든요. 대신 입술을 꾹 깨물고 마지막 힘을 다해 게임 종료 버튼을 눌렀어요. 여전히 먹히지 않더라고요.

그건 손바닥으로 제 무릎을 감쌌어요. 무시무시한 힘으로 무릎을 찍어 누르고, 부들부들 떨리는 손가락을 펼쳐서 제 목을 쥐었어요. 저는 신께 빌었어요. 제발 여기서 벗어나게 해 달라고. 얼굴은 눈물로 범벅이 되었고, 심장은 목구멍까지 튀어 올라서 펄쩍펄쩍 뛰고, 머리가 쪼개질 것처럼 어지러웠어요. …… 그 얼굴이, 그 얼굴이 코앞에서 저를 바라봤다고요.

………… 네, 물 한 잔만요. 감사합니다, 훨씬 낫네요.

결론으로 건너뛰면, 저는 그대로 기절해 버렸어요. 기절은 또 처음 해 보는 경험이었네요. 갑자기 눈앞이 까맣게 변하는가 싶더니 기억이 거기서 뚝 끊겼어요. 정확히 몰라도 뇌랑 관련이 있는 상황인 게 맞았나 봐요. 게임이 강제 종료된 모양인지 눈을 떴을 때 보이는 건 제 방이었거든요. 컨트롤러를 머리에 쓰고 의자에 축 늘어진 상태로 정신을 차렸어요.

컴퓨터 화면에 띄워 놓은 메신저에서 방자의 메시지가 깜빡이고 있었고요. "어땠어? 별일 없었지?"라고 와 있더라고요. 손바닥에 얼굴을 묻는데 눈물 때문에 축축했어요.

전 숨을 고르면서 그게 마지막으로 저에게 속삭였던 문장을 떠올렸어요.

날 찾아 줘. 그건 분명 그렇게 말했어요. 제 목을 짓누르면서 낮게 가라앉은 목소리로 그렇게 중얼거렸죠. 날 찾아 줘, 날 찾아 줘, 날 찾아 줘…

5.

그다음이요? 뻔하죠, 뭐. 녹화한 영상은 그야말로 대박이 났어요. 일주일만에 조회 수 100만을 넘겼고, 각종 인터넷 커뮤니티 인기 글에 걸렸고요. 엔조이 시티가 실시간 검색어에 올랐다는 이야기를 들었을 땐 기가 차서 웃음이 나왔어요. 수많은 사람들이 달려들어서 이 사건을 곱씹어 보고, 추리하고, 자작극이라며 저를 욕하고 물어뜯었어요. 제가 물어뜯기는 만큼 엔조이 시티 실시간 접속자가 폭발적으로 늘어났고요. 남원 마을이 유저들로 바글거렸다더군요. 게임이 한참 잘나갈 때도 그런 적이 한 번도 없었는데.

방자와 향단이는 신이 났어요. 길드 가입을 원하는 유저들이 줄을 섰고, 서버가 잠시 멈출 정도로 접속자 수가 폭발했으니까. 이 정도 인기라면 한동안 남원 마을이 사라질까 봐, 게임이 종료될까 봐 걱정할 필요는 없겠다고요. 아무래도 상관없었어요. 저는 더 이상 퀘스트를 진행할 생각이 없었거든요.

한동안은 엔조이 시티를 하지 않겠다는 말과 함께 방송을 일주일만 쉬겠다고 공지를 올렸어요. 편집자도 방자와 향단이도 의아해했죠. 물 들어올 때 노를 저어야한다나 뭐라나요. 신경 쓰지 않았어요. 그 복도에서 죽을 만큼 무서워했던 건 걔네가 아니잖아요. 발바닥부터머리끝까지 온몸이 비명을 지르는 그 기분을 느낀 건 저였잖아요.

방자와 향단이는 쉬지 않고 저에게 엔조이 시티의 상황을 전달했어요. 편집자는 조회 수 추이를 캡처해서 보냈고요. 모든 연락을 무시하면서 틀어박혀 있었지만, 무시할 수 없는 게 하나 있었어요. 방자가 지난 영상을 보고 제가 기와집에서 마지막으로 얻은 종이에 적혀 있던한자를 해석해서 보내 준 거예요.

死 去 何 所 道
죽고 나면 무슨 말을 할 수 있으리오

託 體 同 山 阿
내 몸을 맡긴 산모퉁이와 같다네

인터넷으로 검색해 보니 죽음에 관한 유명한 한시의

일부분이더군요. 생각에 잠겼어요. 그 얼굴이 저 말을 하는 듯한 느낌이 들었거든요. 창백하고 검은 눈을 가진 그 얼굴의 주인공이.

제가 더 이상 퀘스트를 수행하지 않으려 했던 이유는 그게 너무 진짜 같았기 때문이었어요. 방자와 향단이와 시청자들과 네티즌들이 떠드는 것처럼 단순한 게임 콘텐츠가 아니라, 진짜 같아서. 정말로 목숨을 잃은 누군가의 구슬픈 목소리가 제게 외치는 것 같아서. 죽고 나면 무슨 말을 할 수 있으리오, 내 몸을 맡긴 산모퉁이와 같다네.

말도 안 되는 소리처럼 들리겠죠. 죽은 영혼이 게임에 스며들어서 플레이어를 위협한다는 소리는 저도 들어본 적이 없어요. 허무맹랑했죠. 하지만… 너무 진짜 같았는걸요. 제 목을 움켜쥐고, 속삭이던 그 목소리는. 실제 존재하는 사람의 목소리 같았단 말이에요. 정말로 저에게 외쳤단 말이죠. 나를 찾아 줘, 하고. 그건 위협 같았지만 동시에 부탁이었어요.

제 말도 안 되는 생각에 힘을 실어 줬던 건 중간에 얻었던 정신과 소견서였어요. 사람들이 그닥 주목하지 않았던 것. 콘셉트와 너무 동떨어져 있는 서류라 무시했을 수도 있죠. 하지만 너무 현대적인 그 소견서가, 환자의 이름이 벅벅 그어져 보이지 않는 소견서가 제 마음에 확신을 불러일으켰어요. 소견서가 조작된 것이었을진 몰라도, 거기에 적혀 있는 병원은 진짜 있는 곳이었거든요. 집에서 한 시간 거리에 있는 곳이었어요.

가 봤냐고요? 아니요. 제가 가서 뭘 할 수 있었겠어요? 병원 측도 환자를 보호해야 하니까 들려줄 답이 없었을 거고요. 실제로 영상을 본 몇몇 네티즌들이 병원에 전화를 걸어서 이것저것 꼬치꼬치 캐물은 뒤로, 병원 측에서는 한동안 병원에 등록되어 있는 사람이 아니면 전화를 받지 않겠다는 공지를 내걸어 버렸어요. 뒤늦게 편집자에게 부탁을 해 병원 이름을 가렸지만 소용이 없었고요. 방송 당시에는 진짜 있는 병원인 줄은 몰랐거든요. 진작 확인했어야 했는데.

그 퀘스트와 관련한 활동은 더 이상 아무것도 하지 않겠다는 제 마음을 돌린 건…… 음, 돌렸다는 표현이 옳은 건진 모르겠네요. 강제로 등을 떠밀었다고 표현하는 쪽이 더 맞을 거 같아요.

또 컨트롤러였어요. 지긋지긋한 컨트롤러. 망할 놈의 컨트롤러.

마지막 휴일이었어요. 방송을 쉬겠다고 공지한 기간이 끝나는 날이었죠. 그때는 어느 정도 마음과 몸이 회복된 상태였어요. 휴방 공지를 올리고 매일을 침대에 누워서 보냈거든요. 목숨을 부지할 수 있을 정도의 음식과 물만 먹으면서.

그날은 나가서 친구를 잠깐 만나고 왔어요. 집으로 돌아온 저는 그다음 날 방송을 위해 책상을 정리했어요. 일주일 동안의 쓰레기가 쌓여서 거지 꼴이었거든요. 쓰레기를 버리고 꼬여 있는 각종 전기선들을 정리하고…… 그러고 있는데 소리가 들리더라고요, 지잉.

책상 구석에 놓여 있는 컨트롤러. 저는 컨트롤러를 노려보다가 주저 없이 컨트롤러의 콘센트 선을 뽑아 버렸어요. 속이 후련했어요, 잠시 동안은.

컨트롤러가 다시 웅웅거리기 전까지는 마음이 정말 편했어요. 그런데 또 울리더라고요. 지잉, 하고. 분명 선을 뽑아 버렸는데도. 심장이 철렁 내려앉았어요. 숨이 차고 목구멍이 꽉 막혔어요. 벽장에 넣어 뒀던 컨트롤러 박스를 꺼내서 그 안에 컨트롤러를 처박아 버렸어요. 다신 쳐다보고 싶지 않았죠.

박스를 든 채로 숨을 몰아쉬는데 컨트롤러가 또 한 번, 지잉 하고 무시무시한 소리를 내면서 떨렸어요. 저도 모르게 비명을 지르면서 박스를 놓쳤죠. 박스가 떨어지면서 컨트롤러가 튀어나와 바닥에 널브러졌어요. 반쯤 울면서 바닥에 주저앉았어요. 몰라요, 그냥 눈물이 나더라고요.

지잉지잉지잉지잉지잉지잉지잉지잉지잉지잉지잉….

컨트롤러가 폭주하듯 미친 듯이 울리기 시작했어요. 귀를 틀어막고 앉은 채 뒤로 물러났어요. 그러다 제가 책상에 부딪히면서 물건들이 떨어졌고, 컨트롤러는 저를 부르듯이 웅웅거렸고, 저는 무릎에 얼굴을 묻은 자세로 그 소리가 끝나기만을 기다렸죠.

몇 분이 지났는지도 모르겠더라고요. 소리가 멈춘 후에야 간신히 고개를 들었어요. 방 구석에 놓인 거울에 비친 제 모습을 보니 우습기 짝이 없더라고요.

컨트롤러가 저를 부르고 있다. 왜 그렇게 생각을 했는지 모르겠네요. 근데 또 생각해 보면, 그때 그 상황을 설명할 수 있는 문장은 그것뿐이었어요. '그건' 직접 얼굴을 들이밀면서 제게 어떤 부탁을 하고자 했고, 저는 그 부탁을 무시했으니까요. 그러니 절 부르고 있는 거겠죠.

찾아 달라고, 자신이 누군지 제발 알아 달라고.

왜 그런 기괴한 일을 당하고도 게임을 계속할 마음을 먹었냐고요? 무서웠으니까요. 컨트롤러의 진동은 저에겐 꼭…… 그게 게임 밖으로 빠져나오려는 시도처럼 보였다고요. 정확히 표현할 순 없지만요. 컨트롤러 안에 갇혀 있는 그게, 현실의 저를 향해 손을 뻗으려는 것처럼… 부탁을 들어주지 않는 저를 벌하려는 것처럼 느껴졌어요. 만약 그게 컨트롤러 밖으로 나오는 데 성공한다면? 칠흑처럼 어두운 두 눈과 푸른색으로 젖은 입술을 현실에서 마주쳐야 한다면? 도망갈 길이 있을까요?

그날 밤 마지막으로 악몽을 꿨어요. 방문을 두드린 누군가가 허락도 없이 문을 열어젖히는 꿈을요. 문 밖에는 그게 서 있었어요. 푸른 입이 쭉 찢어지더니, 피로 범벅이 된 이를 드러내며 웃더군요. 몸을 기괴하게 꺾으면서 한 걸음 한 걸음 다가왔어요. 제가 잠들어 있는 침대 앞에 서서, 팔을 등 뒤로 숨기고 그대로 몸을 기울여서 제 얼굴을 쳐다봤어요. 눈도 깜빡일 수 없었어요. 몸이 제 말을 듣질 않았죠. 그 축축한 머리카락이 제 얼굴에 닿았어요. 머리카락 끝에서 떨어지는 물방울과 입안에서 흘러나온 핏물이 섞여서 제 얼굴을 뒤덮는 순간 잠에서 깼어요.

지독한 악몽이었네요. 잠에서 깨자마자 전 다음 퀘스트를 진행하기로 마음먹었어요. 너무 무서운 나머지 겁을 상실한 상태였을까요? 아니면 저를 끈질기게 괴롭히는 이 상황을 어떻게든 해결해서 끝내 버리고 싶었던 걸까요? 너무 현실적이었던 그 소견서가 자꾸 저를 건드리면서 속삭였던 걸까요? 이건 진짜라고. 그러니 '그게'

누군지 찾아내라고.

그중 하나가 저를 움직인 이유라고 단정해서 말할 수는 없어요. 그때의 저를 지금도 이해할 수가 없으니까요. 어떻게든 진행해야 한다, 끝을 보아야 한다. 그런 생각만이 제 머릿속을 내내 맴돌았죠.

6.

우린 만반의 준비를 했어요.

이번엔 실시간 방송을 켜 놓고 진행하기로 했어요. 자작이라는 의견이 워낙 거세지는 바람에 어쩔 수 없이 그런 선택을 했죠. 퀘스트를 진행하는 동안 방자랑 향단이가 옆에 함께 있기로 했어요.

극한의 공포로 기절하는 일은 두 번 다시 겪고 싶지 않았어요. 언제든지 게임을 종료할 수 있게 대책을 마련했죠. 방자와 향단이에게 제 집 주소와 현관문 비밀번호를 알려 줬어요. 만약 저번처럼 극단적인 상황이 발생하고 게임이 꺼지지 않을 경우, 걔네가 저희 집으로 달려와서 컨트롤러 선을 뽑아 버리고 저를 엔조이 시티에서 해방시켜 준다는 계획을 세웠죠. 방자는 제 부탁을 약간 비웃는 것 같았어요. 그래도 알겠다고는 하더라고요. 둘다 저번 영상이 꽤나 심각하게 무서웠다는 건 인정했거든요. 얼굴 한 번 본 적 없는 사이긴 했지만, 어차피 시간이 흐르면 보게 될 사람들이었으니까요. 좀 급한 감이 있긴 했지만 이번 기회에 실제로 보게 된다고 해서 나쁠건 없었죠. 물론 제일 좋은 건 게임을 강제 종료할 일이 발생하지 않는 거겠지만요.

다음 퀘스트 장소는 마을을 둘러싸고 있는 산 입구였어요. 밤이면 구미호가 돌아다닌다는 그 산요. 방자와 향단이가 함께 접속할 수 있게 주말 낮에 만났더니 유저들이 미어터질 듯이 접속을 하더라고요. 방송을 보고 우리를 졸졸 따라오는 사람들도 엄청나게 많았고요. 다들 저에게 말을 걸고 거래 요청을 하고 귓속말을 보내면서 방해를 하려고 난리였어요. 다행히 산은 일정 레벨 이상이 되지 않으면 입장이 불가능한 곳이었어요. 미니 던전 같은 개념이라 애초에 입장할 때부터 파티를 꾸려서 파티원들끼리만 입장해 즐길 수 있는 곳이었죠. 몰려드는 인파를 피해서 산 입구에 다다랐고, 파티를 맺은 채로 입장을 요청했어요.

로딩 바가 채워지는 걸 보니 그제야 뒤늦게 후회가 밀려오더군요. 내가 또 왜 이 짓을 하고 있는 거지?

이번에도 산은 어두웠어요. 분명 입장 전까진 해가 쨍쨍한 낮이었는데 말이에요. 방자와 향단인 당황하지 않고 등불을 꺼냈어요. 저는 퀘스트 창을 열고 어디로 가야 하는지 길을 살폈죠. 우리의 목적지까지 가려면 제법 걸어야 했어요.

우리는 등불을 든 채로 조심조심 앞으로 나아갔어요. 입장 전까지 자신감 넘치던 방자와 향단이는 언제 그랬냐는 듯 말수가 확 줄었어요. 시청자들의 채팅에 제가 간간이 대답을 하는 걸로 오디오를 채웠죠. 풀벌레 소리가 희미하게 들리고, 어디선가 물이 흐르는 소리가 들리는 것 같기도 하고, 새가 우는 소리가 울렸다가, 끊겼다가… 그때의 상황이 아니었다면 제법 평화로운 풍경이었을 거예요.

5분쯤 걸었는데 갑자기 향단이가 입을 열었어요. 조용한 산속이라 속삭임도 제법 크게 들렸죠.

향단(yeon_7878): 이런 말 해서 미안한데
향단(yeon_7878): 누가 뒤에서 따라오는 소리가 들려

향단의 말이 끝나자마자 방자가 소리를 빽 지르면서 화를 냈어요. 잘못 들은 거라고 외치더니 괜히 무서운 소리를 해서 흐름을 끊지 말라고 신신당부를 하더라고요. 방자가 그렇게 예민하게 구는 건 처음 봤어요. 향단이도 당황한 얼굴이었고요. 방자가 그렇게 오버하는 모습을 보니 확신이 들더라고요. 누군가 따라오는 것 같은 그 소리, 나만 들은 게 아니었구나, 하는 확신요. 향단이도 들었고 방자도 들었구나.

누구 하나 뒤처지는 일이 없도록 저희는 속도를 맞춰서 걷고 있었거든요. 제가 가운데에 섰고 양옆으로 방자와 향단이가 섰죠. 소리는 처음부터 들렸어요. 저희가 산에 입장한 순간부터. 처음엔 나뭇가지가 부서지는 소리겠거니, 했는데 그 소리가 꾸준히 들리니까 알겠더라고요. 저흴 뒤따라오는 누군가가 나뭇가지와 나뭇잎을 밟을 때마다 나는 소리였어요.

방자(tjrwns11): 거기 누구 있어요?!!

방자가 뒤로 돌더니 어둠 속을 향해 소리를 질렀어요. 돌아오는 답은 없었고요. 방자는 씩씩거리더니 기분 탓이야, 하고 넘겨 버렸어요. 하지만 저희가 다시 앞을 보

고 걷기 시작하자마자, 또 발소리가 들렸어요.

두두두두두두두두두두두두. 이번엔 제법 빠르게 달려왔죠.

방자와 향단이가 비명을 지르면서 앞다투어 뛰어나갔어요. 좁은 길을 헤치면서 무시무시한 속도로 달려 나갔죠. 우릴 따라오던 그 발소리의 주인공처럼. 좁은 길 끝에 저희의 목적지인 공터가 보였어요. 저도 둘의 뒤를 따라 달렸어요. 시청자들은 서서히 불안에 떨기 시작했고요.

인위적으로 만들어 놓은 듯한 공터에는 커다란 나무 한 그루밖에 없었어요. 그 앞에서 방자는 무릎을 짚고 헥헥거렸고, 향단이는 저한테 찰싹 붙어서 사방을 샅샅이 살폈죠. 공터에 들어서자 소리는 저희를 놓치기라도 한 것처럼 사라졌어요.

방자(tjrwns11): 뭐야, 진짜 기분 나쁘게 잘 만들었네

그때까지만 해도 방자한테는 허세를 부릴 기운이 남아 있었나 봐요. 불안한 얼굴로 주위를 살피던 향단이가 갑자기 제 얼굴을 보며 물었어요.

향단(yeon_7878): 뭐라고?
춘향(HYANG0511): 어? 뭐가?
향단(yeon_7878): 방금 나한테 무슨 말 하지 않았어?

저는 입을 연 적도 없었어요. 방자를 한심하다는 눈빛으로 보고 있었을 뿐이죠. 향단이가 갑자기 약한 비명을 질렀어요. 제 팔을 부여잡고 화를 내더군요.

향단(yeon_7878): 장난치지 마

그런 적 없다고 따지려는데 채팅 창 분위기가 이상하더라고요. 누가 속삭이는 소리가 들린다는 채팅이 하나둘 올라오고 있었어요. 쉿. 누군가 제 귓가에서 중얼거렸어요. 쉿. 전 그 자리에서 얼어붙었어요.

향단(yeon_7878): 누가 있어
향단(yeon_7878): 내 옆에 지금 누가 있어

향단이가 고개를 젓더니 시스템 창을 켰어요. 그만하고 나가자. 방자가 화들짝 놀라며 달려와서 향단이를 말렸어요. 아직 시작도 안 했는데 뭘 그만해?! 궁금해하시는 분들이 저렇게 많은데! 시청자들을 겨냥해서 한 말이었지만 딱히 반응을 보이는 사람은 없었어요. 이번엔 모든 시청자들이 확실하게 들었으니까요. 제 귓가에서 누군가 쉿, 하고 속삭이는 소리를.

향단이와 방자는 잠시 실랑이를 벌였어요. 그동안 저는 얼어붙어 있었고요. 누군가가 쉿, 하고 제 옆에서 연거푸 속삭였어요.

갑자기 향단이와 방자가 움직임을 멈췄어요. 실랑이를 벌이던 모습 그대로 굳은 둘의 입에서 아무 소리도 나지 않는가 싶었는데, 두 사람이 증발해 버렸어요. 저는 멍청하게 입을 벌린 채 허공을 휘저었어요. 방자와 향단이가 있던 자리에선 아무 기척도 느껴지지 않았어요.

말 그대로 그 자리에서 아무런 흔적도 남기지 않고 사라진 거죠. 게임 접속이 끊긴 것처럼.

혼자 남겨지자마자 저희가 지나왔던 좁은 길을 따라 누가 걸어오는 소리가 났어요. 마치 제가 혼자가 되길 기다렸다는 듯이요. 등불을 손에 든 누군가가 서서히 길을 빠져나와 공터에 다다랐어요. 환한 등불 너머로 기다란 실루엣이 얼핏 보였어요. 누가 봐도 사람의 것이었죠. 반가운 마음에 공터를 가로질러 가까이 다가갔어요. 등불의 빛이 옅어지고 그 뒤에 서 있는 사람이 좀 더 선명하게 눈에 들어왔어요.

짚신을 신고, 검은색 두루마기 자락을 휘날리며 등불을 들고 서 있는 누군가. 얼굴이 보이지 않았어요. 옷깃 위로 얼굴이 있어야 할 곳에 아무것도 없었거든요. 살짝 튀어나온 목만 보일 뿐이었죠. 자를 대고 자르기라도 한 듯 절단면이 깨끗했어요. 입을 틀어막으면서 뒤로 물러났죠. 채팅 창 대화가 무서운 속도로 올라가기 시작했어요.

그는 저한테 아무 짓도 하지 않고 공터를 걸어갔어요. 저를 스쳐 지나가자 등불의 빛은 다시 환해졌고요. 공터를 지나 어두운 풀숲 사이를 헤치고 지나가는 뒷모습을 보니 저 사람이 날 해치진 않을 거라는 생각이 들더군요. 저는 그를 따라갔어요. 목이 없는 그 사람. 나를 안내하는 사람.

우리는 산속을 오랫동안 헤맸어요. 잔가지와 잡초들이 제 발목을 스쳤고, 땅은 점점 물기가 있는 진흙으로 변해 갔죠. 등불 하나에 의지해서 걷고 있는 상황이었지만, 전혀 무섭지 않았어요. 오히려 지금까지 했던 어떤 퀘스트보다 더 평화로웠죠.

우리는 목적지에 도착했어요. 숲 한가운데에 자리 잡은 거대한 연못이 모습을 드러냈죠. 연못 주변으로 나무며 수풀들이 무성했고, 크고 작은 바위들이 연못을 둘러싸고 있었어요. 연못 위에는 무수히 많은 연꽃들이 피어 있었어요. 분홍빛의 아름다운 연꽃들이. 반딧불이 몇 마리가 연못 주위를 빙빙 맴돌았어요. 아름다운 광경이었죠. 지금까지 제가 남원 마을에서 발견한 그 어느 장소보다도 더 아름다웠어요. 왜 진작 알지 못했지 하는 생각이 들 정도로요.

목이 없는 누군가는 연못 앞에서 멈춰 섰어요. 연못 쪽을 향해 등불을 휘둘렀죠. 제가 가야 할 길을 알려 주더라고요. 심장이 두근거렸어요. 수영엔 자신 있었지만, 연못 중앙에서 슬쩍 얼굴을 내밀고 있는 그걸 보니 연못에 들어갈 자신이 없어졌거든요. 네, 그거요. 초가집에서, 기와집에서, 또 악몽 속에서 절 따라다녔던 그거. 수면 위로 그 까맣고 커다란 두 눈이 저를 뚫어지게 노려봤어요. 긴 머리는 물속에서 미역처럼 나풀거렸고요. 제가 연못을 향해 한 발을 내딛자, 그건 천천히 수면 아래로 사라져 버렸어요. 날 찾아 줘. 그게 제 귓가에 중얼거리는 목소리가 들리는 듯했어요.

시청자들이 절 말리기 시작했어요. 너무 무섭다고요. 제 입장은 단호했어요. 태어나서 그렇게 마음을 굳게 먹은 적이 없었죠. 확신이 있었어요. 저 연못 속에서 찾을 수 있다는 확신. 그게 누군지, 도대체 왜 저를 괴롭히는

지에 대한 단서를.

저는 입고 있던 두루마기를 벗어 던지면서 방송을 보고 있을지도 모를 방자와 향단이에게 문제가 생길 경우 절 게임에서 깨워 달라고 부탁했어요. 둘이 방송을 보고 있는지 확인할 시간은 없었고요. 반팔 윗도리와 반바지 차림으로 연못 속에 들어갔어요. 두루마기는 사실 기분 내기용이었거든요. 안쪽까지 한복으로 갖춰 입진 않았죠.

물속에서 굳이 숨을 참을 필요까진 없어요. 엔조이 시티는 그렇게까지 악독한 게임이 아니거든요. 대신 물속에 들어가면 시간 제한 창이 떠요. 죽기 싫으면 시간 내에 물 위로 올라가서 숨을 쉬어 줘야 하죠. 마지막으로 뒤돌아 저를 안내해 준 사람을 바라봤어요. 그는 조각상처럼 한 자리에 가만히 서 있었어요. 등불로 연못을 가리킨 채로.

물이 차가워서 살짝 소름이 돋았지만 들어갈 만했어요. 심호흡을 크게 하고 얼굴까지 물속으로 집어넣었죠. 눈을 뜨자 뿌옇고 흐릿한 시야 너머로 연못 바닥이 보이더라고요. 살아 움직이는 생물이라고는 하나도 없었어요. 쉬지 않고 앞으로 헤엄쳐 가자 제일 깊은 바닥에 꼿꼿이 서 있는 무언가가 저를 맞이했죠.

소복이 물속에서 하늘거렸어요. 긴 머리카락은 위로 솟아서 미역 줄기처럼 나풀거렸고요. 창백하게 빛나는 발목에 거대한 바위 하나가 묶여 있더라고요. 그건 연못 중앙에 깊숙이 가라앉아서, 푸른 입을 크게 벌려 비명을 지르고 있었어요. 아, 소리가 들렸다는 건 아니에요. 그냥 그렇게 느껴졌다는 거죠. 얼굴이 공포와 두려움으로 뻣뻣하게 굳어져 있었거든요. 목에 핏대가 바짝 섰고 손등엔 상처가 가득했어요. 그건 깊게 가라앉은 채로 손등을 벅벅 긁어 댔어요. 느릿하게.

목 뒤에 소름이 돋아났어요. 물속이었지만 식은땀이 줄줄 흐르는 느낌이 들었어요. 입안은 바싹바싹 마르고, 심장이 미친 듯이 쿵쿵 뛰어 댔고요. 그런데도 그것에게서 눈을 뗄 수 없어 조금 더 자세히 살펴보니 소복 위로 드러난 목에, 핏대가 선 목에 무언가 걸려 있었어요. 두꺼운 목걸이 줄 같은 거였어요.

가까이 다가갔지만 그건 저를 눈치채지 못한 듯, 여전히 허공을 보면서 들리지 않는 끔찍한 비명을 뱉어 낼 뿐이었어요. 저는 손을 조심스레 내밀어 목걸이 줄을 잡았죠. 소복 안으로 숨겨져 있는 줄을 잡아 목걸이 끝에 걸려 있는 무언가를 밖으로 꺼냈어요.

사원증이었어요. 엔스틸 사원증. 머리 위로 목걸이를 꺼내긴 힘들 것 같아서 사원증을 줄에서 떼어 냈죠. 사원증 사진 속에서 어떤 여자가 엷은 미소를 짓고 있었어요. 엔스틸 마케팅 2팀 이홍련 사원. 사원증을 인벤토리 안으로 넣자마자 그건, 아니, 그 여자는 저를 향해 고개를 돌렸어요. 몸을 돌리지 않고 목만 옆으로 스르륵, 꺾으며 저와 눈을 맞췄어요. 벌어진 입이 광대까지 찢어지면서 끔찍한 비명이 물속을 뒤흔들었어요.

저는 여자의 앙상한 손가락이 제 발목에 닿기 직전에 간신히 수면 위로 몸을 내미는 데 성공했어요. 연못가로 비척비척 기어 나가는 동안 목이 없는 길잡이는 저를 가만히 기다리고 있었죠. 연못을 향해 등불을 비춘 그 자세 그대로. 물기를 털어 내면서 인벤토리 창에서 사원증을 다시 꺼냈어요. 하얀 얼굴에 조금 굳은 자세로 미소 짓고 있는 여자의 사진이 있는 사원증을.

퀘스트 창이 지잉, 하고 울렸어요. 인벤토리 창이 저절로 열리더니 기와집에서 얻었던 종이가 붉은색으로 빛났어요. 한시가 적혀 있던 종이 말이에요. 종이를 꺼내 쥐고 뭘 해야 할지 몰라 멍청하게 주위를 둘러보는데 종이가 제 손에서 미끄러져 땅으로 떨어졌어요. 얕은 물가에 내려앉아 종이가 축축하게 젖어 들었죠. 재빨리 주워 들었을 땐 이미 글이 희미하게 지워지고 있었고, 결국 특정 획만 붉은색으로 남았어요.

一八七三

남은 획들은 그렇게 숫자가 되었어요. 저는 종이를 다시 인벤토리에 쑤셔 넣고, 사원증을 든 채 뒤로 돌았어요. 연못 위로 그 얼굴이 다시 솟아올라 저를 보고 있었죠. 어떤 눈빛이라고 묘사해야 할지 아직도 모르겠어요. 눈 안에 담겨 있는 건 분노 같기도 했고, 슬픔 같기도 했고, 원망 같기도 했고.

사원증에 적힌 이름을 다시 한번 되뇌었어요. 이홍련. 길잡이가 들고 있던 등불이 서서히 약해지기 시작했어요. 이번 퀘스트는 여기서 끝이라는 생각이 들더라고요. 시스템 창을 켜서 종료 버튼을 누르자 게임은 오랜만에 순순히 끝날 준비를 했어요.

물속에서 저를 가만히 응시하는 그 여자의 두 눈을 마지막으로 게임이 종료되었어요. 제가 찾아낸 거예요. 저 사람이 누군지 알려 줄 물건을.

7.

엔스틸사 직원의 극단적 선택… '직장 내 괴롭힘' 의혹 제기

엔스틸사 대표 "객관적인 조사가 이루어질 것" 입장 밝혀

"괴롭힘은 없었다" 엔스틸사 직원 자살 원인, 업무 스트레스로 밝혀져

영상은 또 한 번 대박이 났어요. 자작이라며 저를 물고 뜯던 사람들은 꽤 많이 줄었고요. 대신 메시지를 통해서 이홍련이라는 이름이 얽힌 수많은 기사들을 저에게 보내는 사람이 늘어났죠.

직장 내 괴롭힘으로 인한 자살, 한강에 몸을 투신, 끝내 숨져, 괴롭힘은 없었던 것으로 밝혀졌다, 과로로 인한 업무 스트레스…. 기사 속 단어와 문장들이 저를 두드려 댔어요. 사건이 일어난 시기는 지금으로부터 1년 하고도 반 정도 전이더라고요. 기억하고 있었냐고요? 당연히 못 했죠. 1년 반 전의 저는 기사를 읽고 안타까워하다가 대충 넘겨 버렸을 테니까.

사건을 재조명한 기사들이 나오기 시작했어요. 인터뷰 요청을 원하는 메일들이 미친 듯이 날아와 저를 괴롭혔고요. 다른 유튜버들은 '게임에 스며든 원한?!'이라는 자극적인 제목의 영상을 올렸어요. 대충 제 게임 영상들을 짜깁기해서 정리한 거였죠. 영상들은 모두 사건을 재수사해야 한다, 가해자를 찾아내 엄중히 처벌해야 한다는 내용으로 끝났어요.

방자와 향단이가 그만하자고 하더라고요. 일이 너무 커졌다고요. 그럴 만도 한 게 실시간 검색어에서 성춘향이라는 제 닉네임 석 자와 엔스틸, 직장 내 괴롭힘이라는 키워드가 하루 종일 내려갈 생각을 안 했거든요. 급기야 사건을 재수사해 달라는 청와대 국민 청원이 올라왔어요. 동의한 사람들의 수가 하루 사이에 5만 명이 넘어갔어요.

저는 그만둘 생각이 없었어요, 당연히. 여기까지 왔는데 어떻게 그만두겠어요. 제가 그 사원증을 어떻게 얻었는데요. 그 목소리를 직접 들었는데, 제가 어떻게 포기해요. 아직 풀지 못한 숙제도 남아 있었고요. 의문의 숫자 네 개 말이에요.

정말로 피해자의 원혼이 게임에 스며든 걸까요? 그게 현실적으로 가능한 일일까요? 궁금했지만 그건 그때의 제가 밝혀내야 할 부분은 아니었어요. 그냥 끝까지 나아가야 했죠. 그 여자에게 아직 할 말이 남았다면, 들으러 가야 했어요.

엔스틸사에서 제 엔조이 시티 계정을 일시적으로 정지하겠다는 메일을 보낸 건 또 다른 피해자에 대한 기사를 사람들이 발견했을 때였어요. 별로 주목받지 못한 기사 하나를 누군가 파헤친 끝에 피해자들 사이의 연결 고리를 찾아낸 거예요. 엔스틸 게임 기획 1팀에 속해 있던 누군가가 반년 전에 실종되었어요. 주변인들에게 목을 매달아 죽겠다는 메시지만 연거푸 남긴 채. 그 사람과 같은 팀에서 근무했던 누군가가 커뮤니티 앱인 블라인드에 익명으로 올린 글을 네티즌들이 찾아냈어요.

그 글에 따르면 실종자가 자살한 피해자의 언니였다고 하더라고요. 친한 동료들을 제외하고는 자매가 같은 회사에 다니는 걸 아무도 몰랐대요.

그 소식을 듣자마자 등불을 들고 있던 사람이 떠오르더라고요. 목이 없던 그 사람. 이홍련 사원의 언니, 이장화 사원은 정말로 어디선가 목을 매달고 죽었을까요? 게임 속에서 나타났던 곳 같은, 깊은 산속에서? 아무도 보지 않는 곳에서?

이 모든 일들이 일주일만에 이루어졌어요. 저는 그즈음에 경찰 조사를 한 번 받았고요. 수많은 티비 프로그램에서 온 연락은 다 거절했지만 그것만은 거절하기가 어려웠으니까요. 제가 할 말은 별로 없었어요. 그때는 지금처럼 처음부터 모든 걸 이야기해 달라 요구하지도 않았고요. 전 이홍련 이장화 자매와 아무런 연관도 없었고, 그저 운 나쁘게 잘못 걸린 게이머에 불과했어요. 사건 조사에 크게 도움이 되지 못하고 경찰서를 나왔죠. 더 이상 게임을 하지 말라는 당부를 들었어요. 거기까진 괜찮았어요. 하지만 집에 돌아와 제 계정을 정지하겠다는 엔스틸사의 통보 메일을 보니 화가 치밀어 오르더라고요.

다시 조사를 하겠지. 이번엔 가해자들을 제대로 밝혀낼 거고. 방자가 그렇게 이야기했지만 정말 그럴지는 의문이었어요. 엔스틸 같은 대기업에서 순순히 잘못을 시인하고 가해자를 처벌할까요? 제가 진실에 다가갈 기회를 계정 정지로 간단하게 차단해 버린 그곳에서.

이미 계정은 정지당했고, 제가 할 수 있는 건 없었어

요. 저 대신 시청자들이 남원 마을의 모든 맵을 샅샅이 훑었지만, 더 이상 귀신이 나온다거나 이상한 사건이 벌어지는 일도 없었고요. 남은 건 제 기억 속에 선명하게 박힌 그 사원증뿐이었죠. 하얀 얼굴, 엷은 미소. 이홍련, 이장화. 낯설지만 낯설지 않은 이름들. 내가 성의 없이 읽고 잊어버렸던 뉴스의 주인공들.

부계요? 당연히 만들었죠. 아는 사람의 개인 정보를 최대한 많이 확보해 새로운 계정을 만들고 또 만들면서 남원 마을을 맴돌았어요. 그게 다시 나타나길 바랐고, 저한테 말을 걸길 바랐죠. 심지어 컨트롤러가 제멋대로 올리는 것까지도 기대했지만, 아무 일도 일어나지 않았어요. 모든 게 그냥 한순간에 끝나 버린 거예요.

그렇게 아무것도 하지 못한 채 2주를 보낸 저는 어느 날 밤, 아무런 예고도 없이 방송을 켰어요.

무슨 일이 벌어지든 간에 생생히 내보낼 준비가 되어 있었죠. 어리둥절해하는 시청자들에게 별다른 설명도 하지 않고, 저는 엔조이 시티 사이트를 열었어요. 정지당한 제 계정 대신 새로운 이메일을 입력했고요.

hongryeon@enjoycity.com

전날 밤 출처를 알 수 없는 계정으로부터 온 메일에 적혀 있던 계정이었어요. 메일 내용은 저게 전부였죠. 익숙한 이름으로 만들어진 이메일 계정 하나. 별다른 설명은 없었어요. 그렇지만 제가 뭘 해야 하는지는 너무 분명했어요.

메일에는 계정 비밀번호가 따로 적혀 있지 않았지만

이미 알고 있었어요. 기억이 아직 선명했거든요.

一八七三

1873을 입력하자 로그인이 됐어요. 흥분한 시청자들 덕분에 채팅 창 대화가 읽을 수 없는 속도로 올라갔고, 저는 컨트롤러를 머리에 끼고 자리에 앉아 눈을 감았어요. 눈을 감기 전에 휴대폰이 미친 듯이 진동하는 걸 본 것 같았지만 시간이 없었어요. 엔스틸에서 저희 집으로 쳐들어와 방송을 꺼 버릴지도 모를 일이잖아요.

평범한 계정이었어요. 마지막 접속이 반년 전이라 오랜만이라는 메시지가 저를 반기더라고요. 단서가 될 법한 무언가를 찾아야 했는데, 인벤토리 창도 퀘스트 창도 볼 만한 것 없이 깨끗했어요. 모든 걸 다 뒤졌죠. 메시지, 길드, 파티원, 모든 걸 다…. 30분 정도 뒤졌는데 나오는 게 없더라고요. 마지막으로 확인한 건 캐릭터가 소유한 집이었어요. 엔조이 시티에서는 일정 금액을 지불하면 마을에 있는 건물을 살 수 있어요. 그 안에 여러가지 물건을 보관해 둘 수 있고요. 계정주가 소유한 집이 하나 있더라고요. 놀랍게도 남원 마을에요.

지푸라기라도 잡는 심정으로 집 안에 들어갔어요. 게임을 열심히 했나 보더라구요. 각종 아이템이 보관되어 있는, 산뜻하게 꾸며진 기와집이었어요. 구조가… 제가 갔던 기와집과 비슷했죠. 방 안의 모습도 똑같았어요. 놓여 있는 노리개의 위치까지 소름 돋도록 같았어요. 다만 불이 꺼지거나, 누군가 문을 열며 돌아다닌다거나 하는 일은 없었죠. 차라리 그렇게라도 나타나 주길 바랐는데 말이에요.

마당을 살펴보라는 시청자들의 채팅이 눈에 들어왔어요. 입장할 때 마당이 이상했다는 의견들이 많더라구요. 집을 나와 마당을 보니 누군가가 흙바닥을 판 자국이 또렷했어요. 저는 그대로 주저앉아 흙바닥을 손으로 파기 시작했어요. 쉽지 않은 일이었죠. 땅을 파는 데 열중하느라 채팅 창이 멈춘 것도 몰랐어요. 녹화가 끊긴 것도 알지 못했고요. 그저 손에 걸리는 무언가를 빼내는 데 온 정신을 쏟아붓고 있던 상태였거든요.

손가락 끝에 걸린 건 목걸이 줄이었어요. 물속에서 제가 손수 끄집어냈던 것과 같은 재질이었죠.

파묻혀 있는 사원증은 두 개였어요.

엔스틸 마케팅 2팀. 강미연 대리, 김석준 대리.

당연히 처음 보는 얼굴들이었죠. 엔스틸사와는 전혀 엮일 일이 없었으니까요.

채팅 창을 뒤늦게 확인했어요. 한참 전 채팅이 떠 있는 채로 멈춰 있는 걸 보고 무언가 이상하다고 느낀 순간, 화면이 갑자기 꺼졌어요. 저는 컨트롤러를 머리에 쓴 채로 의자 위에서 깨어났어요. 게임이 강제 종료된 거죠.

의아해하며 컨트롤러를 벗었는데 방 안이 어두컴컴하더라고요. 분명 불을 환하게 켜 놓고 게임에 접속했는데. 모니터 화면도 꺼져 있었어요. 전원 버튼을 눌렀지만 반응이 없었고요. 책상을 더듬어 휴대폰을 집었어요. 휴대폰 라이트를 켜고 책상 아래를 살폈는데 코드는 잘

꽂혀 있더라고요. 그냥 집 안의 전기 자체가 나간 것 같았어요. 이런 적이 없었는데.

쿵, 문 밖에서 무슨 소리가 들렸어요. 소스라치게 놀라며 뒤로 돌아 문을 비췄죠.

인기척이 느껴졌어요. 문 밖에서.

"……… 누구 있어요?"

입 밖으로 내뱉고 나서야 후회를 했어요. 만약 바깥의 누군가가 침입자라면 제 위치를 알려 주는 꼴이 된 거잖아요.

무슨 일이 있었냐는 듯 인기척이 끊겼어요. 휴대폰에 112를 입력해 놓고 조심조심 움직였죠. 방문을 열고 거실을 비췄는데 아무도 없었어요. 차단기가 어디 있을까 궁리해 봤지만 짐작이 가지 않았죠. 불을 켜는 것보단 그냥 집을 빠져나가는 게 낫겠다는 생각이 들었어요. 확신할 수 없었지만, 그냥 느껴졌거든요. 누군가의 시선이 저를 향하고 있다는 감각이.

라이트로 현관문을 비추는데, 문이 살짝 열려 있더라고요.

끼이익, 어디서 문이 움직이는 소리가 들렸어요.

뒤로 돌자마자 화장실에서 검은 형체가 튀어나와 저를 덮쳤어요. 그대로 정신을 잃었어요. 두 번째 기절이었네요.

8.

정신을 차렸을 때 제일 먼저 느낀 건 축축하고 습한 공기였어요. 숨을 뱉으려는데 입이 답답했어요. 움직일 수가 없었고요. 몸이 무언가로 단단히 묶여 있었죠. 흐린 눈을 몇 번이나 깜빡이니 보이더라고요. 제가 있는 곳은 자동차 뒷좌석이었고 제 몸은 구겨진 채로 묶여 있었어요. 운전석과 조수석에 앉은 이들은 뒤를 한 번도 돌아보지 않았어요. 실수한 것 같아. 조수석의 여자가 그렇게 말했어요. 어디서 많이 들어 본 목소린데, 곱씹어 볼 즈음 운전자가 대답했죠. 어쩔 수 없었어.

그들은 어딘가에 차를 멈추고, 저를 뒷좌석에서 끌어내려 흙바닥 위에 아무렇게나 눕혔어요. 자동차 라이트가 켜져 있어 그제야 차체에 비친 제 꼴을 볼 수 있었죠. 청테이프로 대충 감아 놨더라고요. 실로 엉성하기 짝이 없는 포박이었지만, 그걸 알게 됐다고 해서 마음에 안정이 찾아오진 않았어요. 라이트 덕분에 저를 끌고 온 두 사람의 얼굴이 선명하게 빛났거든요. 제가 기억하고 있는 얼굴이었어요. 마당에서 발견했던 사원증, 거기에 새겨진 두 얼굴. 미안, 어쩔 수가 없었어. 낯선 얼굴의 남자가 익숙한 목소리로 말했어요.

"······ 그러니까 그만하자고 했잖아."

나의 오랜 친구들. 남원 마을의 단짝들.

강미연, 아니 향단이는 울면서 제 발에 무언가를 묶었

어요. 저 멀리 물이 흘러가는 소리가 약하게 들리더라고요. 이걸로 충분한가? 눈물을 훔치면서 향단이가 그렇게 묻자 김석준, 방자가 고개를 끄덕이며 동의했고요. 김석준 대리는 부들부들 떨면서 무언가를 높이 치켜들더군요. 어둠 속이라 잘 보이진 않았지만 날카로운 무언가였어요. 어쩔 수 없어. 어쩔 수 없어…. 그는 계속 그렇게 무언가에 홀린 것처럼 중얼거렸어요.

그다음 일은 뭐, 잘 알고 계시니까 설명하지 않을게요. 정말 딱 맞는 타이밍이었어요. 조금만 늦었어도 저는 그 서툰 칼질에 목숨을 잃었겠죠. 팔 하나 부러지고 발목이 삐는 걸로 끝나지 않았을 거예요. 누군가 꼼짝 말라며 소리를 지르고, 방자와 향단이가 그대로 얼어붙고, 경찰차 불빛이 눈에 들어오자마자 저는 안도의 한숨을 뱉었어요. 테이프가 입을 막고 있었으니까 실제로 뱉은 건 아니고, 비유하자면 그렇다는 거예요.

제가 할 이야기는 여기까진 것 같아요. 아까도 말씀드렸지만 누가 신고를 했는지는 저도 몰라요. 방송을 보고 무언가 이상함을 느낀 시청자들 중 한 명이 아니었을까요. 저는 영원히 모를 일이죠. 그저 감사할 뿐이에요.

방자와 향단이가 처벌을 받을 수 있어서 다행이에요. 일단은 저를 죽이려고 했으니까, 못해도 그에 대한 죗값이라도 치르게 되겠죠? 첫 만남이 그런 식으로 이루어진 건 정말 유감이에요. 이래 봬도 충격이 컸다고요. 2년 동안 함께한 친구들인걸. 그들이 피해자들을 어떻게 괴롭혔고 어떻게 죽음으로 몰고 갔는지는… 사실 상상이 가지 않아요. 하지만 저는 그들을 진짜로 알고 있던

게 아니었으니까요. 강미연과 김석준을 알고 있던 게 아니라, 향단이와 방자를 알고 있었던 거니까. 지금 와서 이런 이야기를 해 봤자 늦었지만, 방자와 향단이에게 제 집 주소를 알려 준 건 정말… 제 무덤을 판 꼴이네요.

… 저는 언제쯤 돌아갈 수 있을까요? 네, 네. 방송은 한동안 쉴 생각이에요. 이사부터 해야죠. 아, 인터뷰 정도는 해도 될까요? 아니면 나중에 방송으로 가볍게 썰을 푸는 정도라도요. 경찰서에 두 번이나 다녀온 스트리머는 아마 저밖에 없을걸요. 게다가 늦지 않게 찾아와 주신 덕분에 살았으니까, 그 긴박했던 순간을 꼭 이야기해야죠. 몇 달은 먹고살 수 있는 소재인데. … 농담이에요. 그냥, 시청자들도 진실을 알았으면 해서요. 저랑 같은 마음으로 방송을 봤던 사람들이니까요.

엔조이 시티요? 글쎄요. 아마 다시 플레이할 일은 없지 않을까요.

…… 못 믿으시는 얼굴이네요. 맞아요, 해야죠. 어떻게 두고 떠나겠어요, 제가 사랑하는 그 마을을. 한번 놀러 오세요. 진짜 재밌다니까요.

9.

춘향은 부축하는 손길들을 거절하며 집으로 들어섰다. 붕대가 매여 있는 발을 절뚝이며 걸었다. 가족들의 걱정스런 시선이 쏟아지는 게 귀찮아 손을 절레절레 저으면서 소파에 주저앉았다. 이래서 본가로 오기 싫었던 건데, 팔과 다리가 성하지 않은 상태로는 도저히 혼자 지낼 수가 없었다. 깁스를 하지 않은 멀쩡한 팔로 주머니를 더듬어 휴대폰을 꺼냈다. 메신저에는 수백 개의 메시지가 도착해 있었다. 가까운 친구들부터 시작해 사돈의 팔촌 초등학교 동창까지, 안부와 궁금한 것을 동시에 묻는 연락이 쏟아져 휴대폰이 뜨거웠다. 한숨을 쉬며 메신저를 꺼 버렸다. 이어서 수십 개의 메일이 도착해 있는 메일함을 확인했다. 각종 취재 관련 메일과 합방 관련 문의 메일이 쏟아져 있는 와중에 눈에 띄는 것이 하나 있었다.

보낸 이도 제목도 알 수 없는 메일. 이홍련의 계정을 알려 주었던 메일과 같은 형태의 연락. 춘향은 크게 숨을 들이쉬었다. 깁스 끝으로 간신히 튀어나와 있는 손가락을 이용해, 보낸 이를 알 수 없는 메일을 꾹 눌렀다.

10.
제목: (없음)
발신: (알 수 없음)
수신: 성춘향

메일을 쓰기까지 정말 많은 시간이 걸렸어요. 무슨 말을 어떻게 해야 할지 모르겠더라고요. 당신에게 빚진 게 너무 많아서요. 마음 같아선 병원비라도 내 주고 싶은데, 저도 동생도 이미 죽은 사람이라 방법이 없더라고요. 기사를 봤어요. 팔이 부러지고 발목도 다쳤다면서요? 어떤 식으로든 방법을 찾아내서 보답을 할게요. 당연히 해 드려야죠. 너무 많은 일을 해 주셨으니까요.

강에 몸을 던진 동생이 깨어나기까지는 오랜 시간이 걸렸어요. 그동안 저는 강미연과 김석준이 합당한 처벌을 받을 수 있도록 몸이 부서져라 뛰어다녔죠. 모든 노력이 실패로 돌아갔을 즈음에 동생이 깨어났어요. 동생은 새로운 사람이 되고 싶어 했어요. 과거의 흔적을 지우고 새로운 사람으로 다시 태어나기까지 또 시간이 꽤 걸렸지요.

꼭 말씀드리고 싶은 건, 처음부터 당신이었다는 거예요. 저도 동생도 엔조이 시티에 큰 애정이 있었으니까요. 당신을 모를 리가 없었죠. 엔조이 시티를 플레이하는 유일한 스트리머였는걸요. 계획을 세우고 동생을 설득하는 데는 많은 시간이 걸렸지만, 당신을 계획에 끼워 넣자고 먼저 제안한 건 동생이었어요. 그 애가 당신의 엄청난 팬이었더라고요. 난 몰랐는데.

재밌어야 한다, 사람들의 흥미를 끌 수 있어야 한다. 그 부분에는 동생도 저도 동의를 했어요. 엔스틸에서 엔조이 시티의 관리를 놓은 상태였기 때문에 제가 파고드는 건 어렵지 않은 일이었고요. 저는 처음부터 동생의 죽음이 그저 오락 거리로 소비될까 봐 걱정했지만, 그 애는 한번 마음을 먹은 뒤로는 강경하게 밀어붙였죠. 흥미롭지 않으면 아무도 주목하지 않을 거라고. 그리고 자신은 완전한 피해자가 되기 위해서, 그 누구도 건드릴 수 없는 깨끗하고 완벽한 피해자가 되기 위해서 죽은 상태여야 한다고요. 저도 그 부분에 동의했기 때문에 저까지 죽음을 택했어요. 세상에서 사라지는 건 쉬웠어요. 서로에게 남은 게 둘밖에 없었기 때문에 우릴 찾을 사람도 없었지요. 한 명은 한강에 투신 후 끝내 구조되지 못하고 사망, 한 명은 목을 매고 죽겠다는 이야기를 반복하다가 실종.

엔조이 시티전(傳)

홍련이가 아이디어를 많이 냈고, 제가 실력을 발휘했어요. 하나는 물귀신, 하나는 목 없는 귀신으로 만들어 놓으니 기분이 좀 이상하긴 하더군요. 그 둘의 사원증은 홍련이의 마음을 담아 흙더미에 파묻어 버렸고요.

두 사람이 그 '방자'와 '향단'이라는 건 저도 모르는 일이었어요, 정말로. 살아남은 당신이 모든 걸 밝혔을 땐 저도 동생도 깜짝 놀랐어요. 신고는 제가 했어요. 보고 있던 방송이 클라이맥스에서 끊겼을 때 무언가 잘못되었다는 걸 느꼈거든요. 당신이 무사해서 정말 다행이에요. 그 둘이 그 정도로 돌이킬 수 없는 짓을 저지를 거라곤 정말 상상도 못 했어요. 너무 늦었지만 미안하고 고맙단 이야기를 꼭 하고 싶어요. 언젠가 직접 만나 인사를 할 수 있다면 좋겠네요. 메일 한 통으로 끝내기에는 우리의 마음이 담기지 않을 것 같거든요. 포기하지 않고 우리를 찾아 줘서, 정말 고마워요.

참, 혹시 몰라 이야기하는데… 컨트롤러를 움직인 건 정말 우리가 아니에요. 우리에게 그 정도의 능력은 없거든요, 당연하지만. 혹시나 오해할까 봐 덧붙여요.

이장화

편의점의 운영 원칙

경민선

영화 업계에서 주로 활동한 시나리오 작가. 단막 드라마와 숏 폼 시리즈, 애니메이션, 웹툰 작업도 했다. 소설 분야에서의 수상은 이번이 네 번째다. 제22회 의혈 창작 문학상에서 단편소설 〈27시〉, 제7회 ZA 문학 공모전에서 단편소설 〈화촌〉, 제8회 교보문고 스토리 공모전에서 장편소설 〈연옥의 수리공〉으로 수상했다.

계산대를 사이에 두고 마주 선 편의점 점장은 내 복장에는 관심이 없어 보였다. 점원 면접을 보기 위해 투피스 정장 차림으로 왔던 사람이 나 혼자만은 아닌 것 같았다. 점장이 어찌나 오래 이력서만 들여다보던지 나는 그가 건넨 초코 우유를 다 마신 것도 모자라 우유 팩을 접고 쭉 쥐어짜 남은 한 방울까지 마셨다. 서류를 다 훑어본 점장이 드디어 입을 열었다.

"변정희 씨. 나이는 어린데 이것저것 알바 경험은 많네요. 하지만 우리 점포는 달라요. 소문은 다 듣고 온 거죠? 여자 몸으로 야간 알바 자신 있어요?"

뿔테 안경 너머 점장의 작은 눈이 깨진 유리 조각처럼 날카로웠다. 그는 내가 올해 만난 모든 사람들 중에서 가장 깡마른 사람이었다. 점장의 외모가 이 일의 어려움을 짐작할 수 있게 했다. 하지만 질 수는 없었다. 내가 이 일에 어울리는 대담한 인물이라는 것을 보여줘야 했다. 나는 액체 한 방울 나오지 않는 우유 팩을 거꾸로 뒤집고 내 손에 털어 보이며 말했다.

"보이시죠? 이게 오늘 제 유일한 식사였어요. 저 먹고살아야 돼요. 그 각오 하나로 온 사람입니다."

"변정희 씨, 겁은 많아요?"

"없진 않습니다."

"이미 알고 왔겠지만 우리 점포는 전국에 있는 심령 스폿 중에서도 제일 흉악스러운 곳으로 유명해요. 해병대 출신이니, 유령의 집 알바 출신이니 하는 사람들 다 시켜 봤는데 하루 만에 줄행랑쳤어요. 일 시킬 사람이 없어서 나랑 내 딸이랑 번갈아 가면서 가게 지켰는데 그것도 이젠 무리고. 아무튼 본인이 겁 많다고 느끼면 다시 생각해 봐요."

"여러 번 생각하고 왔어요. 강심장이라고 일 잘하는 거 아니에요. 절박해야 잘하지. 전 여기가 다른 점포보다 시급이 세서 온 겁니다."

"왜 그렇게 절박한데요?"

"그런 시대잖아요."

점장은 대답 대신 고개를 끄덕였다. 누구라도 공감할 수밖에 없는 얘기였다. 험한 일을 하며 살거나 아니면 굶어 죽거나─ 두 개의 선택지밖에 안 남은 시대였다. 세상이 혼란스러워진 이유는 분명했지만 누구도 그 일을 떠올리고 싶어 하진 않았다. '왜'라는 질문보다 중요한 것은 어떻게 살아가느냐는 것이니까. 나 또한 돈을 벌기 위해 남들이 마다하는 일자리를 일부러 찾아온 내 처지가 비참하지 않았다. 점장의 눈이 내가 들고 있는 우유 팩에 잠시 고정되었다. 그때 마침 우유 팩에 남아 있던 한 방울의 초코 우유가 하얀 바닥에 툭 떨어졌고, 나는 재빨리 발로 비벼 그 흔적을 지웠다. 그러자 그는 보일 듯 말 듯한 미소를 띠며 나를 봤다.

"오늘 밤부터 나와 주세요. 잘 부탁드립니다."

지나치게 피곤해 보일 뿐, 점장은 매너 있는 사람처럼 보였다.

나는 집에 들러 만반의 준비를 했다. 오랜만에 얻은 일자리가 나를 들뜨게 했다. 5kg짜리 아령으로 이두와 삼두 운동도 하고, 할머니가 내일 아침 식사로 먹을 죽도 미리 덜어 냉장고에 넣어 놨다. 알바 시작 시간인 밤 10시가 엄숙하게 다가오고 있었다. '산왕 오거리 편의점 동영상'으로 유명해진 이 편의점의 내력에 대해선 이미 잘 알고 있었다. 귀신 출몰로 유명세를 얻은 그 편의점에서 일어난 심령현상은 촬영된 것만 여덟 종류. 종류가 여덟 개일 뿐 발생한 건수는 그보다 더 많으며, 동영상에 찍히지 않고 목격만 된 심령현상은 그보다 더 많다는 것이 두려운 점이었다. 아무리 이런 힘든 시대라 해도 그 압도적인 빈도는 구직자들을 질리게 할 수밖에 없었다. 나는 그런 곳에 몇 시간 뒤부터 출근하게 된 것이었다. 제정신으로 일하기 위해선 각오가 필요했다. 나는 할머니 방으로 들어가 몰래 서랍에서 성경 책을 꺼냈다. 그리고 할머니에게는 미안하지만 그 유명한 마태복음 6장의 주기도문이 적힌 부분을 찢어서 겉옷 주머니에 넣었다. 나를 지킬 수 있는 일이라면 뭐라도 해야 했다.

"오늘날 우리에게 일용할 양식을 주옵소서. 할머니 손녀 돈 벌어서 무사히 돌아오게 기도 좀 하고 계셔."

나는 주름진 이마를 쓰다듬은 뒤 일어섰다. 방을 나가려는 찰나, 할머니의 희미한 목소리가 들려왔다.

"고기 먹고 싶다. 오는 길에 고기 좀 사다 주라."

내일 죽에는 고깃가루 비슷한 거라도 조금 뿌려 줘야겠다고 다짐하며 나는 문을 나섰다.

시커먼 밤거리를 30분 동안 걸어 10시 정각에 편의점에 도착했다. 점장은 여전히 피곤한 얼굴을 하고선 내게 유니폼과 계산대를 넘겨줬다.

"저번에도 경고했지만 여기서는 변정희 씨 상상을 훌쩍 뛰어넘는 일이 일어날 테니까 각오하시고. 우리 편의점에는 근무자가 꼭 숙지해야 되는 운영 원칙이 있어요. 내가 일일이 겪어 보면서 직접 만든 원칙이니까 무시하면 안 돼요."

"운영 원칙이요? 그게 뭐, 뭔데요?"

"계산대 밑 빨간 수첩 맨 앞부분에 적혀 있으니까 반드시 읽고 나서 근무 시작해요. 무슨 일이 있어도 운영 원칙을 꼭 따르겠다고 약속해 줘요."

"아, 알겠어요."

"하나도 가볍게 넘겨선 안 돼요. 명심하세요."

점장은 귀먹은 할머니라도 대하듯 몇 번이나 반복해서 수첩의 운영 원칙을 강조했다. 내가 허리를 숙여 수첩을 꺼내는 사이 점장은 도망치듯 나가 버렸고 편의점에는 나 혼자 남아 버렸다. 마침 손님은 아무도 없었고, 가게는 음악이나 라디오조차 틀어 놓지 않아 무섭도록 고요했다. 우리나라 최고의 심령 스폿에서 혼자가 되었다는 실감이 들자 가랑이가 으스스 떨려 왔다. 수첩 첫 장에 적힌 운영 원칙은 생각보다 더 가관이었다.

　* 야간 근무는 2인 1조로 하는 것이 원칙.

　1. 창고에서 소리가 들릴 때에는 절대 창고에 들어가지 말 것. (창고에는 소리를 내는 생물이 없다.)

　2. 40분 넘게 손님이 한 명도 오지 않는다면 비상 상황이므로 일단 자리를 비울 것.

　3. 식품은 자정에 도착하는데 운전자가 빨간 모자를 쓴 사람일 경우 절대 대화하지 말 것.

　4. 화장실은 건물 3층에 있다. 화장실의 모든 창과 거울은 무슨 일이 있어도 쳐다보지 말 것.

　5. 새벽 2시 정각에 출입문이 저절로 열리고 사람이 보이지 않는다 해도 놀라지 말 것.

　6. 사람 아닌 존재가 계산대 안쪽으로 들어올 경우, 창고 선반에 있는 무기를 사용해 몰아낼 것.

　7. 유통기한 지난 식품은 절대로 손님 눈에 보이지 않게 할 것.

　8. 새 물건을 진열하기 전 걸레로 냉장고와 진열대를 청소할 것.

　9. 물건 진열이 끝나면 창고의 컴퓨터로 정산 및 검수 작업을 할 것.

　페이지에 빼곡히 적힌 운영 원칙의 7번 이후로는 평범한 관리 사항들이었지만 앞쪽 항목들은 아니었다. 뭔지는 몰라도 불길하기 짝이 없었고 하나하나가 읽기만 해도 질려 도망칠 만한 내용이었다. 동료 아르바이트생이 있다는 것이 유일하게 위로가 되는 부분이었지만 10시 5분이 되어 가는 지금 동료는 코빼기도 보이지 않고 있다. 누구나 줄행랑친다는 편의점이었으니 무리도 아니었다. 나는 심호흡을 한 번 하고 양 손바닥으로 내 볼을 찰싹 때렸다. 제아무리 귀신이라고 해도 귀신일 뿐이다. 나와 할머니를 굶기려 드는 가난보다는 만만한 놈이다. 나는 자기최면을 몇 번 걸고 유니폼을 입었다. 곧이어 손님들이 들어왔다. 시작은 무난했다. 라면이나 도시락 같은 야식을 사러 온 근처 주민들이 대부분이었고 커피나 담배를 사러 들른 운전자들도 많았다. 대부분은 인사 한 마디 없이 물건만 사고 돌아섰지만 손님을 상대하고 있는 시간은 그나마 이 일터에 대한 두려움을 잊게 했다. 일 시작한 지 한 시간 만에 나는 오만한 생각까지 하게 됐다.

"뭐 귀신 많다더니 개뿔도 없네. 내가 무서워서 안 나오나?"

손님이 없을 때 일부러 목소리를 내서 혼잣말을 크게 했다. 하지만 말끝이 떨리고 있다는 것이 내 귀에도 들려서 왠지 모르게 민망해졌다. 그때였다. 어디선가 작은 소리가 들리고 있었다는 사실을 불현듯 깨달았다. 긴장한 탓에 그게 소리인 줄도 모르고 있다가 뒤늦게 눈치를 챈 것이다.

"쌔르르- 쌔르르-"

고음으로 진동하는 새소리 같은 것이 편의점 안쪽 창고에서 들려오고 있었다. 나는 제1번 운영 원칙을 떠올렸다. 소리가 들릴 때에는 창고에 들어가지 말라고만 되어 있으면 모르겠는데, 창고에는 소리를 내는 생물이 없다는 괄호 속 문장이 꺼림칙한 상상을 하게 만들었다. 그 소리는 분명 생물이 내는 소리 같았기 때문이다. 새 아니면 귀뚜라미가 내는 소리. 더 불길한 점은 그 소리가 사람이 모사하고 있는 동물 소리 같다는 것이었다. 사람 형상의 귀신이 점원을 꾀어 내려고 창고에서 새소리를 흉내 내는 모습을 상상하니 기분이 나빠졌다. 나는 어떻게든 머리를 비우려 다른 생각들을 떠올렸다. 공포심을 몰아낼 만큼 강력한 감정이 필요했다. 고등학교 때 학생회장 오빠에게 고백했다가 집이 가난하다는 이유로 차였던 기억을 잠시 떠올렸지만 기분만 두 배로 더러워질 뿐이었다. 나는 찜찜함을 견디지 못하고 계산대 밖으로 나가 몸을 움직이기 시작했다. 그래. 유통기한 지난 물건부터 치워 버리자.

비닐봉지 하나를 꺼내 진열대로 갔다. 창고의 새소리에 지지 않으려 혼자 콧노래까지 부르며 일을 시작했다. 악명 때문에 장사가 안 되는 모양인지 유독 유통기한 지난 식품들이 많이 방치되어 있었다. 작은 비닐봉지를 반쯤 채우고 김밥 코너로 간 나는 어이없는 물건을 하나 발견했다. 색깔이 누렇다 못해 까맣게 되기 직전까지 변색되어 있는 샌드위치였는데, 제조 일자를 확인해 보니 무려 10년 전에 만들어졌다. 이 샌드위치가 진열대에 있다는 것은 도저히 말이 되지 않는 일이었다. 매일 식품의 유통기한을 체크하는 편의점 직원이 10년이나 그 존재를 눈치 못 챘을 리는 없기 때문이다. 나는 손을 뻗어 샌드위치를 집었다. 물컹, 하는 더러운 촉감이 손끝에 전해졌다. 샌드위치는 거의 액체로 변해 있었는데, 내가 손으로 잡는 순간 까만 즙액 같은 것이 빵 사이로 삐져나오기 시작했다. 나는 썩은 샌드위치를 재빨리 봉지에 던져 넣고는 돌아섰다. 하지만 정리를 마치고 계산대 앞에 이르자 목 뒤에 서늘한 느낌이 들어 다시 샌드위치 코너를 돌아봤다. 멀리서도 한눈에 알 수 있었다. 10년 된 샌드위치가 여전히 그 자리에 놓여 있었다. 다시 진열대로 가서 다시 물컹한 샌드위치를 봉지에 담아 돌아왔고, 다시 오싹해져서 돌아보니 여전히 샌드위치는 그대로였다. 세 번이나 썩은 샌드위치를 치운 뒤에야 다른 방법이 필요하다는 것을 깨달았다. 저 샌드위치는 치워도 치울 수 없는 저주받은 물건이었던 것이다. 나는 계산대로 돌아와 운영 원칙이 적힌 빨간 수첩을 다시 펼쳤다.

7. 유통기한 지난 식품은 절대로 손님 눈에 보이지 않게 할 것.

7번 항목의 문장 속에 숨은 뜻을 천천히 되짚었다. 샌드위치를 반드시 치울 필요는 없다. 보이지만 않게 하면 된다는 것이었다. 진열대로 돌아가 다른 물건들을 찬찬히 살폈다. 맛없기로 유명한, 그래서 아무도 거들떠보지 않는 '레몬 육포 샌드위치'라는 괴제품이 이 편의점에만 많은 이유가 있었다. 나는 저주받은 10년 된 샌드위치를 구석 자리에 놓은 뒤 그 주위를 포위하듯이 레몬 육포 샌드위치를 진열했다. 이러면 손님의 눈에 저주받은 샌드위치가 들어오는 일은 없을 것이다. 나는 내 슬기로운 문제 해결에 스스로 감탄했다.

"겨우 이거야? 별거 없네."

또 혼잣말을 크게 했다. 그 사이 쌔르르- 하는 창고의 소리도 멈췄다. 흐름이 좋았다. 무섭긴 하지만 운영 원칙에 따라 침착하게만 대처하면 별로 위험할 것 없다는 자신감이 붙었다. 시계는 11시 50분을 가리키고 있었다. 수첩을 펼쳐 이 시간쯤에 주의해야 할 것들을 되새겼다.

3. 식품은 자정에 도착하는데 운전자가 빨간 모자를 쓴 사람일 경우 절대 대화하지 말 것.

대화하지 말라는 원칙을 지키는 건 어렵지도 않아 보였다. 점원과 운송업자 사이에는 딱히 할 말도 없었다. 이윽고 자정이 되자 편의점 앞에 커다란 운송 트럭 한 대가 도착했다. 나는 계산대에서 고개를 돌려 트럭 운전석부터 확인했다. 내려온 차창 너머로 보인 운전사의 머리에는 빨간 모자가 얹혀 있었다. 그때부터 다시 어깨가 뻣뻣해지고 몸이 긴장되는 것이 느껴졌다. 최대한 태연한 표정으로 편의점 문을 열고 나갔다. 운전석에서 내린 빨간 모자는 가까이서 보니 한층 더 소름 끼치는 외형을 갖고 있었다. 검은 두건으로 눈 밑을 온통 가리고 있었는데, 얼굴에서 유일하게 보이는 부위인 눈은 흰자여야 할 부분이 모두 빨간색이었다. 부리부리한 눈이 피를 흘리듯 빨간 광채를 내는 모습을 보고 나는 곧장 시선을 돌렸다. 좋게 생각하자. 과로가 심해서 그렇겠지. 빨간 모자는 컨테이너 문을 열며 내게 말했다.

"학생, 허리를 다쳐서 그런데 물건 내리는 것 좀 도와 줄 수 있어요?"

그는 느리고 온화한 목소리를 가지고 있었다. 예상치

못한 말투에 하마터면 네, 라고 대답해 버릴 뻔했다. 나는 절대 대화하지 말자고 다짐하며 컨테이너 안으로 들어가 물건들을 내렸다. 총 다섯 개의 궤짝을 날라 아래에 있던 그에게 전달할 때마다 그는 친한 척 내게 말을 걸어왔다.

"못 보던 얼굴인데 언제부터 일했어?"
"학생은 여잔데도 키가 훤칠하니 보기 좋네?"
"왜 야간 일을 위험하게 혼자 해?"
"남자친구 있어?"

눈앞에 있는 사람의 말을 철저하게 무시하는 것은 평생 처음 해 보는 일이라 그런지 쉽지가 않았다. 그리고 냉동 칸에서 뿜어져 나오고 있는 흰 증기가 감각을 마비시키는 듯했다. 추워지기는커녕 꿈속을 헤매는 것처럼 편안해지고 몽롱해졌다.

"점장님은 안에 계시지?"
"아까 갔어요."

아뿔싸, 그만 마지막 물건들을 내리면서 무심코 그의 말에 대답하고 말았다. 대화를 시작해 버린 것이다. 순간적으로 그의 눈을 봤다. 이글이글 불타는 것 같은 그의 눈이 나를 똑바로 보고 있었다. 왠지는 몰라도 나는 그의 목표물이 된 것 같았다. 그는 오른손을 올려 코에 걸친 두건을 천천히 끌어 내렸다. 그의 얼굴을 볼 자신이 없어 물건이 담긴 궤짝으로 눈을 돌렸다. 그가 두건을 내리자 참을 수 없이 고약한 썩은 내가 풍겨 오기 시작했다. 유령인지 귀신인지는 몰라도 그놈은 사람이 아닌 게 분명했다. 위험해. 너무 위험해. 하지만 이미 시작해 버린 대화를 어떻게 수습해야 할까. 나는 일부러 김밥 궤짝을 들고 곧장 편의점으로 들어가는 대신 반대 방향으로 틀어 트럭 옆을 돌아갔다. 계속해서 더 가까이 풍겨 오는 역겨운 냄새로 알 수 있었다. 그는 내 등 뒤에 바짝 붙어 나를 따라오고 있었다. 질려 버릴 것 같은 오싹한 기분이 밀려왔다. 문득 운영 원칙 3번 문장의 마지막 부분을 돌이켜 봤다. 대화하지 말 것. 그래, 문제는 대화였다. 방금 전 내 대답이 대화가 아니기만 하면 된다. 나는 나오지도 않는 노래를 억지로 떠올려 콧노래를 흥얼댔다.

"갔어요. 아 갔어요. 아까 갔어요~ 그대의 마음이. 아까 가 버렸어요~~"

들어 본 적도 없는 트로트 멜로디를 즉흥으로 흥얼대며 말을 지어냈다. 빨간 모자에게 신호를 주고 싶었다. 너에게 한 것은 대답이 아니라고. 나 혼자 실없이 부른 노래일 뿐이라고. 빨간 모자가 내 뒤에 붙어 오는 동안 더 크게 노래를 불렀다.

"아까 갔지요. 벌써 갔지요. 그렇게 아 가 버렸나요~~"

노래를 하며 나는 편의점으로 물건을 들고 들어와 문을 잠가 버렸다. 여전히 그가 나를 쏘아보는 눈빛이 등으로 느껴지는 것 같았지만 꾹 참고 노래를 계속 흥얼댔다. 잠시 후, 편의점 밖에서 트럭이 출발하는 소리가 들리고 나서야 겨우 노래를 멈출 수 있었다. 식은땀으로 젖은 티셔츠가 등짝에 달라붙은 게 느껴졌다. 그가 간 것을 확인하고 나는 재빨리 남은 물건들을 편의점 안으로 옮겼다.

시간은 고작 12시 20분. 단 20분 만에 온몸의 기운이 다 빠져 버려 궤짝들 앞에 털썩 주저앉았다. 하지만 편의점 알바의 노동은 멈출 수 없었다. 아무리 무서운 일을 겪어도 이곳에 내 밥줄이 걸려 있기 때문에 떠날 수 없다는 것, 나를 가두는 존재는 없지만 사실상 갇힌 처지라는 것이 이 상황을 더 두렵게 만들었다. 나는 여전히 떨리는 가슴을 꾹꾹 눌러 진정시키면서 물건들의 수량을 체크했다. 빨간 모자는 괴물 같은 놈이었지만 다행히 그가 가져온 물건에는 이상이 없어 보였다. 겨우 한숨을 돌릴 때쯤, 이번에는 다른 게 나를 괴롭혔다.

파닥- 파다다다닷- 하는 시끄러운 소리와 함께 전등이 깜빡대기 시작했다. 고개를 들어 살펴보니 커다란 나방이 들어와서 형광등에 몸을 부딪치는 소리였다. 평소 귀신만큼 무서워하는 벌레를 본 나는 기겁했다. 운영 원칙에 벌레 잡는 법도 적어 놓을 것이지. 내가 몸을 움츠린 채 나방을 방치하는 사이 갑자기 화르르- 하는 소리와 함께 공중에서 불이 반짝였다. 나방의 몸에 불이 붙은 것이었다. 갑자기 웬 불이냐고 생각할 겨를도 없이 나방은 재가 되어 바닥으로 떨어졌고, 그 직후에 편의점의 모든 불이 꺼져 버렸다. 형광등은 물론 냉장고의 불빛도 전부 꺼졌다. 나는 당황했다. 이 큰 나방이 불에 타며 합선이라도 일으킨 걸까. 진열대를 더듬으며 계산대로 돌아와 아래쪽에 있는 두꺼비집 문을 열었다. 이상한 일이었다. 두꺼비집 스위치들은 모두 ON 쪽으로 올라가 있어 전기 문제가 일어나지 않았단 것을 알려 주고 있었다. 그때 머릿속에 운영 원칙 중 하나가 떠올랐다. 섬뜩한 일을 연달아 겪느라 내가 간과하고 있었던 원칙.

2. 40분 넘게 손님이 한 명도 오지 않는다면 비상 상황이므로 일단 자리를 비울 것.

마지막 손님이 들른 게 언제였는지 기억나지 않았다. 그게 40분 전의 일이면 지금 자리를 비워야만 했다. 계산대를 박차고 나온 나는 재빨리 편의점 문을 힘껏 밀쳤다. 하지만 허사였다. 문은 벽처럼 꿈쩍도 하지 않았다. 심지어 문 하단의 잠금장치가 내려가 있지 않았음에도 열리지 않았다. 나는 어깨를 몇 번이나 문에 부딪쳐 보다가 문 위쪽에 설치된 굴절 거울을 보고 알아차렸다. 지금 이 편의점 안에 나 말고도 누군가가 들어와 있다는 것을. 가장 구석에 있는 주류 냉장고 앞에 검고 긴 그림자가 서 있었다. 고개를 돌려 진열대 너머를 향하니 더 분명한 형상이 보였다. 놈은 사람 어깨 위에 커다란 염소 대가리가 붙어 있는 형체의 괴물이었다. 마치 성경에 나오는 사탄 같은 모습이었다. 40분 동안 손님이 없으면 저런 게 출몰하는 편의점이라니. 그가 내쪽으로 몸을 돌리는 순간 나는 재빨리 아이스크림 냉장고 아래로 엎드려 숨었다. 쿵- 쿵- 마치 하마가 지나가듯 가게의 바닥이 울리는 육중한 소리를 내며 그것이 걷고 있었다. 나는 아이스크림 냉장고 옆으로 고개를 살짝 내밀고 그것을 엿봤다. 불이 꺼져 있어 또렷하진 않았지만 알몸으로 보이는 괴물의 사타구니에는 커다란 뿔 같은 것이 우뚝 솟아 있었다. 끔찍했다. 저놈이 날 강간이라도 하려고 들면 어떻게 해야 하지? 차라리 죽여 달라고 빌까? 환각의 일종이라고 믿고 싶었지만 눈앞의 실체를 보면 그런 생각은 달아나는 법이었다. 그때 도움이 될 법한 물건의 존재가 떠올랐다. 할머니의 성경 책에서 뜯어 온 주기도문이었다. 품속에서 주기도문을 꺼내 바닥에 펼쳤다. 안 그래도 깨알 같은 글씨가 불이 꺼진 탓에 잘 보이지 않았다. 나는 거의 바닥과 키스하듯 엎드려 종이에 얼굴을 바짝 대고 주기도문을 외우려 했다.

"하, 하, 하늘에 계신 우리 아버지. 이름이, 이름이 거룩히… 어?"

주기도문 글자의 좌우가 어느새 뒤집혀 있었다. 어떻게든 더 읽으려 했지만 한 글자를 읽을 때마다 다음 글자가 제멋대로 춤추듯 좌우로 위아래로 뒤집혔다. 멀미가 날 때처럼 어지러웠다. 이윽고 주기도문 바로 앞에 털로 뒤덮인 남자의 맨발이 나타났다. 놈이 엎드려 있는 내 앞에 어느새 다가온 것이다. 끝장이다. 고개를 파묻고 바들바들 떠는 것밖에는 다른 도리가 없었다. 그 순간 갑자기 편의점 문이 열리는 소리가 들렸다.

"저기요~ 담배 사러 왔는데 누구 안 계세요?"

손님? 나는 고개를 들어 출입문을 봤다. 허여멀건 젊은 남자 하나가 계산대 앞에 서 있었다. 편의점의 전등도, 주기도문의 글자도 모두 원상 복구되어 있었다. 40분을 넘겨 겨우 손님이 도착해 이 위기를 끝내 준 것이었다. 비틀대며 일어서 계산대로 갔다. 그가 가리킨 담배의 바코드를 찍고 카드를 받아 결제를 하는 동안 나는 오한을 느꼈다. 온몸을 적신 땀이 식고 있는 것이었다.

"방금 좀 위험했죠? 늦어서 미안해요."

"예?"

"얘기 못 들으셨어요? 야간에는 2인 1조인데."

잊고 있던 수첩의 운영 원칙 첫 문장이 생각났다.

* 야간 근무는 2인 1조로 하는 것이 원칙.

내 아르바이트 동료는 내뺀 것이 아니었다. 터무니없는 수준으로 지각을 해 버렸을 뿐이었다. 나는 녀석을 다시 바라봤다. 키가 나보다 5cm는 작아 보이는, 얼굴이 귀엽고 동글동글하게 생긴 사내 녀석이 생글생글 웃고 있었다. 나도 모르게 거친 욕을 내뱉을 뻔했다.

"야 이 씨! 왜, 왜 이렇게 늦었어요? 내가, 내가 얼마나 고생했는데…."

"에이 화내지 마세요, 누나. 이제 힘든 일은 다 제가 할게요."

"누~나? 언제 봤다고 내가 니 누나야?"

"저 이제 고3이거든요. 그러는 누나는 언제 봤다고 반말이세요?"

당장이라도 이 뻔뻔한 녀석을 발로 차 버리고 싶었지만 분노보다는 안도감이 더 컸다. 이제 두 명이 함께 있으니 혼자일 때보다는 훨씬 더 견디기 쉬울 것이 분명했다. 긴장이 풀리고 입가에선 피식 웃음도 났다.

"난 작년에 고등학교 졸업했으니까 당연히 반말 쓰는 거다. 넌 이름이 뭐냐?"

"유희동입니다, 누님."

"누님이라고 하지 마! 늙다리 같으니까. 너 왜 이렇게 지각했어?"

"죄송해요. 내일부터 시작인 줄 알고 자고 있었거든
요."

"속 편해 보여서 더 열 받네. 이 편의점엔 꼭 지켜야
하는 운영 원칙이 있거든? 이거부터 읽고 나서 걸레
로 진열대 닦아."

나는 마른걸레와 빨간 수첩을 희동에게 던져 줬다.
희동은 곧장 수첩을 펼쳐 운영 원칙을 읽었다. 지각을
용서해 주긴 힘들지만 희동은 허물없이 밝은 성격에
순진해 보여서 인상이 좋았다.

"흐으 무서워! 운영 원칙만 읽어도 오줌 지리겠네."

"너도 이런 곳인 줄 알고 왔을 거 아냐? 토씨 하나
빼놓지 말고 기억해 둬. 알았지?"

"저 이래 봬도 깡다구 세요, 누나. 걸레 빨아서 오겠
슴다."

"화장실 운영 원칙 주의해서 다녀와."

고비를 넘기긴 했지만 한 가지 걱정거리가 남아 있
었다. 오늘 새로 들어온 물건들 수량을 컴퓨터에 입력
하고 주문 수량과 오차가 없는지 확인하는 검수 작업
이었다. 하필 검수 작업용 컴퓨터가 창고 안에 있기 때
문에 오늘 밤 한 번은 저 창고에 들어가야 한다. 밖에
서 듣기에도 소름 돋는 기묘한 새소리를 어두운 창고
안에서 듣는다고 생각하면 몸이 절로 움츠러들었다.

금세 걸레를 빨아 온 희동은 진열대를 닦기 시작했다.

"너한테도 지금 쌔르르- 쌔르르- 하는 소리 들리지?
창고에서 나는 거."

"네? 쌔르르? 이거 냉장고 소리 아니에요?"

"어떤 삐꾸 같은 냉장고가 이런 소리를 내냐? 운영 원칙 1번 봤지? 창고 귀신이 내는 소리야."

"으익. 이게 귀신 소리라고요? 완전 소름 돋아."

"그래. 진열 끝내면 너는 저 안에 들어가서 검수 작업을 해야 돼. 검수 작업 알지?"

"저, 저, 저길 어떻게 들어가요? 그리고 검수 작업? 나 편의점 알바 처음이라 잘 몰라요, 누나."

"이게 확! 처음부터 잘 아는 사람이 어딨어? 내가 알려 줄 테니까 그냥 하고 나와."

"아 누나 제발요. 제가 딴 건 다 하는데요, 막 좁고 어두운 데는 못 들어가요. 폐쇄공포증 엄청 심해요."

"야, 난 너 늦는 바람에 죽을 고비도 넘겼는데 넌 그것도 못 해?"

희동은 결단코 그것만은 안 된다며 무릎까지 꿇고 주접을 떨었다. 녀석의 태도를 보니 섣불리 들여보냈다가는 더 큰 사고가 날 것 같았다.

"어우 씨. 그럼 내가 검수 작업까지만 할 테니까 나머진 손님 받는 것부터 청소까지 네가 다 해. 알았어? 난 옆에서 잘 거야."

"그럼요 누님! 이야 화끈하시다!"

"누님이라고 하지 말랬지!"

나는 창고 문 앞에서 기다리다 소리가 멈추는 타이밍을 잡았다. 지난 몇 시간의 경험상 불길한 새소리는 한 번 멈추면 적어도 10분 정도는 다시 나지 않았다. 마지막 소리가 들린 지 1분이 지난 것을 알아챈 나는 기회가 왔다고 생각했다. 지금 들어가면 남은 9분 안에 빠듯하게나마 검수 작업을 마치고 나올 수 있을 것이다. 심호흡을 한 뒤 무거운 창고 문을 밀고 들어갔다.

좁고 긴 창고 양옆으로는 일렬로 진열대가 놓여 있었고, 제일 안쪽 벽 앞에 컴퓨터가 설치되어 있었다. 나는 경보를 하듯 재빠르게 걸어가 컴퓨터 앞에 앉았다. 그리고 능숙하게 일을 시작했다. 다년간의 아르바이트로 우리나라에 존재하는 대형 편의점 업체 6개 사의 시스템을 모두 경험한 나였기에 검수 작업은 어렵지 않은 일이었다. 별다른 착오가 없어 금세 작업을 끝내고 나서 시간을 확인하니 타이밍이 완벽했다. 하지만 창고 문을 다시 열고 나가려는 순간, 어딘지 허전한 기분이 들면서 온몸에 닭살이 돋았다. 나는 뒤를 돌아봤다. 검수용 컴퓨터 앞에 멍청하게 놓아두고 온 내 핸드폰이 보였다. 빌어먹을. 하필 그때부터 그 망할 소리가 다시 시작되었다.

"쌔르르- 쌔르르-"

머릿속이 하얗게 되었다. 오직 핸드폰을 되찾아 창고에서 나가야겠다는 생각만 들었다. 나는 수첩의 운영 원칙을 무시하고 다시 컴퓨터 앞으로 달려갔다. 다행히 달려가는 중에는 아무 일도 일어나지 않았다. 재빨리 핸드폰을 집고 곧바로 몸을 돌리려는 찰나, 내 눈에 왠지 절대 봐선 안 됐을 것 같은 물건이 보였다. 나는 무서움도 잊은 채 그 자리에 멈춰 섰다. 진열대가 끝나는 지점, 눈에 잘 띄지 않았던 창고 모서리에 천으로 덮인 커다란 상자 같은 게 있었다. 공교롭게도 새소리는 그 상자 안에서 들리는 것 같았다. 이 새소리는 혼령이나 귀신의 소리가 아닌, 지극히 물질적인 세계에서 들리는 소리라는 느낌이 들었다. 나도 모르게 상자 가까이 다가갔고, 새소리도 덩달아 가까워졌다. 나는 조심스럽게 천 아랫부분을 살짝 들춰 봤다. 안쪽을 본 순간 심장이 얼어붙는 듯했다.

상자인 줄 알았던 것은 대형견이 들어갈 정도로 큰 동물 우리였다. 그리고 나는 들춘 천 너머로 보이는 한 소녀의 얼굴과 마주쳤다. 우리 안에 갇힌 것은 고등학생 정도로 보이는 창백한 여자아이였다. 제대로 설 힘이 없는 듯 소녀는 엎드린 채로 철창 밖만 내다보고 있었다.

"마, 맙소사. 너, 너 괜찮니? 누가 이랬어?"

"쌔르르- 쌔르르-"

"너 말 못 해? 무슨 일을 당한 거야?"

"쌔르르- 쌔르르-"

창고에서 들리던 새소리는 소녀의 입에서 나는 소리였다. 소녀는 의사소통이 불가능한 상태인지, 무슨 말을 시켜도 그 새소리밖에 내지 않았다. 나는 지난 몇 시간 동안 이 편의점에서 경험한 어떤 감정과도 비교할 수 없는 충격과 역겨움을 그 동물 우리 앞에서 느꼈다.

"어, 언니가 꺼내 줄게. 조금만 참자. 착하지? … 으악!!"

천을 완전히 들추자마자 나는 그대로 바닥에 주저앉았다. 아직 더 놀랄 거리가 남았다는 사실에 질식할 것만 같았다. 천 너머로 드러난 소녀의 몸은 인간의 것이 아니었다. 몸통은 커다란 헬륨 풍선처럼 부풀어 있었고, 그 둥글고 큰 몸통 아래에 기묘하게 꺾인 팔과 다리가 여섯 개나 붙어 있었다. 여섯 개의 팔다리. 크고 둥근 몸통. 그래. 이건 흡사 벌레 같았다. 사람의 머리가 달린 벌레. 사람의 몸과 합쳐진 벌레. 커다란 배에는 살이 접힌 것처럼 여러 개의 가로줄이 가 있었다. 소녀가 숨을 들이쉬고 내쉬는 데에 따라 풍선 같은 배도 같이 부풀었다가 꺼지는 모습이 너무나 이질적이어서 결국 눈을 돌렸다. 나는 천을 다시 내려 소녀의 모습을 가렸다. 그러고는 어떻게 빠져나왔는지도 모르게 창고 밖으로 나와 계산대 안으로 들어갔다.

"생각보다 오래 걸렸네요. 고생했어요, 누나."

희동은 태평하게 콧노래를 부르며 물건을 진열하고 있었다. 내가 대꾸를 안 하자 희동은 나를 힐끔 돌아봤다. 내 얼굴을 보고 그 애도 놀라는 눈치였다.

"얼레? 얼굴이 왜 하얗게 떴어요? 혹시 안에서 귀신이라도 만난 거?"

"귀, 귀신이 아냐. 창고에 사람이 갇혀 있었어. 근데 사람이 아니었어. 벌레야. 사람 머리를 달고 있는데 몸, 몸이 벌레처럼 변해 있었어."

"사람 머리에 벌레 몸? 그럼 이 새소리도 그 괴물이 내는 소리였어요?"

"그래. 근데 귀신 같지는 않았어. 누, 눈빛이 말이야. 꼭 희생양 같았어."

내 말을 듣던 희동이 진열대를 닦던 걸레를 바닥에 놓고 일어섰다. 어느새 그의 얼굴에도 웃음기가 싹 가셔 있었다.

"나 그거 뭔지 알 것 같아요. 그것도 심령현상 중 하나예요. 키메라 저주라고."

"뭐? 그게 뭔데?"

"저주에 걸리면 제일 가까이에 있는 생물체 두 개랑 몸이 섞이는 거예요. 그 사람은 아마도 앵무새랑 옷에 붙은 벼룩이랑 몸이 섞였나 보죠."

"너 그거 진심으로 하는 말이야?"

"중세 유럽 흑마술 중에 그런 게 있었다고 들었어요. 이런 편의점이니까 무리도 아니죠. 괴물이 아니라 저주에 걸린 여기 알바생일 거예요. 점장이 어디 비싸게 팔려고 생포한 거겠죠. 그 점장, 보기보다 지독한 놈이네요."

"제정신으로 하는 말이야? 넌 뭐 하는 애야? 머릿속에 어떻게 그런 게 들어 있어?"

"저 나름대로 심령현상 마니아라서 여기 알바 하러 온 거예요."

"넌 아무렇지도 않아? 내가 한 얘기 듣고도 별 느낌이 없어?"

"저도 직접 봤으면 기절했을 거예요. 누나한테 얘기만 들었으니까 아는 대로 말하는 거지. 사실 지금도 누나가 나 놀리려고 말을 꾸며 낸 거였으면 좋겠어요. 세상이 참 왜 이렇게 됐을까요?"

"세상이 왜 이런지는 너도 알잖아. 생각하기도 싫어."

그때 처음으로 이 편의점에서 일하게 된 것을 후회했다. 아무리 심령현상이 난무하는 저주받은 점포라고 해도 정도를 넘어섰다는 생각이 들었다. 나는 스스로가 본 것을 받아들일 수 없어서 현실을 부정하는 쪽을 선택했다. 창고는 어두웠고, 나는 몹시 불안한 상태였기 때문에 얼마든지 착시를 겪거나 환각을 볼 수 있다는 생각, 혹은 내가 본 것이 기껏해야 악취미 같은 홀로그램이나 인형에 지나지 않을 것이라는 생각을 하며 공포심을 잊으려 했다. 이 두려움을 몰아내고 머리를 정화시킬 만한 강력한 잡생각이 필요했다. 고등학교 때 내 고백을 거절했던 그 학생회장 오빠가 불과 일주일 뒤에 나를 노래방으로 불러낸 일, 억지로 술에 취해 노래방 안에서 그의 수음을 도운 것이 내 인생의 첫 경험이었다는 더러운 기억까지 되짚었지만 기분은 열 배로 더러워질 뿐이었다. 머릿속은 거의 쓰레기 하치장이 될 지경이었다.

"누나, 이것 마시고 정신 좀 차려요. 내가 사는 거예요."

희동이 직접 바코드를 찍고 자기 카드로 결제한 뒤 내게 에너지 드링크 하나를 내밀었다. 나는 고맙다는 말도 못 하고 캔을 따서 원샷으로 마셔 버렸다. 그리고 두 손바닥으로 내 뺨을 찰싹찰싹 때렸다.

"창고엔 사실 아무것도 없었어. 앞으론 창고 안 들어갈 거야. 됐어. 문제없어."

나 자신에게 최면을 걸듯 혼잣말을 중얼거리고는 심호흡을 했다. 그사이 대여섯 명의 손님이 편의점에 들어와 물건을 사 갔고, 희동도 불과 몇 시간 만에 일에 익숙해진 티를 냈다. 정신이 조금 돌아오는 것 같았다. 새벽 3시였다. 야간 아르바이트의 중반을 겨우 지나고 있었다.

그대로 아르바이트가 끝날 때까지 적당히 시간을 보내도 됐으련만, 왠지 자꾸만 소화가 안 되고 목구멍에 뭔가가 걸려 있는 느낌이 들어 쉬고 있을 수가 없었다. 나는 다시 빨간 수첩을 펼쳐 운영 원칙을 찬찬히 들여다봤다. 대부분의 무서운 고비들은 넘어온 것 같은데 딱 하나 건너뛴 항목이 눈에 띄었다.

5. 새벽 2시 정각에 출입문이 저절로 열리고 사람이 보이지 않는다 해도 놀라지 말 것.

나는 희동에게 5번 항목에 대해 물었다.

"새벽 2시에 문이 저절로 열린다고 적혀 있는데 이건 뭐였지?"

"그거 별거 아니었어요. 누나는 창고 들어가 있느라고 못 봤겠구나."

"너 혼자 봤어? 무슨 일이었어?"

"그냥 문이 딸랑 열렸는데 보니까 아무도 없더라고요. 이상하다 싶어서 시계를 봤더니 딱 새벽 2시인 거예요. 한 3분 있다가 다시 문이 딸랑 열리더니 그 뒤로는 아무 일도 없었어요."

"그냥 실없는 귀신이었나 보네."

태연한 척 넘겼지만 분명한 사실 하나가 내 감각을 다시 곤두서게 했다. 무슨 이유에서인지 몰라도 희동은 거짓말을 하고 있었다. 분명히 나는 1시 50분에 창고로 들어갔고, 1시 58분에 핸드폰을 찾아 창고에서 나왔다. 아무리 정신이 없었어도 그 직후에 편의점 문이 열리지 않았다는 것은 확실히 기억하고 있었다. 희동의 거짓말을 계기로 이 편의점에서 일하는 내내 아주 근본적인 부분이 이치에 어긋나 있었다는 생각이 내 머릿속을 잠식하기 시작했다. 나는 빨간 수첩을 자세히 들여다보다 지금까지 한 번도 한 적 없는 행동을 했다. 운영 원칙이 적힌 페이지의 다음 페이지를 넘겨 본 것이다. 운영 원칙은 잉크가 진하게 나오는 펜으로 적혀 있어서 얇은 종이의 뒷면까지 잉크가 번졌는데, 번진 흔적이 바로 앞 페이지의 글자와 일치하지 않았다. 그리고 펼침면 사이 아랫부분에 종이가 뜯긴 흔적이 있었다. 육안으로는 잘 안 보였지만 손으로는 분명히 만져지는 흔적. 깔끔하게 찢어 냈음에도 조금은 남아 버린 그 흔적이 느껴졌다. 운영 원칙은 9번 이후로도 더 있지만 누군가가 그 원칙들이 적힌 페이지를 찢은 것 같았다. 나말고 이 수첩에 손을 댄 유일한 사람. 나는 희동을 의심하기 시작했다.

"에휴, 그럼 고비 다 지나갔네. 이 누나는 좀 쉬어야겠다."

나는 일부러 하품을 하며 수첩을 계산대 아래에 대충 쑤셔 박았다. 희동을 안심시키기 위해 그렇게 행동하는 와중에도 머릿속에는 한 가지 생각뿐이었다. 사라진 운영 원칙이 적힌 페이지를 찾아야겠다는 생각. 만약 희동이 페이지를 찢어 버린 범인이라면 그런 짓을 저지른 이유는 뭘까? 중요한 정보를 차단해서 날 귀신의 미끼로 쓰려고? 그래서 자기 혼자 살아남으려고? 다행스러운 경우라면 단지 짓궂은 장난을 하려고? 이유가 무엇이든 나도 찢긴 페이지 속의 나머지 운영 원칙을 확인해야 했다.

"희동아. 근데 넌 이 가게 일부러 지원했다면서. 이유가 뭐야? 원래 귀신 체험 이런 거 좋아해?"
"제가 무서움은 좀 잘 타는데, 무서워도 도전하는 게

또 남자의 로망이잖아요. 전 일부러 궁지에 몰려서 막 쫄리는 느낌 드는 거 즐겨요."

"특이하네. 너 혹시 마조야? 누군가한테 막 당하면 꼴려?"

"와하하. 누님 워딩이 세시다. 그런 변태 같은 건 아니고요. 그냥 익스트림 스포츠죠. 암벽등반 같은."

"젊어서 좋겠다, 젊어서. 희동아, 네가 라면 국물 통 좀 비워."

"아직 다 안 찼던데."

"비우라면 비워, 우리가 안 하면 내일 점장이 해야 돼."

"알겠슴다."

희동이 라면 국물 통을 비우러 간 사이 나는 계산대 쓰레기통을 뒤졌다. 찢긴 페이지를 찾기 위해서였다. 하지만 아무리 뒤져도 그 종이 한 장이 보이지 않았다. 녀석은 찢은 페이지를 어디에 버렸을까? 버리기에 좋은 장소는 어디일까? 가게를 둘러보던 나는 문득 희동이 수첩을 든 채 가게 밖으로 나갔던 사실을 기억해 냈다. 걸레를 빨러 나갔을 때 희동은 아주 자연스럽게 수첩까지 들고 나갔다. 게다가 화장실에는 남녀 구별이 있으니 남자 화장실은 내가 들어갈 염려가 없는 안전한 장소라고 생각했을 것이다. 답은 화장실일 게 분명했다. 희동이 들어온 뒤 나는 최대한 자연스럽게 두루마리 휴지를 꺼내 몇 장을 뜯어 냈다.

"이 누나 똥 싸러 갔다 온다."

"어우 워딩도 세셔. 천천히 다녀오세요."

희동을 뒤로하고 건물 화장실을 찾아가는 동안 나

는 화장실과 관련된 운영 원칙을 떠올리며 심호흡을
했다.

4. 화장실은 건물 3층에 있다. 화장실의 모든 창과
거울은 무슨 일이 있어도 쳐다보지 말 것.

안 그래도 음침한 건물에서 가장 들르기 싫었던 곳
은 화장실이었다. 하지만 내가 아직 모르고 있는 운영
원칙이 적힌 페이지를 찾기 위해선 반드시 그곳에 들
러야만 했다. 불이 모두 꺼진 건물의 3층까지 전속력
으로 달리니 다리가 후들거렸다. 나는 여자 화장실 대
신 남자 화장실로 들어갔다. 센서 등이 켜지자, 나는
시선을 바닥에 고정한 채 손을 더듬어 주변 사물을 확
인했다. 거울을 보지 말라고 했으므로 거울의 위치를
파악하는 것이 먼저였다. 다행히 거울은 세면대 위에
한 개만 있었다. 나는 역겨움을 감수하고 대변기 칸의
휴지통을 들고 바닥에 털었다. 하지만 종이는 나오지
않았다. 배수구에도, 바닥 타일 사이 어디에도 찢긴 종
잇장은 없었다. 분주한 마음을 가라앉히고 다시 심호
흡을 했다. 희동이 찢은 낱장을 태워 버리거나 변기에
내렸을 가능성에 대해서도 잠시 고려해 봤지만 그렇
게까지는 하지 않았을 거라는 생각이 들었다. 점장의
의심을 피하기 위해선 찢은 페이지를 어딘가에는 남
겨 둘 필요가 있다고 봤기 때문이다. 나는 자신에게 질
문을 던졌다. 이 화장실에 물건을 숨겼을 때 절대로 들
키지 않을 곳이 만약 있다면 그곳은 어디일까. 그 순간
번뜩 떠오르는 것이 있었다. 거울이었다. 이 화장실에
서 절대 보지 말라고 했던 거울. 나는 손으로 더듬어
세면대 거울을 찾았다. 눈을 감은 채 거울의 테두리를

만졌다. 거울 아래와 양옆쪽, 그리고 세면대에 올라가 거울의 위쪽까지 만져 보았다. 거울 위쪽의 가장자리에 끼어 있는 종이가 느껴졌다. 접힌 종이를 펼쳐서 만져 보니 수첩의 찢긴 페이지라는 것이 확실했다. 속으로는 쾌재를 불렀지만 흥분해서 실수로 거울을 볼까 봐 최대한 조심스럽게 종이를 가지고 화장실 밖으로 나왔다.

화장실 밖 복도에 서서 창가에 내리는 달빛에 찢긴 수첩의 한 페이지를 비춰 봤다. 그 내용을 확인하자마자 나는 지금까지의 모든 상황을 이해할 수 있게 되었다. 내가 놓친 운영 원칙은 단 하나였다. 하지만 앞의 모든 원칙들을 모두 합한 것보다 중요한 하나였다.

10. 운영 원칙의 모든 번호는 성수와 섞은 잉크로 적혀 있기 때문에 번호가 붙은 문장은 모두 진실이며 훼손하거나 파기할 수 없다. 다만 번호가 붙지 않은 문장이 섞여 있다면 그 문장은 거짓이다.

겨드랑이에서부터 정수리까지 닭살이 돋아나는 것이 느껴졌다. 하지만 동시에 머리가 명쾌해졌다. 이 수첩에서 거짓이었던 유일한 문장을 떠올렸다.

* 야간 근무는 2인 1조로 하는 것이 원칙.

가증스러운. 악마가 삽입해 놓은 거짓 문장이 지금껏 나를 속이고 있었다. 내 동료를 자처하며 불쑥 나타난 희동은 원래부터 존재하지 않는 인물이고, 그 자체가 하나의 심령현상일 수도 있다는 얘기였다. 돌이켜 보면 동료 아르바이트생의 존재를 점장이 말로 설명하지 않고 굳이 수첩을 통해 전달했다는 데서부터 어색한 느낌은 들었다. 하지만 나는 멍청하게도 어색한 기분에서 멈췄을 뿐 더 의심해 보려 하지 않았다. 이 으스스한 편의점에 야간 알바를 두 명이나 돌릴 여유가 없다는 것을 뻔히 알고 있었음에도. 나 자신이 원망스러웠다. 계단을 천천히 내려가며 희동을 어떻게 상대해야 할지 생각했다. 답은 역시 운영 원칙 안에 있었다.

6. 사람 아닌 존재가 계산대 안쪽으로 들어올 경우, 창고 선반에 있는 무기를 사용해 몰아낼 것.

문제 해결을 위해 뚫어야 할 마지막 관문은 이것이었다. 어떻게 희동을 속이고 창고에 들어갈 것인가. 내가 무기를 가지러 들어간다는 것을 깨닫는다면 희동은 분명 저지하려 할 것이고, 내게 승산이 있을 리 없었다. 게다가 너무 정신없이 들어갔다 나오는 바람에 창고 선반에 무기가 될 만한 것이 있었는지 잘 기억나지 않았다.

계산대에 돌아온 나는 희동의 의심을 피하느라 뚜렷한 조치를 취하지 못한 채 꼬박 한 시간 반을 기다렸다. 그사이 내가 한 일은 피곤한 척 연기하며 희동의 행동을 관찰하는 것이었다. 희동은 여전히 밝고 순진한 남자아이처럼 편의점 이곳저곳을 둘러보며 일거리를 찾았다. 특이한 점이 있다면 시계를 자주 확인한다는 것이었다. 분명치는 않아도 그는 뭔가를 기다리는 듯했다. 4시 30분이 다 된 시각이었다. 상식과 달리 귀신은 양기가 강한 새벽 시간을 싫어한다는 얘기를 어디선가 들은 적이 있었다. 그렇다면 희동은 해가 뜨는 순간을 기다리고 있는 것일지도 모른다. 그 시간이 오기 전, 그러니까 바로 지금이 결단의 때였다.

"생각해 보니까 나 아까 검수할 때 수량 하나를 잘못 입력한 것 같은데 어떡하지. 아무래도 창고에서 한 번 더 보고 와야겠는데."

내가 말을 마치자 희동은 놀라울 정도로 생기 없는 눈빛으로 나를 빤히 바라봤다. 녀석도 달라진 낌새를 알아챈 게 분명해 보였다. 나는 떨리는 눈동자를 감추려 애꿎은 손톱을 뜯었다.

"누나, 창고 무서워하잖아요. 제가 가서 하고 나올게요."
"너도 무서워한다며? 그리고 검수 작업 할 줄 모른다며?"
"괜찮다니까요."

희동은 불길한 미소를 보이며 창고로 걸어갔다. 턱이 덜덜 떨려 왔다. 지금 바로 행동을 해야 했다. 계산대를 박차고 나가 창고 앞으로 달려갔다. 그러고는 창고 문을 벌컥 열려는 희동에게 있는 힘껏 몸통 박치기를 했다. 나보다 가벼워 보이는 희동의 몸이 내 어깨에 밀려 옆으로 쓰러졌다. 나는 재빨리 창고로 들어가 안에서 문을 잠가 버렸다.

뒤도 돌아보지 않고 선반을 뒤지기 시작했다. 쌓여 있는 과자 봉지들 사이에 무기가 될 만한 것이 딱 하나 보였다. 팔뚝만 한 나무 십자가였다. 그 십자가를 양손으로 꼭 쥐고서 구석의 동물 우리로 다가갔다. 다시 천을 들춰 올려 그 안에 갇힌 소녀를 봤다. 소녀도 나를 보고 작게 소리를 냈다.

"쌔르르- 쌔르르-"

나는 십자가를 보이며 물었다.

"지금부터 이걸로 저 밖에 있는 놈을 죽일 거야. 그래도 되는 거지? 저놈은 사람이 아닌 거지? 내 말이 맞으면 5초 동안 소리 내지 말아 봐."

소녀의 얼굴이 부들부들 떨렸다. 소리 내는 것을 꾹 참는 것 같기도 했고, 공포나 혹은 분노에 질려 떠는 것처럼 보이기도 했다. 정확히 5초가 지났을 때 나는 자리에서 일어났다. 한 손에는 주기도문을 들고 문 앞으로 다가갔다.

창고 문을 열고 나오니 모든 불이 꺼져 있어 어느새 편의점은 캄캄한 칠흑 속이었다. 희동이 인간이 아닌 존재일 거라는 내 예상이 맞아떨어져 가고 있었다. 몇 시간 전, 괴물을 마주쳤을 때와 똑같은 현상이 일어났다. 창고 문을 등진 채 주위를 둘러봤지만 어디에도 희동의 형상은 보이지 않았다.

"오늘날 우리에게 일용할 양식을 주옵시고, 우리가 우리에게 죄지은 자를 사하여 준 것 같이 우리 죄를 사하여 주옵시고, 우리를 시험에 들게 하지 마옵시고…"

나는 주기도문을 읊으며 천천히 앞으로 나갔다. 퇴마 의식을 배운 것은 아니었다. 심지어 종교를 가진 적도 없었다. 다만 왠지 이렇게 해야 악한 존재들이 두려워할 것 같았기에 그렇게 행동했을 뿐이다. 주기도문 낭송을 반복하며 천천히 편의점을 도는 동안에도 희동은 모습을 보이지 않았다. 내가 네 번째 주기도문 낭송을 시작할 무렵, 아이스크림 냉장고 밑에서 검은 물체가 후다닥 기어 나오는 것이 보였다. 쥐? 쥐가 왜 이곳에? 의아함이 채 가시기도 전에 등 뒤에서 불길한 기척이 느껴졌다. 순식간에 뭔가가 목을 졸라 왔다. 아래쪽에서 내 목을 휘감은 팔뚝 때문에 고개가 위로 젖혔고, 그 덕분에 모서리에 설치된 굴절 거울이 보였다. 원래는 도난 행위를 감시하는 용도인 저 거울을 통해 내 목을 조르는 희동이 반사되어 보였다.

"이거 놔, 이 새끼야!"
"어디 잘못되기 싫으면 얌전히 있어!"
"너 여기 알바도 아니잖아. 너 누구야!"
"닥치고 가만히 있으라고! 넌 내 목표도 아니었어!"

나는 한 손으로는 희동의 팔목을 붙잡고, 다른 손에 든 십자가로는 그의 팔뚝을 푹푹 찍었다. 희동은 십자가와 주기도문으로부터 아무 타격도 입지 않은 것처럼 보였다. 그렇다면 도대체 어떻게 침입자를 몰아내야 한단 말인가? 나는 턱을 최대한 당긴 뒤 희동의 팔뚝을 깨물었다. 비명을 지르며 희동은 팔의 힘을 살짝 풀었고, 나는 그 틈을 타 뒷걸음질 쳐서 여전히 내 목을 뒤에서 조르고 있는 희동을 냉장고로 밀어붙였다. 희동과 나는 사방의 진열대와 냉장고에 부딪히며 몸싸움을 벌였다. 나는 십자가를 등 뒤로 찔러 대며 희동의 눈을 공격하려 했고 희동은 한쪽 손을 뻗어 십자가 아랫부분을 붙잡고 빼앗으려 했다. 이대로라면 예수님 다리가 동강 날 지경이었다. 그 순간 갑자기 뭔가가 쑥- 빠지는 느낌이 오른손에 전달됐다. 경이로운 일이었다. 십자가 아랫부분이 벗겨지며 퍼렇게 빛나는 칼날이 드러났다. 이것은 십자가가 아니었다. 죽은 예수가 장식된 단검이었고, 희동이 붙잡은 부분은 칼집이었다. 내 목을 휘감고 있는 희동의 왼팔을 칼날로 그어 버렸다.

"끄아악!"

희동이 아파하며 팔을 내렸고, 그 틈에 나는 희동의 팔에서 벗어나 몸을 돌릴 수 있었다. 하지만 희동은 돌아본 순간 자취를 감췄다. 그 잠깐 사이에 어떻게 연기처럼 사라진 것인지 알 수가 없었다.

"숨지 말고 나와!"

불안과 흥분으로 고양된 내 목소리만이 공허하게 울렸다. 그때였다. 눈이 참을 수 없이 아파지더니 눈앞이 점점 붉게 빛나는 것이었다. 양손으로 눈을 아무리 훔쳐도 증상은 나아지지 않았다. 나는 최루가스를 맞은 사람처럼 한 손으론 눈을 감싸고, 한 손으론 진열대를 더듬으며 출입구를 찾았다. 통유리로 된 문 앞에서 눈을 떴을 때 비로소 문에 희미하게 비친 얼굴을 볼 수 있었다. 내가 평생 봤던 것 중 가장 소름 끼치는 얼굴이었다. 바로 두 눈과 두 콧구멍에서 핏물을 흘리고 있는 내 얼굴. 매일 거울로 보는 얼굴인데도 이렇게 무서울 수 있단 말인가. 지독한 저주였다. 눈을 훔치던 두 팔뚝에도 피가 흥건했다. 당장이라도 이 문을 열고 집으로 뛰어가고 싶어졌다. 하지만 오늘 밤의 전투에서 도망친다 한들 그 뒤에 기다리고 있을 삶의 전투에서도 도망칠 수 있다는 보장은 없다. 일자리를 구하는 데 또 시간을 낭비할 거라면 이제부턴 취업과 동시에 월급부터 가불할 수 있는 직장을 알아봐야 한다. 당연히 그런 자리는 없을 것이므로 나는 돌아섰다. 도망치는 대신 출입문을 등지고 서서 자세를 낮췄다. 돌아가 굶어 죽을 수도, 여기서 피를 흘리다 죽을 수도 없는 노릇이었다. 희동이 녀석이 나타나면 단숨에 죽일 참이었다. 잠시 고개를 숙이고 아픈 눈을 감았다. 시각을 닫으니 귓바퀴에 맺히는 여러 소리들을 점차 구별할 수 있게 되었다. 이 편의점의 공기에는 비정상적인 숨소리가 섞여 있었고, 그 소리는 내 앞에 있는 진열대의 뒤쪽에서 나고 있었다. 다시 눈을 떠서 전방을 노려보니 진열대 중앙을 막고 있는 철망 너머로 녀석의 머리카락 끝부분이 조금 보였다. 나는 희동이 진열대 사이에 몸을 웅크린 채 숨어 있다는 것을 알 수 있었다. 십자가 단도 공격이 효과가 있었던 모양이었다. 녀석과 나의 거리는 불과 1m 남짓. 놈과 나 사이를 질소 충전된 과자 풍선들이 가로막고 있었다. 나는 오른손에 들고 있던 단도의 손잡이를 다시 한번 꽉 잡았다. 녀석이 생각할 수 없는 창의적인 방법으로 허를 찔러야 했다.

"으아압!"

나는 고함을 지르며 온 힘으로 진열대를 향해 달려들었다. 진열대 옆으로 돌아가는 대신 직진을 선택한 것이었다. 힘껏 뛰어올라 위쪽 선반을 붙잡고 매달리자 무게를 이기지 못한 진열대는 그대로 쓰러졌고, 아래에 희동의 몸이 깔리는 것이 분명히 느껴졌다. 진열대에 부딪힌 충격이 가슴팍에 밀려왔지만 고통스러워할 겨를은 없었다. 아래쪽에선 쏟아진 과자 봉지들을 헤치며 희동이 빠져나오는 소리가 들렸다. 거대한 쥐가 몸부림치는 것 같은 끔찍한 소리였다. 나는 소리를 쫓아 진열대가 끝나는 지점으로 달려갔다. 쓰러진 진열대 아래에서 빠져나온 희동이 바닥을 짚으며 상체를 일으키는 순간 그의 가슴팍이 전면에 드러났다. 회심의 일격을 날릴 순간이었다.

"내 일자리야. 저리 꺼져."

나는 그가 몸을 완전히 일으키기도 전에 칼을 재빨리 내리찍어 희동의 심장에 박아 버렸다. 몸에 칼이 박힌 순간 희동은 옆으로 쓰러졌고, 나는 그의 가슴팍에 올라탔다. 칼날은 처음에는 그저 새끼손가락만큼만 들어갈 뿐이었다. 두 손으로 손잡이를 쥔 뒤 두 번, 세 번 온 체중을 실어 누르자 겨우 칼날이 그의 가슴에 완전히 박혔다. 희동은 괴성을 지르며 몸을 떨더니 몇 초 뒤 움직임을 멈췄다. 바닥에 널브러진 희동은 불붙은 것처럼 흰 연기를 내뿜고 있었다. 잠시 후 연기가 걷히자 녀석은 기괴한 모습으로 변해 있었다. 얼굴과 몸 곳곳에 바늘같이 뾰족한 털이 나 있었고, 눈 흰자는 온통 시뻘겋게 충혈되어 있었다. 마치 불쾌한 시궁쥐처럼. 쥐와 인간이 섞이면 이런 모습일까 하는 생각이 잠시 들었다. 희동의 숨이 끊어지자 편의점의 전등은 다시 켜졌다. 유리창 너머로 드디어 해가 뜨고 있었다. 희동의 시체를 창고에 밀어 넣고서 남은 일을 마쳤다.

아침 8시가 되어 점장이 돌아왔다. 점장은 열 시간의 야간 아르바이트 끝에 녹초로 변한 나를 보고 측은하다는 듯 혀를 찼다.

"요란한 밤이었네요. 안 봐도 알겠어요."
"아르바이트생이라고 사칭하고 들어온 놈이 있어서 내가 칼로 죽여 버렸어요. 지금 창고에 있어요."

점장은 희동의 시체를 확인하고 장하다는 듯 내 어깨를 두드렸다. 점장과 나는 업소용 쓰레기봉투 두 장으로 희동을 포장한 뒤 쓰레기차가 오는 시간에 맞춰 내놨다. 한눈에 봐도 시체인 것을 알 수 있었지만 환경미화원들은 신경 쓰지 않았다. 이미 그 쓰레기차에도 여러 구의 시체가 실려 있었으니까. 시체들 대부분은 희동처럼 인간 아닌 존재들의 것이었다.

점장과 나는 한숨을 돌리며 쓰레기차가 멀어지는 것을 지켜봤다.

"변정희 씨. 세상이 왜 이 모양이 된 걸까요?"

"알면서 뭘 물어요."

점장은 의문형으로 말했지만 이미 이 세상 사람들은 그 이유를 다 알고 있었다. 편의점으로 들어가자 마침 점장이 틀어 놓은 라디오 아침 뉴스가 스피커를 통해 흘러나오고 있었다.

"대참사를 야기한 데드맨 프로젝트에 대한 책임 공방이 국제 법원에서 1년째 계속되고 있다는 소식입니다. 책임 당사국 중 하나인 우리나라도 큰 배상 책임을 면할 수 없다는 전망이 나오는 가운데, 경제 전문가들은 이미 국가 파산 상태나 다름없는 현재의 재정 상황이 더욱 악화될 거라며 우려를 표하고 있습니다."

'데드맨 프로젝트'. 세상이 이 모양으로 변한 원인이었다. 1년 전, 세계 각국의 물리학계가 죽은 자들과 소통하고자 실시했던 그 프로젝트는 참담한 실패로 끝났다. 지구 곳곳의 심령 에너지를 응축해 뒀던 고스트 탱크가 터져 버리면서 세상에는 심령현상이 일상처럼 퍼져 버렸다. 그와 더불어 사탄, 마귀, 요괴 같은 이승과 저승 사이의 존재들이 봉인으로부터 벗어나 세계 곳곳으로 역병처럼 퍼져 버렸다. 덕분에 세상은 1년 만에 수라 지옥이 되고 말았다. 인류는 듣도 보도 못한 최악의 위기를 겪고 있었다. 시공간을 자유자재로 넘나드는 괴이한 존재들을 피할 방법은 없었다. 아무리 조심스럽게 행동한다 해도 매일 귀신이나 요괴 한두 마리는 마주쳐야 하는 시대가 온 것이다. 이 편의점에서 일어난 일이 유독 심각하긴 했지만 오늘 벌어진 사투는 대부분의 사람들이 1년에 한두 번은 연중행사로 치르는 수준이었다. 패배하면 마물이나 혼령이 되고, 이긴 자만이 사람으로 살아갈 수 있는 것이다.

"변정희 씨가 오늘 죽인 저놈, 내 딸한테 저주를 건 놈이에요. 아마 아침까지 기다리다 저랑 변정희 씨도 똑같이 만들려고 했을 거예요."
"딸이라면 창고에서 키우고 있는 그거 말이에요?"
"봤네요. 보지 말랬더니."
"일부러 봤겠어요?"
"변정희 씨가 놈을 죽인 덕분에 내 딸에게 걸린 저주가 차츰 풀릴지도 몰라요."
"그렇게 되길 빌게요."

점장은 냉장고에서 수입산 쇠고기 팩과 와인 한 병을 꺼내 내게 건넸다. 이 점포에서 파는 것들 중 가장 비싸고, 음식다운 음식들이었다.

"고마워요. 시급이랑 상관없이 점장이 선물로 주는 거예요. 오늘처럼 잘해 주면 매일 줄 수도 있어요."
"궁금한 게 하나 있어요. 여기선 수첩에 적힌 운영

원칙만 지키면 문제를 다 해결할 수 있는 거예요?"

"아뇨. 우리 경험을 뛰어넘는 새로운 심령현상도 얼마든지 있을 거예요. 운영 원칙은 계속 만들어 가는 중이에요. 변정희 씨가 그걸 도와줬으면 좋겠어요."

"이런 일을 계속하라고요?"

"오늘 무사히 해냈잖아요. 그래서 이렇게 살아 있고."

"내일 저녁까지 살아 있으면 또 올게요."

나는 고기와 술을 들고 할머니가 기다리고 있는 집을 향해 걸었다. 끔찍하고 충만한 밤이었다. 새 일터에서의 하루가 겨우 지났을 뿐이다. 내일도, 그다음 날도 살아 있기 위해 그것들과 싸울 것이다.

김민수(학부재학생)

이로아

충청도에서 태어났다. 스포츠를 하듯이 글을 쓰고 싶다.
매번 잘 쓸 수는 없어도 매일 쓰려고 한다. 기복을 줄이고 타율을
높이기 위해 훈련을 거듭하는 중이다.

"너 김민수 누군지 알아?"

제인은 잠시 고민했다. 김민수라. 한 명의 얼굴만 떠올리기 어려울 정도로 흔한 이름이었다. 김민수라는 이름의 지인이 몇 명 있긴 있었다. 고등학교 때 동아리 후배의 이름이 김민수였다. 대학에 들어와서 기업 대외 활동을 하면서도 김민수라는 사람을 만났었고. 아, 아닌가. 걔는 임민수였나. 기억이 가물가물했다. 제인은 머리를 긁적였다.

"무슨 김민수? 우리 학과야?"

이번 학기, 김민수 때문에 학교가 시끄러웠다. 정확히 말하면 '김민수(학부재학생)'라는 이름으로 비대면 강의를 도강하는 계정 때문이었다. 계정 사용자의 진짜 이름이 무엇인지는 밝혀진 바 없었다. 일명 '김민수 괴담'은 에브리타임의 익명 게시판에 올라온 하나의 게시물에서부터 시작되었다. 게시된 직후에는 그다지 주목을 받지 못하고 묻힌 글이었다.

*

제목: 이거 있을 수 있는 일인가?

내용:

지금 듣는 전공 수업 정원이 한 40명? 되는데 수강생들 한 열명빼고는 다 화면꺼놓고있거든 교수님이 따로안잡아서...

어제 조별토론한다고 네명정도씩 랜덤으로 묶였는데 같은조 사람중에(A라고하겟음) 한명이 화면도꺼놓고 마이크도 꺼놓고 가만히 있는거야 토론시간 내내... 혹시 A씨는 하실말씀 없으세요 해도 암말도 없고 채팅도 안치고ㅋㅋ 근데 뭐 토론내용 따로 발표하는것도 아니고 솔직히 수업시간 때우는용도엿구; 걍 중요한거 아니니까 켜놓고 딴짓하나보다 하고 넘어갓지 A 빼놓고 세명이서 했음 그러고 수업 끝났는데

학교어플 들어가면 내가 수강하는 과목 출석부 볼 수 있는거 알아?? 학번 앞뒷자리랑(2019***22이런식) 이름석자 그대로뜨거든? 학교어플 들어갔다가 어쩌다 그 수업 출석부 들어갔는데 A 이름이 없는거... 성이 김씨라서 윗부분에 떠야되는데 윗부분에도 없고 혹시 정정기간에 수강신청해서 밀렸나 해서 끝까지 내려봐도 A 이름이 없음

이거 뭐지?? 뭐 피해본건 없는데... 걍 좀 찝찝해... 이럴수 있나??

추천 3 댓글 10 스크랩 0

댓글:

- ㄷㄷ뭐고 소름 수강생 아닌데 들어와 있던거임?

- 그냥 오류 아닌가

- 출석부는 왜들어가? 니가 더 소름
  ㄴ 다른 메뉴 누르려다가 실수로 눌럿는데ㅠ 김xx이면 맨위에떠야되는데 이름이 안보이니까 이상해서 쭉 훑어본거야...

- 비대면 도강잼ㅋㅋㅋㅋㅋ

- 교수한테 물어봐

- 청강생이면 온라인 출석부에 이름 안떠
  ㄴ 이거네 청강생이네
  ㄴ 근데 청강생이면 열심히참여하지않을까?? 왜 토론에서 한마디도안햇을까...
  ㄴㄴ 잠깐 화장실 갔던 거 아냐? 글쓴이도 피해망상 심하다ㅋㅋ

*

몇 주 후, 뒤늦게 게시물이 조명받기 시작했다. 출석

김민수(학부재학생)

부에 존재하지 않는 인물이 몇몇 온라인 강의실에 출입한다는 소문이 퍼져 나갔기 때문이었다. 계정의 이름은 전부 '김민수(학부재학생)'로 동일했다.

"김민수 씨, 내가 개인 채팅으로 피드백 보냈는데 확인했나요?"

"교수님. 죄송한데 채팅 도착한 게 없습니다. 다시 한번 보내 주실 수 있을까요."

"이상하다? 아까 보냈는데. 여기 내역이 뜨는데⋯. 아 김민수 씨 계정이 두 개군요? 핸드폰으로도 접속 중이에요?"

"아뇨. 노트북만 사용하고 있습니다."

"그럼 이 김민수는 누구지? 출석부에는 김민수가 한 명밖에 없는데? 사회학과 아니에요?"

"사회학과 맞는데요, 계정 하나로만 접속하고 있어요. 저는 저 김민수라는 분이 동명이인 학우분인 줄 알았는데요⋯."

온라인 강의실 내에 정적이 흘렀다. 교수도 입을 닫았고 진짜 김민수도 입을 닫았다. 나머지 학생들은 음소거를 하고 있었는데, 까맣고 조용한 여러 개의 화면이 소리 없이 당혹감을 대변하고 있었다.

김민수가 무엇을 기준으로 삼아 도강할 수업을 고르는지에 대해서는 알려진 바가 없었다. 어떤 루트로 온라인 강의실의 링크가 새어 나가는지, 어떻게 시간에 맞춰서 꼬박꼬박 강의실에 입장하는지, 전부 의아한 구석뿐이었다.

겁먹은 학생들은 총학생회와 총장에게 일괄적으로

문의를 보내는 등의 행동을 취했다. 공식적으로 내려온 안내는 없었고 일부 학과에서 자체적으로 안내 메시지를 전송했다. '최근 외부인이 온라인 클래스에 접속하는 일이 있는데, 이를 방지하기 위해 링크가 유출되지 않도록 주의해 달라'는 것이 요지였다. 강의실 링크를 매번 새로 만들어 수업 시작 10분 전에 배포해도 어김없이 김민수는 들어와 있었다. 외부에 유출됐다고 생각하기에는 너무 빠른 속도였다.

교수가 계정을 차단하면 다른 계정으로 나타났다. 학교는 적극적으로 대안을 강구하지 않았고, 경찰에 문의하면 피해 사실이 없기에 수사가 불가능하다는 대답이 돌아올 뿐이었다. 교수의 수업 또한 엄연한 지적재산물인데 이에 대한 권리를 침해하는 것이 아니냐고 주장해 보았지만 대답은 같았다. 수업을 녹화하여 외부에 유포했다는 근거가 없기에 이를 범죄라고 단정 짓기 어렵다는 결론이었다.

김민수가 딱히 행패를 부리는 것은 아니었다. 화면을 끄고 음소거를 하고 가만히 강의실에 들어와 있을 뿐이었다. 그가 왜 강의실에 들어와 있는가에 대해서 각종 추측이 난무했다. 근거에 기반하고 있는 추측은 없었고 대부분이 각자의 창의력에서 비롯된 것이었다. 몇몇 가설은 진지하게 생각해 낸 가설이라기보다는, 단순히 작성자의 바람이 투영된 듯한 내용을 담고 있었다.

얼굴도 목소리도 성별도 모든 게 미상이었다. 그러나 단 몇 초지만 김민수의 화면이 켜진 걸 봤다고 주장

김민수(학부재학생)

하는 사람이 나타났다. 그의 말에 의하면, 김민수의 모습은 다음과 같았다.

김민수는 대학생이라기에는 앳된 얼굴의 남자애였는데, 자기 자신의 목을 한계까지 꺾고 있었다. 마치 요가를 하듯이 오른쪽 손을 뻗어 자신의 왼쪽 관자놀이를 힘껏 누르는 중이었다. 사람의 목이 꺾일 수 있는 각도 이상으로. 오른쪽 관자놀이가 어깨를 넘어 쇄골에 짓눌렸다. 실로 기괴한 자세였다. 길게 늘어난 목은 거의 부러질 것처럼 보였다. 목뼈가 우둘투둘하게 피부를 밀어 올렸다. 김민수는 그 자세로 카메라 화면을 빤히 응시하고 있었다.

김민수를 목격한 학생은 얼어붙어 있다가 이 장면을 캡처해야겠다는 생각에 핸드폰으로 손을 뻗었다. 그 순간 김민수와 눈이 마주친 듯한 느낌이 들었다. 그럴 리 없는데도 김민수는 분명 화면 너머의 학생을 응시하고 있는 것 같았고, 학생이 사진을 찍으려고 했다는 것까지 전부 꿰뚫어 본 것 같았다.

공포심에 손발이 마비되어 핸드폰을 바닥으로 떨어뜨렸다. 그러자 김민수가 입이 찢어져라 웃으며 목을 꺾고 있던 손을 카메라 쪽으로 뻗었다. 누르고 있던 손이 사라졌는데도 김민수의 목은 원래대로 돌아가지 않고 여전히 꺾여 있었다.

화면이 새까맣게 변했다. 김민수의 카메라는 두 번 다시 켜지지 않았다.

그러는 와중에 화면에 비친 다른 수강생들은 아무것도 목격하지 못한 것처럼 평온했다, 라는 것이다.

이 증언을 바탕으로, 김민수는 3년 전쯤 법대 학생 회실에서 목을 매달아 자살한 전 학생회장의 귀신이라는 소문이 돌았다. 학생회장은 변호사를 꿈꾸던 모범생이었으나 하루아침에 아버지의 사업이 망해서 로스쿨에 진학하기커녕 학부 과정조차도 끝내기 어렵게 되었다. 4학년 2학기에 재학 중이던 김민수는 학교에까지 사채업자가 찾아오자 처지를 비관해서 목을 매달아 자살했는데, 간발의 차이로 공부를 끝마치지 못한 게 한이 되어 코로나가 터진 김에 학업의 꿈을 이루고자 온라인 구천을 떠돌고 있다는 설이었다.

역설적이게도 이 가설은 김민수에 대한 사람들의 관심을 눈에 띄게 감소시켰다. 에브리타임에는 곧바로 '얌전히 승천하기vs죽어서도 대학교 다니기'라는 제목의 게시물이 올라왔고 그 밑으로 줄줄이 닥전이니 밸붕이니 하는 댓글이 달렸다. 그리고 눈이 아플 정도로 넘쳐 나는 자음의 남발.

퍽이나 그러겠다, 응. 누가 귀신이 돼서까지 공부하러 돌아오겠냐구.

김민수가 사람이 아니라 초자연적인 무언가일 것이라는 의견이 제시되자마자 대부분의 관심은 바람 빠진 풍선처럼 꺼져 나갔다. 사람들은 김민수라는 계정 뒤에 숨어 있을 사람을 으스스하다고 여겼다. 그러니까 다들 김민수가 살인자이거나 경제사범이거나, 하다 못해 만학도의 꿈을 이루고 싶은 중년의 위기를 겪는 외부인이길 바랐다. 김민수가 귀신이기를 바라는 사람은 많지 않았다.

김민수(학부재학생)

학생들은 범죄자와 관련된 도시 괴담은 흥미롭게 들었지만 귀신과 관련된 괴담은 시시하다고 여겼다. 사람이 귀신을 무서워하는 것이 새삼스러워 보이는 사회가 도래했고 그것은 딱히 산 사람의 잘못도, 죽은 귀신의 잘못도 아니었다. 어쩔 수 없는 시간의 흐름이었을 따름이다. 사실은 김민수가 목을 매달아 자살한 것이 아니라 사채업자들에 의해 살해당했다는 설이 등장했고, 차라리 그 이야기가 잠시 사람들의 흥미를 끌었다.

촬영장에 귀신이 등장하면 영화가 대박이 난다거나 녹음실에서 귀신을 보면 음원이 대박이 난다는 소문이 퍼지듯이, 온라인 강의실에서 김민수의 이름을 봤더니 중간고사 대체 보고서에서 최고 점수를 받았다는 소문이 돌았다. 가설은 갈수록 초자연적인 방향으로 발전되어 갔다. 대부분의 학생은 그것을 진지하게 받아들이지 않았다. 나중에는 이야기하는 사람만 모여서 이야기하는 폐쇄적인 형태가 갖춰졌다. 에브리타임에는 '김민수 게시판'이라는 이름의 신규 게시판이 생성되었다. 일주일에 한두 번쯤 새 글이 올라왔다.

*

여덟 테이블 남짓 들어가는 작은 공간이 사람들로 가득 차 있었다. 제인이 일하는 라멘집은 시간대에 따라 손님의 수가 극단적으로 나뉘는 편이었고 저녁 시간에는 거의 항상 붐볐다. 대기 인원이 두 팀 세 팀씩 생길 정도였다. 주 고객은 근처 회사에 다니는 직장인들이었다. 제인은 머리를 질끈 묶은 채로 쉴 새 없이 움직였다. 주문을 받고 라멘을 나르고 계산을 했다.

20대 중반이라고도 불리고 후반이라고도 불리는 나이에 접어든 제인은 학부 마지막 학기를 다니고 있었다. 대부분의 동창처럼 고등학교를 졸업하자마자 스무 살의 나이에 대학 신입생이 되었다. 대학에 다니는 사이 반수를 하거나 편입을 하지도 않았다.

같은 해에 입학한 동기들은 거의 다 졸업을 했다. 아직까지 학교에 남아 있는 동기와 선배보다는 후배가 훨씬 많은 학번이었다. 그러나 제인은 아직도 대학생이었다. 중간에 몇 번이나 휴학과 복학을 반복했던 탓이다. 어쨌든 끝은 다가오고 있었다. 대학생 신분이 아닌 자신의 모습을 상상하면 발끝이 근질거렸다. 홀가분한 동시에 불안했다. 아직도 졸업할 마음의 준비를 하지 못했다는 생각이 들었다.

종강 때까지 학교 공부에만 열중하려던 계획을 바꿔서 아르바이트를 시작한 데에는 이유가 있었다. 조만간 현준과 여행을 가야 했다. 시기가 시기이다 보니 외국으로 갈 수는 없겠지만, 국내 여행을 계획할 수는 있었다. 예상 일정은 3박 4일 또는 4박 5일. 가장 유력한 후보지는 제주도였다. 그다음으로는 부산과 강릉을 염두에 두었다. 어디든 바다가 있는 곳으로 가기로 했다.

대학 생활의 끝자락에 하늘길이 막혀 버렸다는 건 정말로 억울한 일이었다. 이제 곧 졸업이고, 취업하게 되면 더는 길게 여행을 떠날 엄두도 내지 못할 텐데. 코로나만 없었다면 적어도 일주일간 유럽 여행을 떠

김민수(학부재학생)

낳을지도 모른다. 아니면 아예 코타키나발루처럼 이름이 긴 휴양지로 떠났을 수도 있겠지.

불과 얼마 전까지만 해도 선택지는 지나칠 정도로 많았다. 가장 큰 고민거리는 그중 어디로 떠날지 결정해야 한다는 것이었다. 그 고민은 한순간에 죄다 쓸모없어졌다. 이제 남은 선택지라고는 국내의 몇몇 여행지뿐이었으니. 남들은 다들 코로나 터지기 전에 유럽이고 미국이고 한 번씩은 다녀왔던데. 제인은 미루고 미루다가 은퇴 이후 노년이 되어서나 가게 생겼다.

현준과는 캠퍼스 커플로 시작했다. 대강 2년 넘게 만났다. 제인보다 한 학기 먼저 졸업한 현준은 신생 스타트업에서 단기 인턴으로 근무하는 중이었다. 현준이 회사에서 정확히 무슨 업무를 맡고 있는지는 몰랐다.

제인은 졸업 이후 일반 공무원 시험을 준비할 생각이었고 현준이나 여타 동기들이 하는 취업 준비에 대해서 아는 바가 없었다. 제인의 동기 중에서는 9급은 물론이고 7급 시험에도 합격하여 벌써 발령까지 받은 사람도 있었는데, 그들이 재학 도중 그런 과정을 거쳤다는 것을 감안하면 제인은 다소 늦게 시험 준비를 시작하게 되는 셈이었다.

일찌감치 밥벌이를 시작한 친구들이 식사 자리에서 보내는 동정의 시선을 제인 스스로도 인지하고는 있었지만 자신의 안일함을 시정할 의사는 추호도 없었다. 제인은 돈을 많이 벌고 싶다거나 무언가를 성취하고 싶은 마음이 없었고, 그런 자신이 좋았다.

원래는 제인이 학기를 마친 후에 여행을 떠날 계획이었다. 현준의 인턴 기간이 연장된다는 것을 전제로 짰던 계획이다. 연장될 경우 제인의 종강과 현준이 회사에서 나오는 시기가 얼추 맞아떨어질 것이고, 그렇다면 둘은 누구 하나를 기다리는 일 없이 홀가분한 마음으로 취업 전 마지막 휴가를 떠날 수 있기 때문이었다.

　조만간 졸업하는 제인은 이후 노량진으로 거주지를 옮길 생각이었고, 현준은 또 한 번 밤을 새워 가며 취업 준비를 해야 했다. '또 한 번'이라고 하긴 했지만 정말 한 번으로 끝날지는 모르는 일이었다. 두 번이 될 수도, 세 번 네 번이 될 수도 있었다. 그건 현준이 하기 나름이었다… 라고 단언할 수 있다면 얼마나 좋을까. 그건 실질적으로 현준의 손을 떠난 문제였고, 현준을 괴롭게 만드는 지점도 바로 그 부분이었다. 그 생활을 기약 없이 반복해야 한다니. 설령 취업하더라도 언제까지고 안심하고 있을 수만은 없는 처지라니. 그런 게 어디 있어. 그런 게 삶이야? 현준은 벌써부터 머리를 싸매고 괴로워했다.

　"연장 안 된대."

　"왜?"

　"몰라. 그냥 안 되겠대…."

　현준은 며칠째 우울해했다. 인턴 기간이 연장될 것이라는 예상이 어그러졌기 때문이다. 결국 현준은 다시 소속된 곳 없는 취업 준비생이 되었다. 현준의 말을 빌리자면 백수였다. 어쨌거나 사회에서도 학교에서도 취업 준비생이라고 부르는 추세였는데 현준은 꾸역꾸

역 스스로를 백수라고 불렀다.

인턴 기간이 종료된 후, 현준은 아예 제인의 자취방에 눌러앉았다시피 했다. 원래도 의존적인 성격이었지만 이번에는 상태가 심각해 보였다. 제인과 매분 매초 동행하고자 했다. 학교 도서관에 갈 때도, 마트에 장을 보러 갈 때도, 하다못해 잠시 친구를 만나러 갈 때도 따라붙었다. 그러잖아도 코로나 탓에 예전보다 밖에서 시간을 보내는 일이 부쩍 줄어든 상태였다. 집에 있을 때도, 가끔 나갈 때도 현준이 옆에 있으니 제인은 이제 자신이 누군지 알기 어려운 지경에 이르렀다.

"너는 친구도 안 만나?"
"우리 제인이 있는데 뭐."

슬쩍 떠보듯 던진 질문에 현준은 핸드폰 액정에서 눈을 떼지 않으며 답했다. 질문의 요지를 전혀 파악하지 못한 답변이었다. 유튜브 볼 거면 니네 집 가서 보라고. 왜 여기 있어야 되는데. 쏘아붙이고 싶은 말이 제인의 목 끝까지 차올랐다. 그러나 현준의 상태가 워낙 아슬아슬해 보여서 차마 내뱉지 못했다.

제인은 불과 일주일 전에 현준이 세상이 떠나갈 듯 울던 모습을 기억했다. 죽음과 삶, 주변 친구들과 교수, 부모와 형에 대한 이야기가 맥락 없이 울음과 뒤섞였고 마지막에는 진짜 죽겠다는 듯이 자취방 창문을 열어젖혔던 것이다. 창문 밖에는 방충망과 대강의 안전대가 설치되어 있었으나 제인은 현준의 허리를 끌어안았다.

"현준아 진정하고! 일단 진정하고."

술기운에 얼굴이 붉어진 현준은 10분가량의 시간 동안 더 징징대다가 아기처럼 웅크리고 잠들었다.

누워서 유튜브만 보면 차라리 다행이었다. 책을 읽건 핸드폰을 보건 현준이 개인적으로 할 일을 할 때는 상황이 좀 나았다. 그러나 현준은 대부분의 시간 동안 제인의 일에 관여하고 싶어 했다. 제인의 모든 일상과 학업, 인간관계의 한구석에 현준이 얽혀 있길 바라는 듯했다.

"안녕하세요? 제인이 남자친굽니다."

"아… 네, 안녕하세요."

제인은 친구의 생일을 축하해 주러 나가는 길에도 현준을 동반해야 했다. 이번만큼은 어떻게든 혼자 빠져나가려고 했으나 현준이 죽겠다며 현관을 가로막고 드러눕는 바람에 데리고 나갈 수밖에 없었다. 예고 없는 타인의 등장. 생일 당사자는 이게 무슨 상황이냐며 대답을 구하는 눈빛으로 제인을 노려보았다. 제인은 슬그머니 눈을 피했다.

심지어 현준은 내내 석상처럼 입을 꾹 다물고 있었다. 제인의 친구들이 애써 분위기를 풀어 보려고 말을 건네도 대화는 이어지지 않았다. 현준이 내뱉는 대답은 오직 두 종류뿐이었다. "네." 그리고 "아니요."

눈치가 보여 오래 있을 수 없었다. 제인은 친구에게 작게 미안하다 사과하며 자리에서 일어났다. 집으로 돌아가는 지하철에서 현준은 꾸벅꾸벅 졸았다. 현준이 잠결에 경련할 때마다 제인의 어깨에 현준의 관자놀이가 닿았다 떨어졌다. 제인은 현준을 슥 흘겨보고는

김민수(학부재학생)

친구의 메시지에 답장을 보냈다.

- 아까 뭐야? ㅋㅋㅋㅋㅋㅋ 남자친굽니다^^ ㅇㅈㄹ
- 아존나.....걍헤어지고싶어..........정떨어져

그새 옅은 주름이 진 현준의 눈가에는 피로가 묻어 있었다. 최근 며칠간 한 일이라고는 제인을 귀찮게 하며 핸드폰을 보는 것뿐이었는데 왜 고단해 보이는 건지 알 수 없었다.

그날 이후 제인은 현준과 하나의 약속을 했다. 적어도 제인이 수업을 듣는 동안만큼은 다른 곳에 가 있으라는 것이었다. 깨질 것 같은 머리를 부여잡고 수업 듣는 사람 옆에서, 할 일 없이 빈둥거리는 현준의 모습을 보면, 사랑이고 뭐고 죽여 버리고 싶었다.

수업을 혼자 듣는다고 집중이 더 잘되지는 않았다. 그래도 현준을 내쫓으니 조금 홀가분한 기분이 들었다. 제인은 인터넷 창을 하나 띄워 놓고 뉴스 검색을 하며 귀로만 수업을 들었다. 그러다 교수가 무작위로 수강생을 지목하며 질문을 하기 시작해 어쩔 수 없이 강의실 화면으로 돌아갔다.

"어."

무언가를 발견한 제인이 핸드폰을 꺼내 들었다. 바둑판처럼 촘촘히 늘어선 참여자들의 화면 사이로, 전에 없던 이름이 하나 떠 있었다. 카메라를 꺼서 새까만 화면. 그 위에 흰색 글씨로 적힌 참여자의 이름. 김민수.

- (사진)

- 이게그건가?

제인은 김민수 계정의 사진을 찍어 현준에게 전송했다.

- 오 실시간? 지금 듣는 수업이야?
- ㅇㅇ 원래없었는데 오늘생겼어
- 신기하당ㅋㅋㅋㅋ 채팅 보내봐
- 내가왜...

재밌는 일이 생겼다는 듯 채팅을 보내 보라 권유하는 현준이 조금 얄미웠다. 보나 마나 하는 일 없이 집에서 배 벅벅 긁고 있을 거면서 이래라저래라.

평소 제인은 보이스 피싱 문자에 이런저런 대꾸를 해서 시간을 잡아먹여 놓고 그걸 자랑스럽게 캡처해서 여기저기 떠벌리는 부류의 사람들을 이해해 본 적이 없었다. 긁어서 부스럼을 만드는 일밖에는 되지 못한다고 생각했다. 하지만 현준은 그런 걸 좋아하는 사람이었다. 구태여 그들을 쫓아가서 질릴 때까지 물고 늘어지고, 그것이 대단한 업적이라도 된다는 듯이 주위에 공유하는 사람.

사회생활 멀쩡히 하고 있을 때나 악동 같은 면이 플러스가 되는 것이다. 뭐 하는 것도 없이 집에 누워서 빈둥거리는 주제에 여기저기 시비 걸러 다니는 꼴은 아무리 좋게 봐주려 해도 좋게 봐줄 수가 없었다. 악동. 그랬다. 현준은 자기 자신을 악동이라고 생각했다. 제인은 대학교 졸업하고 취업 준비를 하는 20대 후반의 남자가, 아이 동(童) 자가 들어가는 별명을 갖고 있어서는 안 된다고 생각했다. 넌 아이가 아니잖아, 현준

김민수(학부재학생)

아. 넌 악동이 아니라 그냥 악이지.

    - 재밌잖앙ㅋ 사람일까 귀신일까?

    - 재미없어....당연히사람이겠지

    - ㅠ

'ㅠ'가 뭐야, 'ㅠ'가. 제인은 신경질적으로 핸드폰을 침대에 내던졌다. 노트북 화면에 띄워진 온라인 강의실 한구석에는 여전히 김민수의 이름이 표시되어 있었다. 제인은 다시 팔을 뻗어 핸드폰을 손에 쥐었다. "보내고 싶으면 직접 와서 보내." 메시지를 작성하고 전송 버튼을 누르려다가 관두었다. 옆에 붙어 있으라고 다그치는 내용처럼 읽혔기 때문이다. 그럴 마음은 없었다. 현준은 없는 편이 좋았다. 조만간 헤어질 거고.

다른 누구나처럼 현준은 핸드폰을 몸에서 떼어 놓지 않았다. 화장실을 갈 때도 잊지 않고 챙겼다. 잠에 들 때도 머리맡에 두었다. 심지어는 샤워를 할 때도 가지고 들어갔으니 실질적으로는 몸의 일부나 다름없었다.

얼마 전. 유튜브 영상을 제인에게 보여 주던 현준의 핸드폰 바탕 화면에 낯익은 애플리케이션이 설치되어 있는 걸 발견했다. 화상 회의 애플리케이션. 온라인 수업 용도로 널리 사용되고 있어, 제인의 핸드폰에도 설치되어 있는 것이었다.

원래부터 설치되어 있던 게 아니라는 건 확실했다. 현준은 용량이 빠듯한 32기가짜리 핸드폰을 사용했는데 동영상을 자주 시청하고 SNS도 자주 사용하는 편이라 메모리에 여유 공간이 없었다. 때문에 사진 정리를 주기적으로 하고, 사용하지 않는 애플리케이션은 바로바로 지운다는 걸 알고 있었다. 게다가 몇 주 전, 제인의 새 셀카로 배경 화면 사진을 바꾸었다고 보여주었을 때는 그 애플리케이션이 없었으니 최근에 설치된 것이 분명했다.

외부에서 주관하는 취업 강의라도 듣는 것일지 모른다. 하지만 그렇다고 하기엔 취업 활동에 너무 소극적이었다. 평소 현준은 요란한 편이었고 본인이 하는 행동에 큰 사회적 가치가 있건 없건 간에 우선 여기저기 떠들어 대고 보았다. 그 이야기를 가장 먼저 듣게 되는 사람은 제인이었다.

여럿이 모이지 못하는 대신, 친구들이랑 화상으로 파티라도 하는 걸까? 그렇다고 하자니 최근까지도 제인에게 의존적으로 굴었던 태도를 설명할 수 없었다. 확실히 현준은 제인보다 어울리는 친구가 많은 편이었다. 중학교 동창 모임, 고등학교 동창 모임, 동아리 모임, 학회 모임, 학과 모임. 그러나 본격적으로 취업 준비를 시작한 후로 모임에는 서서히 발길을 끊었으며, 지금은 단체 채팅방에서도 전부 나온 상태고, 드문드문 안부를 주고받는 가까운 친구만 몇 남은 것으로 알고 있다.

손바닥을 감긴 눈꺼풀 앞에 대고 흔들었다. 깊게 잠든 사람은 숨소리부터가 다르다. 현준은 아주 깊게 잠들어 있었다. 제인은 한쪽 손으로는 현준의 핸드폰을, 반대쪽 손으로는 현준의 오른손을 천천히 집었다. 오른손 엄지를 빼 들고 핸드폰에 지문을 인식시켰다. 잠

김민수(학부재학생)

금이 해제된 핸드폰을 꼭 쥐고 종종걸음으로 화장실에 달려가 문을 닫았다.

변기 뚜껑에 걸터앉아 현준의 핸드폰을 뒤적였다. 핸드폰 바탕 화면은 그때 보았던 제인의 사진이었다. 사귄 이래로 현준은 늘 핸드폰 바탕 화면을 제인의 사진으로 설정해 두곤 했다. 잘 나온 사진도 아닌데 왜 그러는지. 제인은 인상을 찌푸리며 화상 회의 애플리케이션 아이콘을 눌렀다. 현준의 계정이 이미 로그인되어 있었다.

김민수라는 이름으로.

제인은 화장실에서 빠져나와 다시 현준의 옆자리에 누웠다. 현준은 여전히 잠들어 있었다. 핸드폰을 원래 있던 곳에 올려놓고 이불을 당겨 덮었다. 현준이 끄응 소리를 내며 제인을 끌어당겨 안았다. 제인은 복잡한 머리를 현준의 가슴에 짓누르며 느긋하게 눈을 깜박이다 잠을 청했다.

제인은 빠르게 상황을 파악했다. 다른 강의실에서 문제를 일으켰다는 김민수는 누군지 모르겠지만, 적어도 제인이 듣는 수업에 나타난 김민수만큼은 현준이었다. 최소한 수업 시간에는 방해하지 말라고 했더니, 강의실에 몰래 들어와서 제인을 지켜보고 있었던 것이다.

소름이 끼치는 일이었다. 당장 현준을 추궁하고, 주변에 현준의 기행을 널리 알리고, 헤어지자고 버럭버럭 소리를 질러도 마땅할 사건. 하지만 제인은 곰곰이 생각을 거듭했다. 어쩐지 그럴 마음이 들지 않았다.

이건 어린아이를 돌보는 느낌일까. 아니면 주인을 따르는 동물을 기르는 느낌. 현준은 이제 제인이 없으면 기본적인 생활조차도 이어 나갈 수 없는 것처럼 보였다. 결정적인 순간에 헤어지자고 하면 현준은 어떤 반응을 보일까? 이 모든 상황은, 헤어지는 순간의 카타르시스를 위해 쌓아 가는 단계인 것만 같았다.

대학교에서 처음 만났을 때의 현준은 제인보다 훨씬 고등의 생물처럼 보였다. 사회생활에 있어서도 인간관계에 있어서도, 심지어는 학업 전반에 있어서도. 제인은 그 점이 좋았다. 좋았지만 한편으로는 열등감을 느꼈다. 열등감을 고이 접어 가슴에 쌓아 두고 있었다. 현준이 추락해서 자신에게 매달리는 상상을 한 적도 있다. 그 상상이 현실이 된 것이다. 처음으로 현준의 사회적 위치가 제인보다 떨어져 있는 상태였다.

무턱대고 대학은 졸업했어, 취업은 안 돼, 인턴도 그만뒀어, 이젠 정말 무소속 백수가 되어 꿈도 야망도 없이 제인만을 바라보고 사는 미완의 인간이 된 것이다.

그렇게 잘난 척이나 하더니 결국 너도 별거 없었구나. 고작 취업이 좀 힘들다는 것 정도로 집착하기나 하고. 무능한 새끼. 거의 범죄야 이거. 분리 불안이야? 내가 없으면 생활이 안 돼? 옆에서 떨어지면 죽을 것처럼 구는 꼴이라니. 말로만 그러지 말고, 정말 죽어 버리지 그래. 죽어서 입증하라고.

제인은 잠결에 계속해서 킥킥거렸다. 너무 웃은 나머지 일어났을 때는 입안이 바싹 말라 있었다.

김민수(학부재학생)

종강까지는 시간이 남아 있었지만 예정보다 빠르게 여행을 떠나게 되었다. 어차피 전부 오전 수업이었고 강의는 온라인으로 진행되었다. 오전에만 노트북으로 수업을 듣고 오후에는 관광을 할 예정이었다.

제주도로 출발하기 며칠 전부터 노트북의 스페이스 바가 말썽을 부렸다. 보고서를 쓰기 위해 타이핑을 할 때면 띄어쓰기가 제대로 되지를 않았다. 노트북을 두드리던 제인은 솟구치는 신경질을 이기지 못하고 키보드를 주먹으로 내리쳤다. 쾅 소리가 났고 손날이 욱신거렸다. 기분이 조금 풀리긴 했으나 스페이스 바가 고쳐지진 않았다. 오히려 한층 더 맛이 간 것 같았다.

현준이 예약한 게스트 하우스는 버스에서 하차해 10분가량을 걸으면 되는 위치에 있었다. 현준은 운전을 할 줄 몰랐다. 제인에게는 2종 면허가 있긴 있었으나 장롱면허였다. 둘에게는 대중교통을 통해 갈 수 있는 숙소라는 게 무엇보다 중요했다.

젊은 부부가 대로까지 나와 손님을 맞이했다. 게스트 하우스 홈페이지의 소개 글에 따르면, 7년의 연애 끝에 결혼한 5년 차 부부가 함께 게스트 하우스를 운영하고 있다고 했다.

"연애 7년에 결혼 5년. 이 사람들 다 합쳐서 12년이나 같이 있는 거네?"

"그러네."

"대단하다. 좋아 보여. 우리도 나중에 관광지에서 게스트 하우스나 할까."

게스트 하우스를 막 예약한 직후 현준은 제인의 어깨

에 이마를 기댄 채 그렇게 말했었다. 제인은 그럴까, 하고 대답했다. 그럴 일은 없을 거라고 확신하면서. 왜냐하면 제인은 여행이 끝난 후에 현준을 차 버릴 거니까.

제인은 어쩌면 아주 오랜 시간이 흐른 후에 남편과 게스트 하우스를 오픈할 수도 있을 것이다. 그러나 그 남편이 현준일 가능성은 희박했다. 현준은 결코 게스트 하우스를 오픈하지 못할 것이다. 죽을 때까지 그런 실용성 있는 업무를 할 줄 아는, 온전한 인간이 되어 보이지 못할 것이다. 이것은 전부 제인의 손에 달린 문제였다. 현준에게는 선택권이 없었다.

부부의 눈 모양은 반쯤 휘어져 있었다. 아무래도 웃고 있는 것처럼 보였으나, 마스크를 쓰고 있었기에 입 모양이 어떤지는 알 수 없었다. 제인은 어색하게 고개를 꾸벅 숙였다. 현준은 붙임성 좋게 그들에게 가까이 다가갔다. 아내의 이름과 남편의 이름 석 자를 소개받았는데 제인은 듣는 즉시 잊어버렸다.

별채는 평범했다. 본채에서 3분 정도를 걸으면 나왔다. 별채와 본채 사이에는 최소한으로 관리된 정원이 있었다. 아름답지 않았기에 제인은 그곳을 정원이라고 부르고 싶지 않았다. 서울에서 아무 공원의 덤불을 바라보아도 이보다는 보기 좋을 것이었다.

제인은 부부가 별로 마음에 들지 않았다. 특별한 이유는 없었다. 그들은 블로그나 인스타에서 볼 수 있는 평범한 힙스터 부부였다. 남편은 샌들을 신고 수염을 기르고, 아내는 발목까지 내려오는 흰색 셔츠 원피스를 입고, 식탁 가장자리에 〈킨포크〉나 〈매거진 B〉 같

김민수(학부재학생)

은 걸 보란 듯이 펼쳐 놓는. 식탁에선 식사를 하셔야죠 왜 잡지를 가져다 두시나요. 제인은 식탁보의 한쪽 모서리에 묻은 정체불명의 진갈색 얼룩을 보고 질색을 했다. 숙박업을 할 거면, 잡지 가져다 둘 시간에 이런 거나 관리하란 말이야.

제인이 별 이유 없이 부부를 싫어했듯이, 현준은 이유 없이 부부를 좋아했다. 제인은 그 점이 소름 끼치게 싫었다. 첫날부터 현준은 부부와 인스타그램 계정을 교환했다. 자랑이라도 된다는 듯이, 헤실헤실 웃으며 제인에게 자신의 인스타그램 계정 화면을 자랑스럽게 들이밀었다. 팔로워의 숫자가 2 늘어 있었다.

"그래, 축하해."

제인은 다소 비웃음을 담은 목소리로 말했다.

거기까진 괜찮았다. 문제는 제인이 수업을 듣는 동안, 현준이 부부와 어울려 관광지를 돌아다니기 시작하면서부터 생겼다.

"저희 이호테우 쪽으로 나갈 일이 있는데, 현준 씨 같이 가실래요? 태워다 드릴게요."

아침 식사 자리에서의 제안이었다. 제인은 먹던 토스트를 마저 먹었다. 현준이 당연히 거절하리라고 여겼기 때문이다. 현준의 입가에 땅콩버터가 묻어 있었다. 칠칠치 못하기는. 제인이 엄지손가락을 현준의 입가로 가져갔다.

"네, 너무 좋죠!"

땅콩버터를 닦으려던 손가락이 우뚝 멈췄다. 현준은

제인 쪽은 바라보지도 않고 밝은 표정으로 고개를 끄덕였다. 그러면 밥 먹고 나갈 준비 하세요. 남편이 인자한 미소를 지어 보였다.

제인은 입 안쪽 살을 질겅질겅 씹으며 노트북을 바라보았다. 화면에서는 교수가 발표 자료를 띄워 놓고 무언가를 설명하고 있었다. 내용은 귓구멍을 스쳐 지나갈 뿐이었다. 불안한 마음에 한쪽 다리를 덜덜 떨었다.

수업이 끝난 후에도 현준은 돌아오지 않았다. 젊은 부부도 마찬가지였다.

- 언제와?

현준에게 메시지를 보낸 제인은 별채와 본채를 오가며 홀로 어슬렁거렸다. 지어진 지 꽤 오래된 집 같았다. 삐걱대는 바닥이나 군데군데 찢어진 벽지에서 티가 났다. 현준은 뭐 이런 데를 찾았는지. 보나 마나 이번에도 인스타에서 찾았겠지만….

삐걱대는 바닥을 따라 걸으면 세 개의 문이 나왔다. 아침에 슬쩍 들여다본 바로는 부엌과 가까운 쪽 문은 침실 문인 듯했다. 부부가 들어가지 말라고 따로 공지한 적은 없었다. 그렇다고 제인에게 허가된 공간이라는 생각이 들지도 않았다. 제인은 안에 들어가 볼까, 문 앞에서 잠시 서성이다 그냥 돌아섰다.

메시지 답장은 오지 않았다. 부부의 차는 그로부터 세 시간이 더 흐른 후에야 돌아왔다. 별채에 멍하니 누워 있다가 자동차 엔진 소리에 자리에서 일어났다. 뒷좌석에서 내리는 현준의 손에는 거대한 비닐봉지 두

김민수(학부재학생)

개가 들려 있었다.

"답장 왜 안 했어?"
"무슨 답장?"
"카톡 보냈는데."
"아! 장 보느라 못 읽었나 봐. 미안."

현준은 뒤늦게 핸드폰을 열어서 제인의 메시지를 읽었다. 까맣게 잊어버리고 있었다는 태도가 더 기분 나빴다.

"오늘 저녁으로 부대찌개 만들어 주신대. 맛있겠 지."

비닐봉지를 들어 올리며 씩 웃는 현준의 얼굴을 한 대 치고 싶다는 생각뿐이었다.

둘째 날에도 현준은 부부를 따라 나갔다. 수업이 끝 날 시간이 되었는데도 현준은 돌아오지 않았다. 어제 와 같이, 게스트 하우스에는 제인 혼자만이 남아 있었 다. 전화는 곧장 음성 사서함으로 연결됐고, 메시지 옆 에는 읽지 않았다는 표시가 계속 떠 있었다.

- 전화 왜안받아

제인은 허리를 수그린 채 한쪽 다리를 덜덜 떨며 계 속해서 핸드폰을 붙들고 있었다. 나가려면 나갈 수 있 었다. 차는 없지만 버스를 타거나, 기분 전환 삼아 택 시를 탈 수도 있었다. 하지만 혼자 나가는 것에 무슨 의미가 있지? 혼자 구경하면서 돌아다니면 뭘 하냐고. 같이 왔으면서.

지루할 테니 내가 온라인 수업을 듣는 동안에는 현

준 혼자서라도 구경을 다니라고, 제인이 먼저 제안했던 것은 맞다. 그렇지만 수업을 들은 후에는 함께 돌아다니기로 했었다. 그러기로 약속하고 온 여행이었는데. 현준은 제인과의 약속은 까맣게 잊어버린 것처럼 굴었다.

- 보면연락해
- 나 화낸다
- 이현준?

짜증 나. 성질을 이기지 못하고 핸드폰을 집어 던졌다. 핸드폰이 바닥에 부딪혔다 튀어 올랐다. 나무로 된 마루에 눈에 띄는 흠집이 패였다. 망했네. 차라리 핸드폰이 깨지는 게 낫지, 바닥에 자국이 남다니. 바셀린 같은 거 발라 두면 좀 나으려나. 자국이 남은 곳을 손가락으로 더듬다가 주위를 둘러보았다. 바셀린은 보통 화장실 아니면 드레스룸에 있겠지.

그런데 세 문 중 뭐가 화장실 문이지?

제인은 대충 복도 맨 끝에 있는 문고리를 돌렸다. 좁은 공간에 박스와 각종 잡동사니가 가득 쌓여 있었다. 쌓인 먼지가 날리며 기침이 났다. 차라리 별채를 창고로 쓰고 여기를 손님들한테 내주지. 그러기엔 너무 좁은가. 제인은 가장 낮은 곳에 놓여 있던 박스 안을 들여다보았다.

"웩."

그러고는 바로 고개를 돌렸다. 변색된 낡은 옷가지가 쿰쿰한 냄새를 풍기며 한가득 쌓여 있었다. 식탁보에 묻어 있던 것과 흡사한 정체불명의 진갈색 얼룩이

김민수(학부재학생)

묻어 있는 옷들이었다. 이게 뭐야? 더러워. 제인은 박스를 제자리에 돌려놓고 다른 박스를 들여다보려고 했다. 그러나 멀리 자동차 엔진 소리가 들렸다.

"너 이틀 연속으로 뭐야?"
"뭐가."
"답장도 안 하고 저녁에 들어오고. 내 생각은 안 해?"
"수업 시간에는 나 혼자라도 구경하고 다니기로 했 잖아. 너야말로 내 생각은 안 해? 나는 너 수업 듣는 거 옆에서 보고만 있어야 돼? 왜 그래야 되는데?"
"하…. 이러다 싸우겠다. 목소리 높이지 말자."
"네가 먼저 말 꺼냈잖아."

현준이 기다렸다는 듯이 쏘아붙였다. 둘은 서로를 한참이나 노려보았다. 결국 현준이 한숨을 깊게 내쉬 더니 먼저 시선을 피했다.

"나 나갔다가 올게."
"어디 가."
"혼자 있을 시간을 좀 줘."

문이 닫혔다. 현준이 떠나고 혼자 남은 제인은 침대 에 엎드렸다. 아무리 생각해도 지금 일은 현준의 잘못 이었다. 말을 꺼내면 현준이 알아서 미안하다고 길 줄 알았다. 이빨이 초조하게 딱딱 부딪혔다. 볼 안쪽 살을 씹다가 혀를 가볍게 씹기를 반복했다. 현준의 태도가 분명히 달라졌다. 무엇 때문인지, 아니, 누구 때문인지 는 자명했다.

현준은 한 시간이 지나서야 돌아왔다. 제인은 뜬눈으로 현준을 기다리고 있었지만, 지금까지 현준을 기다리고 있었다는 사실을 들키기 싫어 자는 척을 했다. 등을 돌리고 누운 현준에게선 흐릿한 담배 냄새가 났다. 현준도 제인도 비흡연자였다. 부부 중 남편의 이가 노랗게 물들어 있었다는 것이 기억났다. 혼자 있을 시간을 좀 달라더니. 나가서 그 부부와 어울리다가 온 것이다. 또. 제인을 버리고. 제인은 불이 꺼진 방 안에서 눈을 깜박였다.

*

게스트 하우스의 주인 부부는 현준에게 몹시 친절했다. 반면 제인에게는 비교적 관심이 없어 보였다. 현준은 그 점이 이상하다고 생각했지만, 기분 탓이겠거니 했다. 게다가 제인은 초면인 사람에게 호감을 사는 성격은 아니었으므로 설령 부부가 제인을 마음에 안 들어 했다고 해도, 충분히 이해할 수 있었다.

"제인 씨는 현준 씨를 존중하지 않는 것처럼 보여요."

부부 중 아내 쪽의 말이었다. 그런가. 현준은 탁자 위에 팔꿈치를 올려놓고 손에 턱을 괴었다. 검지 손톱으로 초조하게 볼을 두드렸다.

"제삼자 입장에서는, 애인 사이처럼 안 보여요. 갑을 관계지."

"원래 제가 더 좋아하긴 하거든요."

김민수(학부재학생)

"아니죠. 사귀는 사이에."

부부는 입을 모아 외쳤다.

"그러면 안 되죠."

아내의 목소리와 남편의 목소리가 하모니를 이루듯이 하나로 뭉쳐졌다. 그런가? 그러면… 안 되나? 현준은 혼란스러웠다.

"안 되나요?"
"안 되죠."
"그럼 어떻게 해야 되는데요?"
"그건 현준 씨가 결정할 일이죠."

부부는 아리송한 말을 내뱉었다. 마치 세상의 모든 진리를 알고 있다는 듯한 태도를 취했는데, 그러면서도 이렇다 할 결론을 내려 주지는 않았다. 그런 면이 오히려 '답은 스스로 찾아야 한다'는 현자의 가르침 같아 숭고하게 느껴졌다. 왜, 진정으로 상대를 생각한다면 물고기를 주지 말고 물고기 잡는 법을 알려 주라는 옛말도 있지 않은가.

현준은 그런 점에서 부부가 마음에 들었다. 5년 정도의 시간이 흘러 현준이 지금 부부의 나이가 되었을 때, 현준도 과연 이만큼의 통찰력과 어른스러움을 갖출 수 있을지 궁금했다. 가능하다면 그렇게 되고 싶었다.

초조하게 본채 거실을 빙빙 돌던 현준은, 부부에게 고민 상담을 해 줘서 고맙다는 인사를 하기 위해 고개를 돌렸다. 그러나 부부는 어느새 어디론가 사라졌는지 온데간데없었다. 부엌 테이블은 오랫동안 사람의 손길이 닿지 않은 것처럼 단정하지만 삭막하게 정리되어 있었고, 테이블 끄트머리에는 희끗한 먼지가 쌓여 있었다. 현준은 어리둥절해져서 주위를 둘러보았으나 인기척은 느껴지지 않았다.

불과 몇 분 전까지만 해도 여기 앉아 있었는데. 움직이는 소리도 들리지 않았는데, 언제 사라진 거지. 현준은 잠시 의아하게 생각했으나 곧 고개를 휘저었다. 그리고 부부의 조언을 마음 깊숙이 받아들였다. 지금 우선적으로 해결해야 하는 것은 제인과의 문제였다.

다음 날 현준은 꽃다발을 샀다. 제인과 진지하게 대화를 나누고 앞으로의 일을 결정할 생각이었다. 서로의 인생이 중요한 지점에 도달해 있었다. 언제까지고 싸움으로 시간을 허비할 순 없었다. 중간 크기의 흰색 작약을 둘러싼 포장지에서 바스락거리는 소리가 났다. 종이 재질의 포장지를 잘못 쥐었다가는 아름답지 않은 모양으로 구겨져 버릴 것 같아 걱정이 됐다.

현준이 돌아왔을 땐 한창 수업이 진행되고 있었다. 시계를 보니 수업이 끝나기 30분 전이었다. 제인은 노트북을 무릎에 올린 채 침대에 앉아 있었다. 노트북을 향해 무언가를 질문하는 중이었고 간간이 교수의 맞장구가 흘러나왔다. 아차 싶었던 현준은 다시 나가 있을까 싶었으나 제인이 손바닥을 뻗어 그를 저지했다. 곧 질문을 마무리한 제인은 노트북 카메라를 끄고, 음소거 상태로 전환하기 위해 스페이스 바를 누른 후 자리에서 일어났다.

"웬일로 일찍 왔네."

김민수(학부재학생)

현준은 등 뒤로 감추고 있던 꽃다발을 내밀었다. 제인은 놀란 듯 입술에 힘을 주었다. 현준은 팔을 뻗어 제인을 끌어안았다.

"미안해. 내가 잘할게. 나 이렇게 정신 차린 것도 제인이 덕분이니까…."

진심을 다해 말했다. 제인의 표정은 여전히 모호했지만 현준의 손을 밀어내지는 않았다. 뒷머리를 토닥이자 어깨에 이마를 기대어 왔다. 현준은 그 행동을 제인의 기분이 풀리기 시작했다는 신호로 받아들였다. 제인은 때때로 화를 내고 싶어서 화를 낼 때가 있었지만, 그 고비만 잘 넘기면 금방 평소의 제인으로 돌아오곤 했다. 제인과는 오랜 시간을 함께했고 쌓인 시간은 한 번에 무너뜨릴 수 있는 것이 아니었다. 그렇게 생각하자 제인이 몹시 사랑스럽게 느껴졌다.

급하게 서로에게 달려든 탓에 침대를 정리할 정신조차 없었다. 노트북에 성인 두 명에 꽃다발까지 올라가기엔 침대 면적이 좁았다. 제인은 끙끙대며 겨우 옷을 벗어 침대 밖으로 던졌다.

현준은 관계를 갖는 도중에 동작을 크게 과장하는 습관이 있었다. 신음 소리도 우스꽝스럽게 냈다. 현준이 한 번 움직일 때마다 침대 머리맡에 놓아두었던 노트북이 들썩거렸다. 오랫동안 작동시키지 않은 노트북에는 화면 보호기가 작동되고 있었다. 노트북이 점점 침대 끄트머리로 밀려났다.

"떨어질라."

제인이 손을 뻗어 노트북을 잡았다. 아예 바닥에 내려놓을 작정이었다. 노트북을 붙잡은 제인이 문득 얼어붙었다. 노트북을 멍하니 바라보다가 덜컥 닫았다.

"왜 그래?"

현준이 물었다.

"이거."

제인이 새파랗게 질린 얼굴로 중얼거렸다.

"음소거 안 됐었네…."

목소리가 반쯤 떠 있어서 꼭 잠결에 말하는 듯했다.

침대에서 내려온 제인의 발뒤꿈치가 미끄러지며 작약을 짓이겼다. 꽃잎이 사방으로 흩어졌다. 미처 흩어지지 못하고 발뒤꿈치에 달라붙은 꽃잎이 죽기 직전 찌익, 하고 즙을 뱉어 냈다.

"화를 낸다고 뭐가 달라져? 일단 진정해 봐."
"진정하게 생겼어, 이 상황에?"
"그러니까 제인이 네가 확인을 잘 했어야지. 이게 뭐야."

제인이 머리를 쥐어뜯었다. 현준은 그런 제인을 보다 한숨을 내쉬며 고개를 저었다. 예상치 못한 상황이긴 하지만, 이미 발생한 일이었다. 현준과 제인이 여기서 무엇을 한들 그 사실은 변하지 않는다. 그렇다면 이미 일어난 일에 집착해선 안 됐다. 그보다는 상황을 이성적으로 바라보는 태도가 필요했다. 그래야 더욱 적절한 후처리를 할 수 있을 테니까.

김민수(학부재학생)

"지금 내 잘못이라는 거야?"

그러나 제인은 그렇게 생각하지 않는 듯했다. 현준의 말을 듣고도 진정하기는커녕 목청을 높여서 따지고 들었다.

"목소리 좀 낮춰. 다 들리겠다."

현준이 문을 곁눈질하며 검지를 자신의 입술에 가져다 댔다. 쉬잇…. 둥글게 모은 입술 사이에서 바람 빠져나가는 소리가 났다. 작고 소름 끼치는 소리였다.

"이 와중에도 저 부부 신경 쓰니?"
"싸우는 거 동네방네 소문내서 뭐가 좋아?"
"미치겠네. 앞으로 나 학교 어떻게 다녀."
"학교 애들, 남 일에 그렇게 관심 없어. 금방 잊어버릴 거야."
"너한테는 이게 남 일이야?"
"남 일이라는 게 아니라 우선 침착하라는 거지. 어차피 일어난 일이니까."
"그놈의 침착, 침착하라는 말 좀 그만하라고!"

현준도 제법 당황했지만, 제인의 면전에서는 일단 침착한 척, 이 정도 일로는 동요하지 않는 어른인 척, 이성적인 척을 했다. 꼭 '척'이기만 한 건 아니었다. 아무리 생각해도 제인은 유난을 부리는 중이었다. 소리가 전부 송출된 것은 사실이겠으나, 화면만큼은 꺼져 있었다. 물론 여자 입장에서 수치스러울 수 있다는 점에 대해서는 공감하지만, 이렇게 길길이 날뛸 일은 아닌 것 같았다. 게다가 힘을 합쳐야지. 둘이 싸워서 무슨 이득이 있겠느냐 말이다.

"소문나면 나 자살해야 돼. 내가 죽으면 다 너 때문이야. 알아? 너 때문이라고. 유서 맨 위에 네 이름 써둘 거야."

"제인아, 너 지금 너무 흥분했다. 오버하지 말고."

현준은 흥분한 개를 진정시키는 사육사처럼 양손을 펼쳐 들고 제인을 구석으로 몰았다. 제인은 여기서 밀려나고 싶지 않은지 고개를 빳빳하게 들고 있었지만, 정수리 위로 현준의 그림자가 드리워졌다.

"어차피 비대면 수업이잖아. 이제 애들이랑 볼 일도 없는데 괜찮아."

"졸업하면 끝이니? 응? 기말고사는? 학위 수여식은?"

"소문이 걱정된다면서 학위 수여식 가려고 그랬어? 그건 감수해야지."

"너 진짜 사람 미치게 하는 데 재주 있다."

제인이 코웃음을 쳤다. 숨을 크게 들이마시더니, 흰자를 드러내며 눈을 치켜떴다. 무언가를 결심한 듯한 표정이었다.

"은근히 내 탓 하는데, 이현준 네가 이렇게 잘난 척할 때야?"

뒤이어 제인이 내뱉은 문장은 다소 뜬금없는 것이었다.

"스토커 주제에."

제인은 파들파들 떨면서 웃었다. 입술의 끝이 어느 한 지점에 고정되지 못하고 흔들렸다. 웃는 것 같기도,

김민수(학부재학생)

우는 것 같기도 한 얼굴이었다.

"무슨 소리야?"
"우리 강의실 김민수, 그거 너잖아."
"무슨 소린지 모르겠어."
"웃기지 마. 핸드폰 다 봤어."
"남의 핸드폰을 왜 봐?"

잠잠하던 현준의 얼굴에 큰 파동이 생겼다. 제인은 그 틈을 놓치지 않고 현준을 더욱 몰아붙이기 시작했다.

"화면도 캡처해 뒀거든? 미친 새끼가 어디서 발뺌이야."

현준의 낯빛이 새하얗게 질렸다. 제인이 의기양양하게 웃으며 자신의 핸드폰을 꺼냈다. 현준이 손을 뻗어 제인의 핸드폰을 빼앗으려 들었다. 그러나 어느새 도망친 제인은 문을 등지고 서서 현준이 방금 전에 했던 말을 흉내 냈다.

"혼자 생각할 시간 줄 테니까, 진정되면 얘기해."

별채를 빠져나가기 직전, 제인은 눈을 한계까지 부릅뜨고, 식은땀을 줄줄 흘리며 최선을 다해 웃었다. 현준은 망연자실한 표정으로 제인의 뒷모습을 응시했다.

내가 왜 스토커야? 제인이 네가 장단을 맞춰 주지 않았잖아. 그런데 내가 왜 스토커야. 세상이 빙글 도는 느낌이었다.

처음에는 장난을 치려고 들어갔을 뿐이다. 제인이 현준의 말대로 김민수 계정에 채팅을 보냈다면, 그 김민수가 현준이라는 사실을 순순히 털어놓으려고 했었다. 하지만 제인은 현준의 말을 무시했다. 그래서 그냥 김민수인 척하고 계속 들어가 있었다. 제인의 화면을 고정시켜 놓고 빤히 응시했다. 반복하다 보니 습관이 되어서 계속 그렇게 했다.

현준은 머리를 벅벅 긁었다. 제인은 어디로 갔는지 보이지 않았다. 이대로 기다리고만 있을 수도 없었다. 현준은 결국, 여행 내내 그랬듯이 부부를 찾아가 고민을 털어놓았다.

"제인이 너무 싫어요."

술잔을 만지작거리며 내뱉었다. 부부는 안쓰럽다는 눈빛으로 현준을 바라보았다.

"제가 결정할 일이라고 하셨지만 어떻게 해야 하는지 도저히 모르겠어요."

이상적인 어른의 앞에서 이렇게 철없는 이야기나 떠벌리다니. 현준은 자기 자신이 한없이 작게 느껴졌다. 모든 것을 그만두고 도망쳐 버리고 싶었다. 현준은 얼굴을 감싸 쥐며 한숨을 내쉬었다. 남편과 아내가 서로를 마주 보았다.

"그럼, 현준 씨."

남편이 조심스럽게 말을 꺼냈다.

"저희 부부한테 방법이 하나 있기는 해요."
"뭔데요?"
"저희는 익숙해요. 많이 해 본 일이에요. 여행 온 커플들은 자주 이렇게 되거든요. 둘 다 잘못하는 경우

김민수(학부재학생)

는 거의 없어요. 보통의 경우 한쪽이 이기적으로 굴
죠. 불합리한 일이에요. 한 사람의 이기적인 행동에,
두 사람이 함께 고통받게 되니까요."

제인과 현준만의 문제가 아니라니. 안심이 되는 한
편 수치스러운 말이었다. 자신들 또한, 별 볼 일 없는
평범한 커플들과 다를 바 없다는 뜻이었다.

"그래서 저희는 현준 씨처럼 고통받는 사람의 편을
들어 주려고 해요."
"네에."
"우리가 없애 줄게요."

남편이 말을 이었다.

"현준 씨가 허락해 준다면요."

현준은 입천장에 달라붙은 술기운을 혓바닥으로 핥
으며 생각했다.

'그게 나한테 허락받을 일인가.'

그러고는 고개를 끄덕였다. 허락의 의미는 아니었
고, 당신들이 원하는 대로 하라는 뜻이었다. 그들의 행
동은 현준의 책임이 아니니.

약속한 시간에 본채로 향했다. 눅눅하고 불길한 공
기가 현준을 반겼다. 현준은 코를 킁킁대며 안으로 들
어섰다. 어둑하고 시야가 잘 확보되지 않아서, 팔을 이
리저리 휘저으며 걸었다.

"여기예요."

아내가 현준을 맞이했다. 본채의 거실에는 현준을

기다리는 세 사람이 있었다. 아내와 남편, 그리고 제인. 현준이 선 위치에서는 제인의 종아리부터 발까지밖에 보이지 않았다. 제인의 양 발뒤꿈치엔 꽃잎과 즙과 먼지가 뒤엉켜 있었다. 현준은 벽에 기대어 서서, 저 엉망이 된 발뒤꿈치가 꿈틀대며 일어나 움직이길 기다렸다. 그러나 아무리 기다려도 발뒤꿈치가 움직이는 일은 없었다.

남편의 손에 들린 장도리에서 피가 뚝뚝 떨어지고 있었다. 현준은 손을 내밀어 그 장도리를 받아 들었다. 나무로 만들어진 손잡이가 피부에 달라붙는 듯 안정적이었다. 제법 묵직한 도구였다.

부부는 앞으로 현준이 해야 하는 일에 대해서 차근차근 안내해 주었다. 일단은 화면도 마이크도 전부 끈 상태로 수업에 들어가라고 했다. 교수가 출석 체크를 위해 제인의 이름을 부르면, 음소거만 잠시 풀어서 미리 녹음해 둔 제인의 목소리를 재생시키라고 했다. 그리고 5분 정도가 흐른 후에 강의실에서 빠져나와 노트북을 끄라는 것이었다. 수업을 전부 다 들을 필요는 없고, 딱 처음 출석 체크까지만 해 주면 현준의 임무는 끝난다. 나머지 뒤처리는 전부 부부에게 맡기면 된다. 현준은 대꾸하지 않고 고개를 끄덕였다.

제조사 로고가 크게 박힌 13인치의 회색 노트북은 무게감이 있었다. 한 손으로 옮기기엔 제법 묵직해서, 자칫하다간 떨어뜨릴 수도 있을 것 같았다. 노트북을 테이블 위에 올려놓고 전원 버튼을 눌렀다. 위잉, 하고 낮게 기계 작동되는 소리가 들리더니 화면이 켜졌다.

김민수(학부재학생)

비밀번호는 제인의 생일이었다. 바탕 화면에는 별다른 사진이 설정되어 있지 않았다. 노트북을 사면 기본으로 설정되어 있는 화면이 나왔다.

파일과 폴더들은 단정하게 정리되어 있었다. 주인이었던 사람의 성격을 엿볼 수 있었다. 현준은 잠시 제인의 성격을, 정리하고 분류하길 좋아하는 성격과 청소에 강박적이던 면을 떠올리다 고개를 휘휘 저었다. 어느새 55분이었다. 곧 수업이 시작될 것이다. 이미 떠난 사람인데 어쩌겠는가. 고인을 기리는 일은 꼭 지금이 아니어도 할 수 있었다. 그러나 오늘 몫의 출석 체크는 타이밍을 놓치면 영영 할 수 없었다.

카메라와 마이크가 꺼진 걸 확인한 후 링크를 통해 강의실에 접속했다. 한제인(학부재학생). 이전에 제인이 설정해 둔 이름이 검은 화면에 표시되어 있었다.

교수가 한 명씩 출석부에 있는 이름을 불러 나갔다.

"김민경 씨."
"네."
"김지현 씨."
"네."

교수가 부르면 학생이 대답했다. 말을 하는 계정의 주위에는 노란색의 테두리가 둘렸다. 학생들은 내내 음소거를 해 두고 있다가 대답을 할 때에만 음소거를 해제했다. 쭉 늘어선 학생들의 계정에 샛노란 띠가 생겼다가 사라지기를 반복했다.

이름이 불릴 때마다 심장이 초조하게 뛰었다. 현준은

지금 긴장하고 있었다. 그동안 김민수라는 계정을 사용해서 수업을 몇 차례 도강했었지만, 그땐 아무것도 하지 않고 제인의 영상을 확대한 채 지켜보기만 하면 됐었다. 지금은 현준이 해야 하는 일이 있었다. 실수하면 안 된다는 생각에 손바닥에 땀이 배었다. 참여자 목록을 바라보던 현준의 시야에 한 계정이 들어왔다.

김민수(학부재학생). 그동안 이 수업에 들어와 있던 김민수는 현준이었다. 현준이 알기로 이 수업의 수강생 중에 김민수라는 이름을 가진 학생은 없었다. 그동안 있던 김민수는 현준의 아이디였고. 그러니까 현준이 제인을 사칭하여 접속해 있는 지금, 강의실에 김민수라는 이름의 계정이 들어와 있을 이유는 없었다.

현준은 초조하게 자신의 한쪽 뺨에 손을 얹었다. 손끝이 눈 밑의 여린 살을 잡아 늘렸다. 김민수. 김민수. 왜 있지. 저게 진짜 그 김민수? 중얼거리는 사이 교수가 제인의 이름을 불렀다.

"한제인 씨."

아차, 생각을 하느라 타이밍을 놓쳤다. 교수가 한 번 더 제인을 불렀다.

"한제인 씨?"

현준은 뒤늦게 스페이스 바를 눌러 음소거를 해제하려 했다. 그러나 그가 대답하기 전에 대답한 사람이 있었다.

"네."

이젠 이 세상에서 존재해서는 안 되는 목소리에, 등

김민수(학부재학생)

골이 서늘해졌다.

틀림없는 제인의 목소리였다. 현준이 착각할 리 없는 목소리였다. 그러나 그 음성이 흘러나온 곳은 현준의 핸드폰이 아니었다. 김민수 계정의 가장자리에 음소거가 해제되었음을 뜻하는 노란 테두리가 둘려 있었다.

현준은 황급히 주위를 둘러보았다. 별채에는 현준뿐이었다. 현준은 손톱을 잘근잘근 물어뜯으며 노트북을 내리치듯 닫았다.

"네. 네. 네. 네. 네. 네. 네. 네. 네."

닫힌 노트북이 마치 오류가 난 스피커처럼 제인의 목소리를 반복해서 내뱉었다. 짧게 뚝뚝 끊기는 제인의 목소리에는 기계음이 섞여 있었다. 마치 현준의 핸드폰에 녹음되어 있던 목소리와도 닮아 있었다.

현준은 뒤로 물러났다. 의자가 바닥으로 넘어졌다.

"네. 네. 네."

반복되던 목소리가 한순간 뚝 끊겼다. 현준은 엉거주춤하게 물러선 채 거친 호흡을 내쉬었다.

"무슨… 무슨."

겨우 소리가 멈췄지만, 그것이 좋은 징조라는 느낌은 들지 않았다. 오히려 급격히 불안해졌다. 현준은 몸을 한껏 뒤로 빼고, 팔만 겨우 뻗어 노트북의 틈을 벌렸다. 노트북을 여는 손이 부들부들 떨리고 있었다. 현준이 무언가를 단단히 착각하고 있다는 것을, 이 상황이 단순한 기계의 오류 때문에 일어난 해프닝이라는 것을 확인해야만 제대로 숨을 쉴 수 있을 것 같았다.

노트북 덮개는 별 힘을 주지 않아도 쉽게 열렸다. 너무 쉽게 열렸다. 현준의 손에 의해 열리는 것이 아니라, 마치 노트북이 스스로 아가리를 벌리는 듯했다. 화면에 번쩍이는 불빛이 들어왔다. 아직도 온라인 강의실 화면이 표시되고 있었다.

노트북 화면이 한순간 어두워졌다. 새까만 액정 한가운데에는 흰 돋움체로 김민수라는 이름이 적혀 있었다. 뒤이어 그 글씨조차도 사라졌다.

현준은 노트북을 아예 꺼 버리려고 했으나, 커서가 말을 듣지 않았다. 화살표 모양의 커서는 제멋대로 화면 안을 빙빙 돌기만 했다. 빙빙 돌고, 원을 그리며 돌다가, 지그재그로 움직였다. 검은 화살표가 주먹 크기만큼 확대되었다가 개미 크기만큼 축소되었다.

전원 버튼을 세게 눌렀다. 액정에 검은 줄이 죽죽 내려왔다. 빳빳하고 검은 줄들이었으나 멀리서 보았을 때는 마치 피가 흘러내리는 것처럼 보이기도 했다. 두어 번 깜박거리더니 13인치 화면이 완전히 꺼졌다. 새까만 화면, 고요한 침묵. 현준의 맥박이 요동쳤다.

팟, 다시 화면이 켜지더니 제인의 얼굴이 가득 들어찼다. 움푹 가라앉은 한쪽 이마 밑으로 피가 뚝뚝 떨어지고 있었다. 눈이 마주칠 리가 없는데, 그럴 리가 없는데, 액정 너머로 눈이 마주친 것 같았다.

"아악!"

현준은 노트북을 높이 치켜들었다가 그대로 바닥에

내던졌다. 노트북은 딱딱하고 바닥도 딱딱하니까 그런 소리가 나야 옳았다. 딱딱한 것들끼리 부딪히는 둔탁하고 요란한 소리가. 그러나 무언가 물컹하고 수분기 가득한 것이 으깨지는 소리가 났다. 과일이 즙과 함께 산산조각 나는 소리 같았다. 머리와 뇌가… 부서지는 소리 같기도 했다.

망가진 노트북 주위로 검붉고 농도 짙은 액체가 서서히 퍼져 나가며 웅덩이를 이루었다. 부서진 노트북의 잔해 하나가 현준의 발아래 밟혔다. 뭉텅 자른 소시지 조각을 밟는 듯한 감각이 발가락을 타고 온몸으로 퍼졌다. 대체 노트북의 조각이 딱딱하지 않고 찰흙처럼 으깨져야 하는 이유가 어디에 있다는 말인가.

"우욱."

현준은 헛구역질을 하며 주위를 두리번거렸다. 도망쳐야 돼. 지금 당장 도망쳐야 돼. 다리가 후들후들 떨렸다. 피투성이가 된 제인의 얼굴 뒤로 보였던 배경이 현준의 이성을 갉아먹었다. 게스트 하우스의 본채 내부. 부부와 함께 술을 마셨던 거실. 현준이 있는 별채로부터 불과 5분 거리 이내에 있는 장소였다.

밖으로 나가야 하나? 여기서 몸을 숨겨야 하나? 별채는 채 다섯 평이 되지 않는 공간이었고 안전하게 몸을 숨길 공간 따위 없었다. 방어막이 되어 줄 만한 가구도, 공격할 무기가 되어 줄 만한 물건도 없었다. 현준은 비틀비틀 문 앞에 섰다. 한 뼘 정도 열린 문 너머로 주위를 둘러보았다. 바깥은 고요했다. 아주 멀리, 차 지나가는 소리가 났다.

콧대가 내려앉은 제인의 옆얼굴이 한 뼘의 문틈 너머로 스쳐 지나갔다. 피투성이 얼굴에서 희번덕거리는 흰자만이 번쩍대고 있었다. 이마도 콧등도 일그러져 있었다. 현준은 순간적으로 정육점의 고깃덩어리를 떠올렸다.

그대로 물러나 엉덩방아를 찧었다. 심장이 미친 것처럼 이리저리 널뛰었다. 잠시 그대로 앉아 있었으나 벌어진 문틈 사이로는 아무것도 보이지 않았다. 지나갔나? 현준은 조심스럽게 문을 열었다. 이대로 뛰자. 뛰어서 대로까지 나가는 거야. 그렇게 생각하고 문밖으로 나섰다. 멀리서 무언가 굴러오더니 신발 끄트머리에 와서 부딪혔다. 눈이 뒤집혀 흰자를 드러내고 있는 젊은 남편의 머리통이었다. 회색의 탁한 눈동자. 푸르스름하게 물든 흰자. 현준은 비명도 내지르지 못하고 그대로 주저앉았다.

모든 정답을 알고 있다는 듯이, 세상의 진리를 알려주겠다는 듯이 굴었던 남편이 입 밖으로 혀를 깨문 채 죽어 있었다. 축 늘어진 혀가 마치 연어 회 같았다. 그 순간 늘어진 혀가 경련을 일으켰다. 죽은 채로 얇게 저며진 연어가 펄떡, 펄떡하고⋯. 뭍에 튀어나온 살아 있는 생선처럼 몸부림을 쳤다⋯.

주저앉은 채로 뒷걸음질을 쳤다. 손바닥이 땅에 쓸렸지만 아픔은 느껴지지 않았다. 저벅. 뒤에서 발걸음소리가 들렸다. 현준은 그대로 얼어붙었다. 발걸음 소리는 점차 빨라지더니 이내 뛰는 소리처럼 들렸다.

현준의 척추 끝에 무언가 와 닿았다. 누군가의 신발

김민수(학부재학생)

같았다. 현준은 숨을 헐떡이며 뒤를 돌아보았다. 아주 무거운 것이 정수리를 강타했다. 뜨거운 액체가 이마를 타고 흘러내려 시야를 가렸다. 시야가 완전히 깜깜해지기 전에 제인과 눈이 마주쳤다. 제인은 현준의 앞에 쪼그리고 앉아서 현준의 볼을 양손으로 감싸 쥐었다. 제인의 한쪽 눈은 흘러 내려가 있었지만 한쪽 눈은 여전히 형태를 갖추고 있었다. 현준은 눈을 비비려고 했지만 축 늘어진 손이 뜻대로 움직이질 않았다. 비릿하고 뜨거운 핏덩이가 속눈썹에 뒤엉켰다.

작가 후기

김혜영 작가 후기 · 256

"사실은 나 엄청난 겁쟁이인데 한편으론 엄청난 호러 마니아야!"

사랑하는 작가 아베 토모미의 단편선 《하늘이 잿빛이라서》에 나온 대사를 인용해 먼저 제 소개를 드리고 싶습니다. 지독한 겁쟁이. 디스코 팡팡을 타다 무서워서 기절하고, 누군가 깜짝 놀래면 심장부터 부여잡는 저는 쫄보 콘테스트가 있다면 상위권에 들 만큼 겁이 많지만 동시에 B급 호러와 고어물을 좋아했습니다. 모범생처럼 열심히 공포를 예습하면 언젠가 용감해지리라고 생각했기 때문이었을까요? 아니면 가상의 공포를 통해 안전한 위협을 즐기고 싶은 마음이 컸던 것일까요? 아직 저도 저를 잘 모르겠지만 초등학생 때 이토 준지 만화책을 엄마에게 빼앗기지 않으려고 온 동네를 뛰어다니며 도망가던 그 순간부터 '호러'는 제 삶에 빼놓을 수 없는 무언가로 자리 잡았던 것 같기도 합니다. 아, 그때 이 사실을 눈치챘으면 대작가가 되었을 텐데…. 안타깝게도 제가 좋아하는 것을 좋아한다고 자신 있게 말하기까지는 정말 긴 시간이 필요했습니다.

일단 어릴 때는 친구가 필요했거든요. 피와 내장이 판을 치고 귀신과 살인마가 뛰어다니는 이야기를 좋아하는 여자애와 우정을 나누어 줄 친구를 찾는 일이 꽤 어려웠습니다. 왕따가 되고 싶지 않아서 인기 많은 아이돌의 팬을 자처하기도 했지요. 시험공부 하듯 아이돌의 프로필을 달달 외우고, 신곡이 나오면 열심히 춤 연습을 했습니다. 딱 한 마디라도 좋으니, 좋아하는 친구와 대화를 해 보고 싶어서 그랬어요. 제 노력은 효과가 있었고, 우정은 달콤했으며, 지금도 소중한 추억이 되었지만, 그 뒤로 제 삶은 어딘가 자꾸만 꼬이기 시작했습니다. 남들이 좋아하는 걸 좋아하는 척하다 보면 정말로 좋아지게 될 줄 알았더니 좋아하는 척은 좋아하는 척일 뿐 정말로 좋아하게 되지는 않더라고요.

생각보다 오랫동안 그것도 아주 뿌리 깊게 남들 눈치를 보고 있었다는 것을 어렴풋이 느꼈을 무렵 안전가옥의 호러 공모전을 알게 되었습니다. 이제는 성장해서, 호러를 좋아한다는 말에 왜 그런 게 좋냐며 눈살을 찌푸리는 사람들을 과감히 손절할 수 있게 되었으니까, 한번 시도해 봐도 괜찮지 않을까 하고 한글 파일을 연 것이 〈습습 하〉의 시작이었습니다.

지금까지 수많은 습작을 써 왔는데 〈습습 하〉는 가장 즐겁게 완성한 작품입니다. 상상을 펼치는 모든 순간, 상황을 만드는 모든 순간이 좋아서 '이래 봬도 공포물인데 내가 이렇게 즐거워도 되는 걸까?'라는 고민을 수없이 반복했습니다. 그래서인지 친구에게 조언을 구할 때도, 당선 연락을 받고 PD님들을 만나 볼 때도 조심스럽게 되물었습니다.

"호러물 같았나요…? 무섭…던가요?"

답정너 같은 질문에 친절히 고개를 끄덕이며 응원해 준 고마운 친구들과 PD님들 덕분에 저는 제 취향을 좀 더 사랑하게 되었습니다. 좋은 기회를 통해 제게 용기를 주시고 독자님들을 만날 수 있게 해 주신 안전가옥에게 큰 감사를 전하고 싶습니다.

책이 출간되면 저는 가슴에 책을 꼬옥 품고서 초등학생 때처럼 온 동네를 뛰어다닐 예정입니다. 그때와 다르게 지금은 도망가고 있지 않다는 것에 의의를 두면서 말입니다.

가늠할 수 없는 어둠이 가득한 상자 속으로 기꺼이 몸을 던져 주신 여러분의 다이빙이 즐거우셨기를 바라며, 상자 안에서 발견한 것이 무엇이든지 독자님의 취향에 맞으셨다면 '나, 이런 거 좋아하네?' 하고 생각해 주실 수 있다면 좋겠습니다. 저도 그런 거 좋아해요. 정말로요.

소중한 시간을 함께해 주셔서 감사합니다.

소설을 쓰면서 제일 많이 들었던 말은 내 안위를 걱정하는 말들이었다. 우습게도 이 소설을 쓰는 동안이 내 인생에서 가장 편안한 날들이었다. 언제나 나를 좀먹고 내 일상을 망가트리는 것은 나의 감정이었기에, 이 악마 같은 존재들을 형상화하는 순간, 나는 세상에서 가장 안전해진다.

사람마다 공포를 느끼는 요소는 다르지만, 작은 부분에서부터 무너지는 일상은 누구라도 공감할 만한 공포의 대상이라고 생각했다. 그렇기에, 전 세계 어디에나 존재하는 것에 의해 일상이 무너지는 상황을 표현하고 싶었다. 어디에나 있지만 어디서도 보이지 않는 존재, 가장 약하지만 가장 많은 존재, 인간과 비슷한 곳에서 살고 비슷한 음식을 먹으면서도 인간보다 뛰어난 번식력과 본능을 가진 존재. 이런 '쥐'와 '인간'의 권력 관계가 뒤바뀌게 된다면, 쥐가 인간이 누리고 있던 지능과 힘을 갖게 된다면 어떻게 될 것인가. 이야기는 여기서부터 시작된다.

내가 〈우리 안에〉를 통해서 표현하고 싶은 것은 두 가지였다.

첫 번째로, 나는 재난 상황의 가족과 인간의 모습을 보여 주고 싶었다. 주인공은 남편이자 아버지가 된 지 얼마 안 된 젊은 존재이다. 이 존재가 어떻게든 자신의 가정을 지키려고, 소중한 존재를 지키려고 고군분투하는 모습을 그리고 싶었다. 그리고, 어떤 인간도 결국은 공포 상황 앞에서 하나의 '약한 사람'이 된다는 것을 보여 주고 싶었다. 자신이 열심히 준비한 것이 한순간에 무너져 버렸을 때의 좌절감, 자신이 예상하지 못하고 대비하지 못한 문제에 직면했을 때의 무력함. 누구나 이런 감정을 느끼는 순간에는 분명 울고 싶어질 것이다. 그렇게 무너지지만, 소중한 것을 지키기 위해 다시 한번 일어나야만 하는 서글픈 인간상을 표현하고 싶었다. 동시에, 한없이 예민하고 약해 보였던 아내라는 다른 인간이, 변화하는 상황에 따라 서서히 성장하며, 본능적으로 위급 상황에 대응하게 되는 강한 존재로 변하는 모습 또한 보여 주고 싶었다. 이렇게 누구 하나가 가장으로서 가족을 온전히 책임질 필요 없는, 구성원 수는 적지만 '우리(we)'라는 이름이 잘 어울리는, 현대 우리나라의 가족을 보여 주고 싶었다.

두 번째로, 소설의 배경이 되는 '집'을 안락하고, 소중하고, 인간이 필요로 하는 공간으로 묘사하고 싶었다. 소설 속의 햄스터들은 '우리(cage)'안에 살고 있고, 인간들은 그 우리를 부러워한다. 그들은 햄스터 우리보다 더 좋은 집을 갖기 위해 '우리'가 되어 함께 노력한다. 예상하지 못한 재난이 갑자기 일어나면, 우리는 방공호에 들어갈 수도 없고, 어디론가 도망칠 수도 없다. 마치 햄스터들이 굴을 파고 들어가듯 스스로 밀실을 만들어 가며 몸을 숨길 뿐이다. 어린 시절, 옷장 안에 들어가 숨죽이고 있을 때 우리는 묘한 안정감을 느끼고는 했다. 비록 '자가'는 아니라 해도 우리는 스스로 '우리'라는 밀실을 만들어 그 안에서 안정을 느낀다. 그 밀실이 파괴된다면, '우리'가 파괴된다면 어떻게 될 것인가? 작품에서 우리는 세 번 파괴된다. 열심히 밀실로 만들었던 집이 작은 실수로 파괴되고, 햄스터의 우리가 파괴되고, 이후 아내의 자궁이 파괴되면서 재난은 걷잡을 수 없도록 퍼져 가며, 이내 재앙이 된다. 재앙 속에서 인간은 어떤 모습을 보일 것인가, 어떠한 것을 느낄 것이며, 어떻게 변화할 것인가를 소설 속에서 보여 주고 싶었다.

이제는 감사한 사람들에게 감사의 말을 적어야 할 시간이다. 긴 입덧을 겪으며 여태 배우고 읽고 쓴 것을 잃게 될까 두려워하는 나를 응원해 주고, 글을 쓸 수 있도록 계속 독려해 준 한 사람. 내가 하고 싶어 하는 것들을 다 할 수 있게 지원해 주는 나의 영원한 반쪽, 내 남편에게 제일 먼저 감사의 말을 전한다. 그리고 언제나 내가 원하는 길을 걷도록 응원해 주시는 나의 두 어머니와 두 아버지, 두 가족들에게도 감사의 말을 전한다. 이들이 있어서 나는 나로 살 수 있었다.

그리고 이 소설의 시작과 끝을 도와준 우리 소중한 뉴미디어 비평 세미나 동지들에게 무한한 감사의 말을 전하고 싶다. 이 소설은 세미나의 사담에서부터 시작되었고, 완성된 이후에도 그들의 피드백으로 다시 태어날 수 있었다.

이외에도 고마운 존재들이 많지만, 일일이 적기에는 민망하니 이후에 개인적으로 인사를 전하도록 하겠다.

오래오래 재미있는 이야기를 쓰는 게 평생의 목표인데, 하나의 이야기를 끝낼 때마다 목표에서 점점 멀어지는 느낌이다. 여긴 이렇게 썼어야 했는데, 여긴 이렇게 쓰지 말았어야 했는데…. 후회만 잔뜩 안고 다음엔 안 그래야지, 부질없는 결심을 한다. 그리고 또 같은 실수를 반복한다. 끊임없이 제자리만 맴도는 기분이 들지만, 맴돈 자리에 완성된 이야기가 한 편 두 편 쌓이는 걸 보면서 버텨야겠다는 생각을 한다. 이야기를 쓰는 건 어렵고 고통스럽지만 동시에 행복하고 과분한 작업이다. 힘이 닿는 한 오래오래 그렇게 버텨 보고 싶다.

이번에도 감사한 분들이 너무 많다. 항상 믿고 기다려 주는 가족들, 작업하던 파일이 날아갔다고 엉엉 울 때 달려와 주고 시간을 내어 글을 읽어 준 사랑하는 친구들, 용기를 북돋아 주신 PD님들과 부족한 글을 꼼꼼히 살펴봐 주신 편집자님, 이런 글을 써도 되나, 고민할 때마다 써도 된다고 기꺼이 손을 내밀어 주신 안전가옥의 모든 분들, 멈추지 않고 나와 함께 끝까지 달려 준 춘향이까지. 모두에게 마음 속 깊은 감사를 전하고 싶다.

전업 작가가 되기로 진로를 정한 이후 인연이 닿는 일이면 장르와 매체를 불문하고 해 왔습니다. 제 적성에 맞지 않는 분야의 글을 쓰며 마음고생을 한 적도 있었고, 반대로 일이라는 생각이 안 들 정도로 흥미를 느꼈던 적도 있었습니다. 그 와중에도 각별히 애정을 가졌던 분야는 호러 장르였습니다. 어린 시절부터 무서운 이야기에 관심이 많았고 성인이 된 이후에도 틈틈이 인터넷의 괴담들을 수집하는 것을 취미로 삼았습니다. 호러의 매력은 무서움이라는 말초적인 감각을 추구하면서도 동시에 사회문제를 전면에 다룰 수 있다는 데 있습니다. 우리 시대 사람들이 무엇을 무서워하는지를 설정하는 것 자체가 논쟁 거리가 될 수 있고, 그 작업은 언제나 제게 즐거운 일이었습니다.

최근에 큰 흥미를 느낀 괴담은 '안전 수칙'류 괴담이었습니다. 안전 수칙 괴담은 심령현상에 대한 주의 사항을 나열해 놓음으로써 독자에게 무서운 상황들을 스스로 상상하게 만드는 짧막한 괴담입니다. 항목을 읽기만 해도 으스스해지는 안전 수칙을 어떻게 이야기 형태로 녹여 낼까 고민하던 중, 작은 편의점에도 수백 명의 지원자가 몰린다는 작금의 아르바이트 시장에 이 괴담을 적용해 보고자 했습니다. 일터에 귀신이 나오는 상황보다 무서운 것은 위험한 줄 알면서도 생존을 위해서 그 자리에 머물러야 하는 처지라고 생각했습니다. 갑질과 부당 대우가 난무하고 산재 사망률도 유독 높은 우리나라에서 일을 한다는 것 자체가 어찌 보면 괴담의 소재일지도 모르겠습니다. 더군다나 코로나로 인해 사람을 상대하는 것조차 공포가 된 시기여서 더욱 시의적절한 소재라고 느꼈습니다.

이야기를 구상할 때 저는 제가 직접 경험한 공간들을 작품에 활용하곤 합니다. 대학 시절 편의점 아르바이트를 해 본 적도 있지만 제가 〈편의점의 운영 원칙〉의 무대로 생각한 곳은 집 근처의 작은 편의점입니다. 그 편의점의 인상적인 점은 수면 부족에 시달리는 듯 두 눈이 지나칠 정도로 빨갛게 충혈된 중년의 점원이 새벽 시간마다 자리를 지키고 있었다는 것입니다. 지출을 아끼기 위해 잠과 싸우며 야간 근무를 하는 점장님인지, 적성에 맞지 않는 야간 아르바이트를 하는 점원분인지 알 수는 없었지만 그분이 자신만의 고독한 싸움을 하고 있다는 것을 확실히 느낄 수 있었습니다. 어려운 시국을 이겨 내기 위해 엄청난 각오로 일상을 견디는 사람들을 생각하며 저는 이야기의 주인공인 '변정희'라는 캐릭터를 떠올렸습니다. 변정희는 가진 것이 없고, 그래서 세상이 무서운 곳이라는 것을 일찌감치 알아 버린 청년이지만 자신의 용기 하나로 이 상황을 뚫고 가려는 인물입니다. 어두운 시대지만 난관을 극복하려 과감히 나서는 인물을 떠올릴 때 저는 마음이 덩달아 두근거리는 것을 느낍니다. 제가 이 소설을 어둡게 끝맺음하지 않은 이유이기도 합니다.

처음부터 구상했던 것은 아니지만 글을 써 나가며 〈편의점의 운영 원칙〉을 연작으로 써 보고 싶다는 생각을 했습니다. 세계관을 설명하기 위해 제시한 '데드맨 프로젝트'에 대한 이야기와, 씩씩한 변정희가 엉망이 된 세상을 헤쳐 나가는 이야기가 어떻게 전개될지 저 자신도 궁금해졌습니다. 여건이 된다면 후속편으로 찾아뵙겠습니다.

에필로그 작가 후기 · 268

악몽을 한번 꾸면 2년 동안 내용을 곱씹을 정도로 겁이 많은 초등학생이었다. 누군가 이토 준지의 만화책을 학교에 가져왔다. 한 명이 페이지를 넘기고, 대여섯 명의 아이들이 뒤에 달라붙어서 그걸 읽었다. 죽을 만큼 무서웠다. 그런데 다음 내용이 궁금해서 자리를 뜰 수가 없었다.

중학교 시절, 제임스 완의 〈컨저링〉이 '무서운 장면 없이 무서운 영화'라는 홍보 문구를 앞세우며 개봉했다. 친구들과 우르르 몰려가서 상영관 한 줄을 전부 차지하고 영화를 봤다. 같이 놀라고, 같이 무서워하고, 같이 재미있어했다. 이후로는 꿈에 귀신이 나와도 오히려 좋았다.

대학생이 되어서는, 만화 카페에 드러누워 이토 준지 단편선을 쌓아 놓고 읽었다. 영화관에 공포 영화가 걸리면 일단 가서 봤다. 대부분 무서워하고 가끔은 꾸벅꾸벅 졸기도 했는데, 지루하다고 여긴 순간까지 포함하여 전부 즐거운 경험으로 남아 있다.

만화 카페도 영화관도 마음대로 갈 수 없어진 요즘, '원해서 혼자 있는 것'과 '그래야만 해서 혼자 있는 것'은 다르다는 사실을 뼈저리게 느낀다. IPTV로 '컨저링' 시리즈를 정주행하며 〈김민수(학부재학생)〉를 다듬었다. 공포를 여럿이서 즐길지, 혼자서 즐길지, 선택하고 결정할 수 있는 세상이 조만간 돌아오길 간절히 소망한다.

언제 어느 장소에 있어도 위화감이 들지 않는 이름을 짓고 싶어서 고민하던 중, 야구 경기를 보다 내가 응원하는 팀의 포수 이름과 상대 팀의 타자 이름이 동일하다는 사실을 깨달았다. 그때 야구를 보고 있지 않았다면 제목이 달라졌을지도 모르겠다. 종목 불문 좋은 경기를 만들기 위해 노력하는 모든 이름의 선수들에게 동경과 응원을 전한다.

함께 힘써 주시고 응원해 주시고 읽어 주신, 모든 분들에게 진심으로 감사드린다.

호러 안전가옥 앤솔로지 08

지은이	김혜영·권하원·배예람·경민선·이로아
펴낸이	김홍익
펴낸곳	안전가옥

기획	안전가옥
콘텐츠 총괄	이지향
프로듀서	윤성훈·정지원
	김보희·신지민·반소현·이은진
	임미나·조우리·황찬주
공동기획	메가박스중앙㈜플러스엠
	이정세·이민우·김유진·함연주
공동기획지원	홍신기·조혜미
특별심사위원	원신연
퍼블리싱	박혜신·이범학·임수빈
편집	이혜정
디자인	금종각
경영전략	나현호
서비스 디자인	김보영
비즈니스	이기훈·임이랑
경영지원	홍연화

출판등록	제2018-000005호
주소	(04779) 서울특별시 성동구 뚝섬로1나길 5, 헤이그라운드 성수 시작점 201호
대표전화	(02) 461-0601
전자우편	marketing@safehouse.kr
홈페이지	safehouse.kr
ISBN	979-11-91193-31-2
초판 1쇄	2021년 12월 16일 발행
초판 2쇄	2022년 5월 30일 발행